DIE 4 VOM SEE

BAND 7

SANDRA BINDER · ALEXANDER LOMBARDI
DIE 4 VOM SEE
Der Fund in der Tiefe

2. Auflage 2026

Max-Eyth-Straße 41 · 71088 Holzgerlingen
brockhaus-verlag.de

Umschlaggestaltung: Patrick Horlacher, Stuttgart
Titelbild und Illustrationen: Clara Vath, vath-art.de
Satz: Burkhard Lieverkus, Wuppertal
Lektorat: Christiane Kathmann, www.lektorat-kathmann.de
Druck und Verarbeitung: GGP Media GmbH, Pößneck
Gedruckt in Deutschland

ISBN 978-3-417-28979-4
Bestell-Nr. 228.979

Inhalt

Die 4 vom See – das sind …

Antonia wohnt, seit sie denken kann, in der großen Burg direkt am Ufer des Starnberger Sees, mitten zwischen den Villen der Reichen und Schönen – ein Zuhause, um das sie viele beneiden. Ihre Eltern Andreas und Gitti Reihmann sind die Herbergseltern der Jugendherberge, die in dem Gebäude untergebracht ist, deshalb wohnt die Familie in dem historischen Gemäuer. Wenn Antonia morgens aufwacht, kann sie ans Fenster treten und auf den See hinausblicken – wenn sie dabei nicht über ihr Kletterzeug stolpert, das meistens irgendwo im Zimmer auf dem Boden liegt. Klettern ist Antonias größtes Hobby, sehr ordentlich ist sie aber nicht. Wenn sie nicht in einer Felswand hängt, liest sie gerne Informationen über Geschichte und Archäologie. Ihr Wissen hat den vier Freunden bei ihren Entdeckungen schon oft geholfen.

Antonia hat zwei jüngere Geschwister, die siebenjährigen Zwillinge Sina und Lukas. Zu ihrer Familie gehört außerdem Opa Hans, ein alter Fischer, der nicht weit entfernt von der Seeburg in einer Fischerhütte direkt am See lebt und über die Jahre zu ihrem Ersatzopa geworden ist. Von seinen Ratschlägen und vor allem seinem festen Glauben hat Antonia schon viel gelernt.

Die Familie Reihmann besucht eine evangelische Freikirche in Starnberg. Für Antonia gehört der Glaube ganz selbstverständlich zum Alltag dazu, und dass sie sich auf Jesus verlassen kann, hat sie schon oft erfahren. Das heißt aber nicht, dass es nicht auch einige Dinge in ihrem Leben gibt, die sie richtig ärgern oder nerven. Beispielsweise leidet Antonia seit dem Kindergartenalter an Diabetes. Sie muss ständig eine Insulinpumpe tragen, die das lebensnotwendige Insulin in ihren Körper abgibt. Meistens hat Antonia ihre Krankheit gut im Griff, doch manchmal sackt ihr Blutzucker plötzlich ab, und dann wird es gefährlich für sie, wenn sie nicht sofort etwas Zuckerhaltiges isst oder trinkt. Zum Glück wissen ihre Freunde Bescheid, besonders ihre beste Freundin Emma, und können ihr im Notfall helfen.

Antonia hasst es, schwach zu sein. Sie regt sich schnell auf, wenn ihr jemand unterstellt, dass sie etwas nicht kann, und wird richtig wütend. Ihre Kraft und Entschlossenheit machen sie zu derjenigen, die bei den vier vom See oft die Initiative ergreift.

Emma ist da etwas zurückhaltender. Sie denkt eher zweimal nach, bevor sie etwas unternimmt, ist dafür aber gründlich und plant voraus. Ihre Stärke liegt vor allem in der Planung – und in der Recherche. Emma ist eine talentierte Forscherin, Naturwissenschaften sind ihre Leidenschaft. Außerdem reitet sie, ihr Pferd Firestorm ist ihr ein und alles.

Emmas Eltern sind geschieden und so lebt sie einen Teil der Woche im Zuhause ihrer Mutter Katrin und ihres Stiefvaters Peter und den anderen Teil bei ihrem Vater Jörg und seiner Frau Manuela. Jörg ist Chemiker und betreibt ein Analyse- und Forschungslabor in der Villa am See. Manuela ist Innenarchitektin und engagiert sich stark in sozialen Projekten. Zusammen haben sie noch eine Tochter, Emmas jüngere Halbschwester Mia. Peter ist Kommissar bei der Kripo in Starnberg, Emmas Mutter ist Arzthelferin.

Emma leidet unter der Zerrissenheit, darunter, sich immer zwischen ihren Eltern entscheiden zu müssen. Meistens versucht sie, nicht weiter darüber nachzudenken, aber manchmal gelingt ihr das nicht.

Emma hat sich im Versteck der vier vom See, einem alten Zirkuswagen auf dem Gelände der Seeburg, ein kleines Labor eingerichtet. Hier verbringt sie viele Stunden mit Experimenten. Außerdem ist sie häufig auf der Seeburg bei ihrer besten Freundin Antonia. So häufig, dass sie dort eine Zahnbürste im Bad stehen hat und einen festen Sitzplatz in der Küche. Sie fühlt sich bei Antonias Familie sehr wohl und genießt die gemeinsamen Abendessen am großen Familientisch.

Während der Trennungsphase ihrer Eltern musste Emma lernen, die Stimmungen anderer Menschen schnell zu erfassen. Sie ist deshalb sehr sensibel und hoch empathisch, außerdem scheut sie Konflikte. Bei den teilweise abenteuerlichen Unternehmungen der vier Freunde ist sie oft diejenige, die die anderen bremsen möchte.

Frankys Zuhause liegt direkt am Sportplatz von Allmannshausen – nicht das Reihenhaus seiner Familie, das befindet sich ein paar Straßenzüge weiter, sondern das Restaurant seiner Eltern, in dem die Familie die meiste Zeit verbringt. Frankys Vater Germano und seine Mutter Elvira sind aus Italien nach Deutschland gezogen und betreiben die Pizzeria schon seit vielen Jahren. Sie backen die beste Pizza in der gesamten Umgebung und so treffen sich bei »La Ruota« Nachbarn, Freunde und Sportvereine. Franky liebt auf der einen Seite Pizza über alles (wie fast jedes italienische Gericht), auf der anderen Seite hasst er es, im Restaurant mit anpacken zu müssen.

Neben der Zubereitung italienischer Gerichte kennt sich Frankys Vater vor allem mit einem aus: Fußball. Er trainiert die Jugendmannschaft des TV Berg und war selbst in seiner Jugend ein richtig guter Spieler. Sehr zum Leidwesen von Franky hat er seinen Ehrgeiz nie ganz abgelegt und ihn auf seinen Sohn übertragen, bei dem er sofort ein großes Talent für Fußball erkannt hat. Franky spielt gerne und gut Fußball, doch es ist nicht seine erste Leidenschaft und die Pläne, die sein Vater für ihn hat, sind ihm zu viel. Deshalb hat er vor einiger Zeit mit dem Training aufgehört und widmet sich nun dem Hobby, das ihn wirklich begeistert: Programmieren.

Franky ist der Computerexperte der vier Freunde. Er ist in der Lage, sich schnell mit jedem fremden System vertraut zu machen, und hat seine Hackerkünste schon manchmal eingesetzt, um Dinge herauszufinden, die sonst nicht zugänglich gewesen wären. Aber er achtet streng darauf, keinen Schaden anzurichten.

Emma, Antonia und Franky kennen sich schon seit der Grundschule. Gemeinsam haben sie vor ein paar Jahren einen alten Zirkuswagen auf dem Gelände der Seeburg zu einem gemütlichen Versteck gemacht, in dem sie sich treffen, reden und Pläne schmieden. Franky ist gerne dort. Mit dem Glauben hat er nicht so viel am Hut. Seine Familie ist zwar in einer katholischen Kirchengemeinde und Franky hat an der Kommunion teilgenommen, aber sie gehen eigentlich nur an den hohen Feiertagen in den Gottesdienst und der Glaube spielt in ihrem Alltag kaum eine Rolle.

Jaron ist erst vor Kurzem zu den anderen drei gestoßen. Er ist zusammen mit seiner Mutter von Köln an den Starnberger See gezogen, als diese eine Arbeit als Sekretärin auf der Seeburg angenommen hat. Angelika Rahn und Gitti Reihmann sind alte Schulfreundinnen und haben immer Kontakt gehalten. Jarons Vater lebt nicht mehr, er ist bei einem Autounfall ums Leben gekommen, als Jaron vier Jahre alt war. Der Unfall hat Jarons Leben überschattet, lange hat er geglaubt, er wäre schuld am Tod seines Vaters. Erst vor wenigen Monaten hat er erkannt, dass das falsch war und er sich lange grundlos gequält hat. Seitdem weiß er, wie viel Kraft man aus Vergebung ziehen kann.

Jaron interessiert sich für Flugzeuge, trainiert leidenschaftlich Kung-Fu und liebt Sport aller Art – am Starnberger See hat er zum Beispiel das Surfen für sich entdeckt. Jaron liebt den See. Wann immer er Zeit hat, geht er schwimmen oder sitzt am Seeufer und flitscht Steine über die Oberfläche. Der historische Löwensteg der Seeburg ist dafür der perfekte Ort. Die wechselnden Wetterlagen über dem See faszinieren ihn und er bekommt nicht genug davon.

Jaron und seine Mutter Angelika gehen in die gleiche Gemeinde wie Antonia und ihre Eltern. Sie waren in Köln schon in einer freien Gemeinde und haben sich in Starnberg gleich zu Hause gefüllt. Dazu trägt auch bei, dass Jaron nach dem Umzug endlich einen besten Freund gefunden hat – Franky. Nicht nur sind die beiden unzertrennlich, Jaron liebt außerdem die Pizza, die Frankys Vater backt.

Kapitel 1

Eine verräterische Liste

Chemiefabrik Adolf von Brüning, München,
Ende März 1945

Adolf von Brüning Senior blickte auf, als es an der Tür seines Büros klopfte. »Herein!«, rief er genervt.

Seine Sekretärin betrat das Zimmer und schloss leise die Tür hinter sich. Sie schritt durch den großen Raum bis vor den massiven Schreibtisch und reichte ihrem Chef einen dünnen Stapel Blätter. »Die Listen der Lieferungen aus Dachau sind da«, sagte sie.

Von Brüning machte keine Anstalten, ihr die Papiere abzunehmen. »Ja, und?«, knurrte er, »warum haben Sie sie nicht zur Prüfung an die Buchhaltung weitergegeben?« Er hatte keine Lust, sich mit Details der Verwaltung herumzuschlagen, zu viel lag auf seinem Schreibtisch, seit sich die Amerikaner seinem Chemiewerk in Mannheim näherten. Es wurde immer klarer, dass Deutschland den Krieg verloren hatte, auch wenn die Propaganda der Regierung etwas anderes behauptete. Viele der verbliebenen Ingenieure waren aus Mannheim geflohen, die Produktion stand fast vollkommen still. Und in München sah es nicht besser aus.

Sie zog die Blätter zu sich und sah ihn verunsichert an. »Das habe ich«, sagte sie, »aber es gibt eine Unstimmigkeit und die von der Buchhaltung haben gesagt, ich soll damit zu Ihnen gehen.«

Der ältere Herr seufzte und streckte den Arm aus. »Geben Sie her«, raunzte er.

Sie gab ihm die Blätter, drehte sich um und ging geräuschlos aus seinem Büro. Von Brüning lehnte sich in seinem lederbezogenen Bürostuhl zurück und betrachtete die Liste, die sie ihm gegeben hatte. Dass die Tür ins Schloss fiel, hörte er schon nicht mehr. Er vertiefte sich in die Zahlen und Daten und blätterte weiter, bis er an eine Stelle kam, an der der Buchhalter drei Zeilen mit Bleistift markiert und ein großes Fragezeichen an den Rand gezeichnet hatte. Von Brüning studierte die Zahlen. Plötzlich runzelte er die Stirn. »Was zum ...«, murmelte er vor sich hin. Er lehnte sich vor, stützte die Ellbogen auf seinen Schreibtisch und prüfte die Zahlen ein zweites Mal. Dann ein drittes Mal.

Er ließ die Blätter sinken und blickte aus dem Fenster. »Na, den werd' ich mir vorknöpfen«, murmelte er zornig.

Kapitel 1

Antonia

Starnberger See, Sommer, Gegenwart

Antonia fuhr zusammen. Nur wenige Zentimeter vor ihrem Gesicht befand sich das des alten Mannes. Seine hellen, kalten Augen bohrten sich in ihre und galliger Atem stieg ihr in die Nase. Eine Hand senkte sich auf ihre Schulter. Hinter ihr stand jemand! Sie schrie auf, doch Anton van Bergens Hand krallte sich in ihre Haut. »Wo ist der Jüngling? Was hast du mit ihm gemacht?«, zischte er. Antonia sah ihn erschrocken an. Was für ein Jüngling?

»Ich … ich weiß nicht, was Sie meinen!«, rief sie panisch und riss sich los.

Plötzlich stand der Alte aus seinem Rollstuhl auf und schrie: »Her mit dem Bild!« Er fasste mit dürren Händen nach ihr, lange Fingernägel näherten sich ihrem Gesicht.

Antonia hüpfte aus dem Bett und knallte dem Alten ihr Kissen mit aller Kraft gegen den Kopf. Mit einem lauten »Puff!« löste sich der alte Mann in eine Wolke von Rauch auf. Entsetzt rannte Antonia zur Tür ihres Zimmers und riss sie auf. Doch hinter der Tür befand sich nicht der Krankenhausflur, sondern ein schummriger kleiner Raum, in dem sie schemenhaft ein Auto erkennen konnte. Sie blickte sich um. Richard van Bergen kam auf sie zu. Sie tat einen Schritt über die Schwelle und schlug die Tür hinter sich zu.

Der Raum kam ihr irgendwie bekannt vor. Es war eine Art Schuppen. Unter ihren nackten Füßen spürte sie gestampfte Erde. Auf einmal quietschten Räder und aus dem Dunkel löste sich ein Schatten. Es war schon wieder der Alte, Anton van Bergen. Schwer atmend schob er seinen Rollstuhl auf sie zu. »Na warte«, keuchte er, »ich krieg dich!« Antonia sah sich um. In dem kleinen Schuppen gab es keine Fluchtmöglichkeit. Der Alte kam immer näher, sie tat einen Schritt rückwärts und stieß mit dem Rücken gegen die Schuppenwand. Ihre Hände fühlten raue Bretter, doch plötzlich verschwand die Wand hinter ihr und Antonia stürzte rückwärts in die Tiefe.

Sie landete weich auf ihrem Rücken. Unter ihr türmte sich ein Berg von schimmernden Münzen. War das Gold? Antonia stützte sich ab und setzte sich hin. Sobald sie ihr Gewicht verlagerte, kamen die Münzen ins Rutschen, erst langsam, dann immer schneller. Die Münzen rissen sie mit sich. Krampfhaft suchte sie nach Halt, irgendwo, doch es gab nichts, nur den Strom von Münzen, der immer schneller in die Tiefe rauschte. Antonia fiel mit ihnen.

Als sie durch die Wasseroberfläche krachte, wurde ihr Sturz gebremst. Rund um sie waren keine Münzen mehr, sondern nur noch dumpf grünliches Wasser ohne oben und unten. Aus irgendeinem Grund wusste Antonia, dass sie sich im Starnberger See befand.

Sie schnappte nach Luft, doch es gab keine. Todesangst stieg in ihr auf. Eine Gestalt tauchte vor ihr auf.

Es war Jaron, doch er sah fremd aus. Er trug eigenartig lange Haare, die hinter ihm im Wasser schwebten. Diesen Anblick kannte sie, sie hatte ihn schon einmal irgendwo gesehen, doch sie wusste nicht, wo. Jaron streckte eine Hand nach ihr aus. Dann stand auf einmal wieder der Alte vor ihr, der sie mit langen, knorpeligen Fingern an beiden Schultern packte und giftig anfauchte: »Antonia! Antonia!«

Die langen Haare hatten sich in Dreadlocks verwandelt. Antonia schlug um sich und versuchte, sich aus seinem Griff zu befreien.

»Antonia! Alles klar?«

»Nein! Nein!«, rief sie panisch.

»Antonia! Wach auf!«

Sie schlug die Augen auf.

»Hey, alles klar?« Sam stand neben ihrem Bett und sah sie besorgt an.

»Sam?«, fragte sie benommen. »Was ist los? Was machst du hier?«

»Ich wollte dich besuchen«, antwortete er sanft. »Du hast geschlafen. Und dann hast du so wild geträumt, dass ich dich geweckt habe. Ich hoffe, das war okay?«

Jetzt erst begriff sie, dass alles nur ein Traum gewesen war und sie immer noch in dem Krankenzimmer lag, in das sie vor zwei Tagen gebracht worden war.

Sam strich sich die Dreadlocks über die Schulter zurück und fragte noch einmal: »Ist alles in Ordnung?«

»Ja, ja«, stotterte Antonia, »sorry, ich habe gerade voll den Albtraum gehabt.«

»Habe ich mir gedacht«, sagte er grinsend.

Auf einmal wurde Antonia bewusst, dass sie im Schlafanzug und mit verwuschelten Haaren vor Sam saß. Sie ließ sich in ihr Kissen fallen und zog die Decke bis unters Kinn. »Danke fürs Wecken«, murmelte sie.

»Schon gut.«

»Ich hab dich gar nicht kommen hören.«

Sam setzte sich im Schneidersitz an das Fußende ihres Bettes und grinste sie an. *Oh Mann, warum habe ich immer so ein komisches Gefühl, wenn er mich so anschaut?* dachte sie und wich verlegen seinem Blick aus. Sie hatte Sam erst vor ein paar Wochen beim Klettern kennengelernt und die jetzige Situation war Antonia sehr peinlich. Sam machte gerade Urlaub im Schlosshotel Unterallmannshausen, wo sein deutscher Urgroßvater die ganze Familie für ein Familientreffen zusammengerufen hatte. Eigentlich wohnte er mit seiner Mutter in San Francisco.

»Ich hab mir voll Sorgen gemacht, als ich gehört habe, dass du im Krankenhaus bist«, erzählte Sam. »Was ist denn genau passiert?«

»Ich bin vor ein paar Tagen in den See gefallen und das Wasser hat mich vergiftet«, erzählte Antonia. »Vorgestern wurde mir schlecht und plötzlich ganz schwarz vor den Augen. Was dann passiert ist, weiß ich nicht mehr. Ich bin erst im Krankenhaus aufgewacht.«

»Krass.« Sam sah sie besorgt an. »Geht's dir jetzt besser?«

»Na ja, das wird noch eine Weile dauern, bis es wieder gut ist«, antwortete sie und holte ihre Arme unter der Decke hervor, die voller roter Blasen waren. »Das juckt wie verrückt. Und mir ist immer noch schwindlig, wenn ich aufstehe. Dieses Zeugs ist wirklich giftig.« Sam sah sie voller Mitleid an, aber sie wich seinem Blick aus.

»Das mit dem Gift im See ist echt der Knaller. Im Hotel gibt es kein anderes Thema.« Sam schüttelte den Kopf. »Am Ufer ist die Hölle los und keiner darf ins Wasser. Da treiben tote Fische und das Wasser ist an manchen Stellen ganz komisch türkis.«

»Ja, hier im Krankenhaus liegen eine ganze Menge Leute, die sich im See vergiftet haben. Das ist echt verrückt. Wer macht nur so was?«

»Keine Ahnung, irgendwelche Idioten«, antwortete Sam.

In diesem Moment ging die Tür auf und eine rundliche Krankenschwester kam herein. Antonia kannte sie. Sie hieß Marianne. Als sie Sam sah, fragte sie mit einem Lächeln: »Oh, schon wieder Besuch?«

Antonia nickte.

»Du hast ja viele Freunde. Aber ich muss deinen Freund leider jetzt rausschmeißen, die Besuchszeit ist zu Ende.«

Ohne eine Antwort abzuwarten, trat sie an den Infusionsständer, der neben Antonias Bett stand, und überprüfte das Medikament, das durch einen kleinen Schlauch in deren Arm floss. Es war klar, dass sie nicht diskutieren würde.

»Ja, klar, kein Problem«, sagte Sam, »noch fünf Minuten?«

Schwester Marianne warf ihm einen Blick zu und er sah mit Dackelaugen zurück. Antonia musste schmunzeln, so süß sah er in diesem Moment aus. Sie ahnte, dass er es schaffen würde, die resolute Krankenschwester umzustimmen. Und sie lag richtig.

Schwester Marianne seufzte. »Na gut, fünf Minuten. Aber dann gehst du.«

»Versprochen«, antwortete Sam und nickte brav.

»Na dann – ich komme gleich wieder.« Damit verließ Schwester Marianne das Zimmer.

»Oh, oh, mit der ist nicht gut Erdbeeren essen«, sagte Sam lachend.

»Kirschen«, korrigierte ihn Antonia und grinste.

»Kirschen?«, fragte er verdutzt. Antonia musste wieder seinem Blick ausweichen.

»Es heißt: Mit der ist nicht gut Kirschen essen.«

»Ach so«, meinte er und lachte, »das verwechsle ich immer.«

»Und wie geht es dir?«, versuchte Antonia, die Richtung des Gesprächs zu wechseln.

»Geht so«, Sam zuckte mit einer Schulter.

»Was ist denn los?«, wollte Antonia wissen.

»Ach, ich bin voll mit meinem Onkel aneinandergerasselt«, antwortete Sam. Sein Lächeln verschwand.

»Mit diesem Richard? Warum, was ist denn passiert?«

»Er hat Mama blöd angemacht.«

»Echt?«

»Er hat ihr gesagt, dass er froh ist, wenn sie endlich wieder in Amerika ist. Dann müsse er sie nicht mehr sehen.«

»Boah, so ein Blödmann.« Antonia konnte es nicht glauben.

»Das hab ich ihm auch gesagt, also, dass er ein

Blödmann ist.« Sam grinste. »Und dass er seinen Mund halten soll.«

»Und dann?«

»Dann hat er mir eine Ohrfeige gegeben.«

»Nicht wahr!« Antonia fuhr erbost auf. »Aber das darf er nicht!«

»Stimmt. Aber egal. Nächste Woche ist die Geburtstagsfeier von meinem Urgroßvater und dann fahren wir sowieso wieder. Dann muss ich *ihn* hoffentlich nie wieder sehen.«

Antonias Magen krampfte sich zusammen, ein merkwürdiges Gefühl, das sie bisher nicht gekannt hatte.

In diesem Moment ging wieder die Tür auf und Schwester Marianne schaute herein. »So«, sagte sie, »jetzt ist Zeit, dich von deiner Freundin zu verabschieden, junger Mann.« Sie blieb in der Tür stehen und hielt sie erwartungsvoll offen.

»Alles klar«, sagte Sam und stand auf. Vorsichtig beugte er sich über das Bett und umarmte Antonia. Es war ein komisches Gefühl. Auf der einen Seite fand sie es toll und auf der anderen war ihr eine solche Nähe unangenehm.

»Also dann, gute Besserung«, wünschte Sam.

»Danke«, murmelte Antonia verlegen.

»Wir können ja später einen Videocall machen.« Mit diesen Worten drehte sich Sam zur Tür, zwinkerte der Krankenschwester zu und ging hinaus.

Schwester Marianne drehte sich zu Antonia und sagte: »Na, da hast du aber einen netten Freund.«

»Ja schon, aber das ist nicht mein Freund«, antwortete Antonia.

»Nicht?«, die Krankenschwester hob die Augenbrauen. »Sieht aber anders aus.«

»O…kay«, meinte Antonia, weil sie keine Ahnung hatte, wie sie auf diese Vermutung reagieren sollte.

Kapitel 2

Der rote Porsche

Als Antonia wieder allein war, legte sie sich mit einem Seufzer zurück auf ihr Kissen und schloss für einen Moment die Augen. Aber sie war nicht müde genug, um wieder einzuschlafen, und fing an, sich zu langweilen. *Na toll, jetzt hänge ich hier allein rum,* dachte sie, *wo ist denn mein Handy?* Sie stützte sich auf einen Arm und öffnete die Schublade ihres Nachttischs, wobei ihr der Infusionsschlauch in die Quere kam. Sie beugte sich vor und kramte in der Schublade. Dabei fiel ihr Blick auf eine kleine Schachtel neben ihrer leeren Teetasse.

Komisch, was ist denn das?, dachte sie. Sie griff nach dem schwarzen Pappwürfel und betrachtete ihn. Es war ein kleines Etui, wie es für Schmuck verwendet wird. Langsam streifte sie das Geschenkband ab, das darum gewickelt war, und klappte die Schachtel auf. Auf schwarzem Samt lag eine silberne Kette mit einem Anhänger. Er zeigte eine Figur, die einen Felsen hinaufklettert. Verwundert nahm sie die Kette heraus und legte den Anhänger auf ihre Hand.

Wer hat mir das denn da hingelegt?, fragte sie sich und war sehr gerührt. *Ob es von einem meiner Freunde ist?* An diesem Nachmittag waren Emma, Franky und Jaron da gewesen. Aber keiner von ihnen hatte ihr dieses Geschenk gegeben oder erwähnt. Ihre Eltern hatten sie am

Vormittag besucht. Sie hätten bestimmt etwas gesagt, wenn sie ihr die Kette mitgebracht hätten.

Langsam beschlich sie eine Ahnung. *Kann das Sam gewesen sein?* Ihr Herz begann zu pochen. *Aber warum sollte der mir eine Kette schenken?* Schon wieder verknotete sich ihr Bauch so merkwürdig und sie wusste nicht, was sie davon halten sollte. Auf der einen Seite fühlte sie sich sehr geschmeichelt, dann wieder machte es ihr Angst. Das ging alles viel zu schnell. *Und was mache ich jetzt?,* überlegte sie. Sie nahm die Kette, stand von ihrem Bett auf und schob den Infusionsständer bis zum Spiegel. Sie betrachtete sich, dann streifte sie ihre langen Haare zurück und legte sich die Kette um. Kalt lag sie auf ihrer Haut. Sie nahm den Anhänger in die Finger und betrachtete ihn eine Weile. Die Kette war echt schön. *Ach Mann, warum wird das jetzt alles so kompliziert?* In letzter Zeit hatte sich das Leben verändert.

Mit einem Seufzer wandte sich Antonia ab, schob den Infusionsständer zum Fenster und öffnete es. Frische Luft wehte ihr ins Gesicht und sie atmete tief durch. Die Arme auf das Fensterbrett gestützt stand sie da und genoss den Ausblick über die Dächer und den See. Ihr Fenster befand sich direkt über dem Eingang des Krankenhauses. Unter ihr liefen Menschen vom nahen Parkplatz zum Gebäude, andere standen vor dem Eingang, unterhielten sich oder rauchten. Manche hatten sogar Infusionsständer dabei, wie Antonia einen hatte. Autos fuhren auf den Parkplatz. Auf einmal fiel ihr Blick auf ein Fahrzeug, das ganz vorn in der ersten Reihe stand. Ein roter Porsche.

Richard van Bergen fährt genau so einen Wagen, dachte sie und runzelte die Stirn. Vor wenigen Wochen hatte sie ein solches Auto im Schuppen des Schlosshotels entdeckt. *Aber vielleicht gibt es ganz viele rote Porsches hier? Das muss nichts heißen, vielleicht ist das einfach nur ein anderer.* Sie versuchte, den Gedanken an den unfreundlichen Onkel von Sam zu vertreiben, aber er ließ ihr keine Ruhe. *Ist er hier im Krankenhaus?* Plötzlich musste sie an ihren Albtraum denken, und Angst beschlich sie.

In diesem Moment klopfte es an der Tür. Sie zuckte zusammen und drehte sich um. »Ja?«, rief sie ängstlich. Die Tür öffnete sich langsam und eine ältere Dame stand im Türrahmen. »Oh, Entschuldigung«, sagte sie, »da hab ich mich wohl in der Tür geirrt.« Die Tür schloss sich wieder.

Antonias Herz pochte. *Mann, was ist denn los mit mir?,* dachte sie verärgert. Wieder zuckte sie zusammen, als plötzlich ihr Handy läutete. Aber als sie sah, dass es Jaron war, wischte sie erleichtert über das Display.

»Hey Jaron«, sagte sie bemüht fröhlich und sah in die Kamera.

»Hi, alles klar?«, Jarons Stimme klang besorgt, er merkte wohl, dass sie angespannt war.

»Ja, geht schon. Wie war's in der Schule?«

»Ganz okay … du, ich rufe an, weil ich was fragen wollte«, sagte er unsicher.

»Ja, klar, was denn?«, antwortete Antonia.

»Ich glaub, ich hab gestern meine Jacke bei dir im Zimmer liegen lassen, ist sie noch da?«

Antonia sah sich um, sah aber keine Jacke.

»Nein, da ist nichts.«

»Mist«, meinte Jaron verärgert, »Mama kriegt die Krise.«

»Sorry, aber schau mal. Hier.« Sie hielt ihr Handy aus dem Fenster in Richtung Porsche. »Das ist doch das Auto von diesem Richard, oder?«

»Zoom mal ran.«

»Ja, Moment.« Antonia wischte über das Display und holte das rote Auto näher ran.

»Ja, das könnte sein«, bestätigte Jaron. »Aber was macht der denn im Krankenhaus?«

»Keine Ahnung«, meinte Antonia und wieder beschlich sie ein unangenehmes Gefühl. Dass er es auf sie abgesehen hatte, war unwahrscheinlich. *Das war nur ein Albtraum*, versuchte Antonia, sich zu beruhigen.

»Sag mal, liegt nicht dieser Boschmann im selben Krankenhaus wie du?«, fragte Jaron.

»Keine Ahnung«, antwortete Antonia.

Klaus Boschmann war ein Journalist, der vor ein paar Wochen unter merkwürdigen Umständen beim Tauchen im See verunglückt war. Antonia, Jaron und ihre Freunde Emma und Franky hatten den bewusstlosen Mann aus dem Wasser gezogen und ihm damit wahrscheinlich das Leben gerettet. Die vier vom See vermuteten schon eine Weile, dass Richard van Bergen bei dem Unfall seine Finger im Spiel gehabt hatte, denn am Ufer war ihnen ein roter Porsche begegnet, der es sehr eilig gehabt hatte.

»Falls ja, könnte dieser van Bergen es nämlich auf den abgesehen haben«, fuhr Jaron fort.

»Stimmt, das könnte sein.« Ein kalter Schauer durchfuhr Antonia. »Sollen wir das überprüfen?«

»Überprüfen? Wir?«

»Na, ich frage mal nach, ob Boschmann hier liegt, und schaue, ob ich diesen van Bergen irgendwo sehe.«

»Hört sich gut an«, meinte Jaron.

»Und dich nehm ich einfach mit.« Antonia sah ihn an.

»Du nimmst mich mit?«

»Ja, mit dem Handy.«

»Klar, coole Idee«, meinte er überrascht. Antonia erzählte ihm nicht, dass ihr deutlich wohler war, wenn er dabei war. Irgendwie hatte sie immer noch Angst vor van Bergen. Der Albtraum vielleicht? Aber zugleich war sie schlicht neugierig.

»Okay, dann mal los«, sagte sie und drehte die Kamera des Handys so, dass Jaron die Umgebung sehen konnte. Sie nahm den Infusionsständer und öffnete die Tür. Das Handy hielt sie möglichst unauffällig. Zuerst fuhr sie mit dem Aufzug nach unten. »Moment noch, ich bin gleich an der Rezeption«, erklärte sie Jaron. »Während ich frage, stecke ich dich in die Tasche, okay?«

»Okay«, antwortete er und musste lachen.

Antonia steckte ihr Handy in die Tasche ihres Bademantels und ging auf den Schalter zu. Dahinter lächelte ihr eine Frau freundlich entgegen.

»Na, wie kann ich dir helfen?«, fragte sie.

»Äh, ich habe gerade gehört, dass ein Bekannter von mir auch hier im Krankenhaus liegt, und ich wollte mal fragen, ob das stimmt«, sagte Antonia.

»Na, das kann ich für dich nachschauen«, antwortete die Rezeptionistin. »Wie heißt denn dein Bekannter?«

»Klaus Boschmann«, antwortete Antonia.

»Klaus Boschmann ...«, die Frau stutzte einen Moment. »Na, der scheint ja beliebt zu sein. Da war gerade schon mal jemand da, der nach ihm gefragt hat. Ein irgendwie unangenehmer Typ.«

»Echt?« Antonia sah ihren Verdacht bestätigt. »War das ein Mann so um die vierzig, ziemlich dünn, saure Miene?«

»Ja.« Erstaunt blickte die Frau Antonia an. »Kennst du ihn?«

»Ja, na ja ...«, wich Antonia schnell aus, »ist wohl ein Bekannter von Herrn Boschmann.«

»Aha«, meinte die Dame, »ich hab ihn wieder weggeschickt, die Besuchszeit ist schon zu Ende.«

»In Ordnung. Dann gehe ich morgen zu Herrn Boschmann.«

»Das wäre gut. Du findest ihn in Zimmer 234.«

»Vielen Dank«, sagte Antonia freundlich und verabschiedete sich.

»Hast du das mitgekriegt?«, fragte sie Jaron, als sie wieder vor den Aufzügen stand und das Handy aus der Tasche geholt hatte.

»Ja, voll krass«, sagte er. »Was hast du jetzt vor?«

»Ich werde mal zum Zimmer von Boschmann gehen. Wenn van Bergen es auf ihn abgesehen hat, dann ist er dort.«

»Bestimmt«, kommentierte Jaron, »die Besuchszeit ist dem sicher egal. Ich glaube auch nicht, dass er einfach wieder nach Hause gefahren ist.«

Antonia stieg im zweiten Stock aus dem Aufzug, ging zum Flurfenster und sah hinaus. »Zumal sein Auto immer noch da unten steht«, sagte sie.

»Dann solltest du wirklich hingehen«, sagte Jaron. »Aber sei vorsichtig.«

»Ja, ja.«

Antonia ging den Gang entlang und suchte nach dem Zimmer Nummer 234. Als sie um die Ecke bog, fuhr sie erschrocken zurück.

»Was ist los?«, wollte Jaron wissen, der gemerkt hatte, dass etwas nicht stimmte.

»Da steht ein Arzt auf dem Flur«, flüsterte sie.

»Echt? Ein Arzt? Und das in einem Krankenhaus!«, scherzte Jaron.

»Sehr witzig! Mit dem stimmt was nicht. Hier, schau mal«, sie streckte die Hand mit dem Handy um die Ecke herum und zoomte dann näher an den Mann im weißen Kittel heran.

»Das ist ja Richard van Bergen!«, rief Jaron.

»Psst! Nicht so laut!« Antonia schaute genauer hin. Tatsächlich, dort im Gang stand der Onkel von Sam in einem weißen Kittel. Er sah sich um, öffnete dann vorsichtig eine Zimmertür und verschwand.

»Das könnte das Zimmer von Boschmann sein«, sagte Antonia aufgeregt und ging um die Ecke herum.

»Beeil dich, der will ihm vielleicht was antun!« Antonia sah, wie Jaron besorgt auf den Bildschirm starrte.

»Und was bitte soll ich dagegen tun?«, fragte Antonia, die inzwischen vor der Tür angekommen war.

»Keine Ahnung, hol Hilfe!«

In diesem Moment bog ein Pfleger um die Ecke.

Antonia sprach ihn an: »Entschuldigung, ich bin gerade an diesem Zimmer vorbeigegangen und ich glaube, da drin hat jemand um Hilfe gerufen.« Der Pfleger sah sie erstaunt an. »Da drin?«

»Ja, ich hab mich nicht getraut, reinzugehen.«

»Okay, ich guck mal nach.« Der Pfleger nickte, ging zur Tür und öffnete sie.

Antonia drehte wieder ihr Handy in die Richtung, sodass Jaron alles sehen konnte. Sie hörte den Pfleger im Zimmer erstaunt fragen: »Entschuldigung, was machen Sie hier?«

Neugierig versuchte sie, durch die fast geschlossene Tür ins Zimmer zu schauen.

»Was soll denn das? Sie bleiben hier!« Die Stimme des Pflegers wurde lauter. Dann hörte Antonia einen Rumms und die Tür flog auf. Schnell wich sie zurück und hielt das Handy weiter auf das Geschehen gerichtet. Richard van Bergen im weißen Kittel stürmte aus dem Zimmer, gefolgt von dem Pfleger. Er hechtete den Gang entlang und warf dabei einen kleinen Wagen um, sodass der Pfleger ausweichen musste.

»Was ist da los?«, hörte sie Jarons Stimme.

»Richard flieht gerade vor dem Pfleger!«

»Krass! Was ist mit Boschmann?«, fragte Jaron.

Antonia schob die Tür von Zimmer 234 auf und schaute hinein: Im Bett lag der Taucher, den sie vor Kurzem aus dem See gerettet hatten. Antonia erkannte ihn sofort wieder, auch wenn sein Gesicht eingefallen und blass war. Er war an mehrere Schläuche angeschlossen. Ein Gerät piepte rhythmisch.

»Scheint alles in Ordnung«, meinte Antonia.

Auf dem Weg zurück in ihr Zimmer begegnete ihr der Pfleger wieder.

»Haben Sie ihn gekriegt?«, fragte sie.

»Nein«, antwortete dieser schnaufend und schüttelte den Kopf, »der war schneller als ich. Aber danke für deinen Hinweis. Das war kein Arzt.«

»Echt?«, fragte Antonia gespielt überrascht. »Und was werden Sie jetzt tun?«

»Ich werde die Polizei informieren«, antwortete er und ging weiter den Gang hinunter.

»Bist du noch da?«, fragte Antonia Jaron und nahm ihr Handy wieder in die Hand.

»Ja«, sagte Jaron. »Was für ein Hammer! Schau mal nach, ob der Porsche noch da ist.«

»Gute Idee.« Antonia ging zurück in ihr Zimmer und sah aus dem Fenster. Der Wagen war verschwunden.

»Oh Mann«, sagte sie atemlos und setzte sich erleichtert auf ihr Bett.

»Ist alles klar bei dir?«, fragte Jaron.

»Ich glaube, mein Zucker spinnt gerade. Moment«, antwortete Antonia, als sie bemerkte, wie schlapp sie sich fühlte. Über die App an ihrem Handy überprüfte sie ihren Insulinspiegel. Der war eindeutig zu tief. Sie holte sich eine Cola aus ihrem Nachttischschränkchen und nahm einen kräftigen Schluck daraus.

»Bäh, warme Cola!« Sie schüttelte sich.

Da sie sehr erschöpft wirkte, verabschiedete sich Jaron bald darauf von ihr. Antonia legte sich hin. Völlig überwältigt von den Erlebnissen schlief sie ein. Das Klingeln des Telefons schreckte sie auf. Benommen griff sie danach und freute sich, als sie auf dem Display »Papa« las. Sie nahm den Anruf an. »Papa!«, sagte sie fröhlich.

»Hallo, meine Kleine!«

Antonia lächelte. Es tat so gut, seine Stimme zu hören. Auf einmal spürte sie die ganze Anspannung, die seit der Begegnung mit Richard van Bergen im Krankenhaus in ihr zurückgeblieben war. Sie musste schlucken.

»Ist alles in Ordnung bei dir?«, fragte Andreas Reihmann.

»Ja, so weit alles gut«, antwortete sie.

Ihr Vater merkte sofort, dass das nicht stimmte, und fragte: »Was ist los?«

Jetzt gab es kein Halten mehr. Antonia stiegen die Tränen in Augen. Sie schluchzte.

»Ist ja gut, meine Kleine«, sagte ihr Vater beruhigend, »ist es so schlimm?«

Antonia konnte nicht antworten, dafür war sie zu aufgewühlt. Nach einer Weile wischte sie sich die Tränen ab und sagte: »So, jetzt ist gut.«

»Es ist gerade ein bisschen viel, oder?«

Antonia nickte. »Und du weißt nicht mal alles.« Sie erzählte ihm, was gerade passiert war. Den Besuch von Sam ließ sie jedoch aus, denn die Situation war ihr irgendwie peinlich.

»Und du bist dir sicher, dass dieser falsche Arzt Sams Onkel war?«

»Ja, bin ich«, bekräftigte Antonia.

»Was für eine verrückte Geschichte!« Andreas Reihmann klang verwundert. »Antonia, da ist noch was. Tut mir leid, dass ich dir jetzt keine schönen Nachrichten überbringen kann, aber ich dachte, du solltest das wissen.«

O weh, dachte Antonia. Der Ton ihres Vaters war so bedrückt, dass sie sofort wusste, dass irgendwas überhaupt nicht in Ordnung war. Besorgt runzelte sie die Stirn.

»Ist was passiert?«

»Äh … ja. Mit Opa Hans.«

»Opa Hans!« Sie setzte sich aufrecht hin. »Was denn?«

»Er ist auch im Krankenhaus«, antwortete ihr Vater. »Er hat sich wohl beim Fischen im See vergiftet, so wie du und so viele andere Badegäste.«

»Oh nein! Geht es ihm gut?«, fragte Antonia ängstlich.

»Er ist nicht in Lebensgefahr, aber er ist auf der Intensivstation.«

»Auf der Intensivstation?«, rief sie entsetzt. »Warum das denn?«

»Das Gift hat ihm wohl stärker zugesetzt als dir. Er ist halt schon viel älter. Die Ärzte meinten, es sei nur eine Vorsichtsmaßnahme. Auf der Intensivstation können sie ihn besser überwachen. Er ist sehr schwach.«

»Aber …« Antonia brach ab und ihre Augen füllten sich wieder mit Tränen. Opa Hans! Er war immer für sie da gewesen, wenn sie ihn gebraucht hatte. Sie hätte sich nie vorstellen können, dass ihm einmal etwas zustoßen könnte.

»Er ist in guten Händen, wirklich«, versicherte Andreas Reihmann ihr. »Vielleicht geht es ihm morgen wieder besser und dann können wir ihn besuchen.«

»Versprichst du mir das?«, wollte sie wissen.

Er lächelte. »Ich kann dir nicht versprechen, dass es ihm morgen tatsächlich besser geht, aber wenn, dann besuchen wir ihn. Das verspreche ich.«

Antonia nickte. Sie hoffte sehr, dass sie Opa Hans am nächsten Tag wirklich besuchen konnten.

Kapitel 3

Ein unverhofftes Wiedersehen

Am nächsten Tag wachte Antonia noch früher auf als sonst. Als die Visite kam, saß sie schon im Jogginganzug auf ihrem Bett. Die Ärzte waren zufrieden mit ihrer Genesung, nur der Zuckerabfall am Abend vorher brachte sie etwas ins Grübeln.

»Wir müssen wegen des Diabetes noch ein paar Untersuchungen machen, bevor wir dich entlassen können«, meinte eine der Ärztinnen. Antonia nickte, das hatte sie schon erwartet. Ihre Krankheit verkomplizierte die Behandlung jeder Infektion, jedes Unfalls. Enttäuscht war sie trotzdem. Sie hatte gehofft, dass sie bald nach Hause konnte, aber das wurde wohl nichts. Wenigstens entfernte eine Krankenschwester ihre Infusion, sodass sie sich jetzt wieder frei bewegen konnte, ohne einen Infusionsständer mitzuschleppen.

Antonia sah auf die Uhr. In der Schule war gerade große Pause. Rasch tippte sie eine Nachricht an ihre Freundin Emma:

😦 Muss noch im Krankenhaus bleiben. So ein Mist.

Emma antwortete sofort:

Oh Mann, tut mir leid.
Wir kommen dich gleich besuchen.

Freu mich. Hab einige Neuigkeiten.

Jaron hat schon erzählt. Hammer, das mit v Bergen!

Stimmt. Opa Hans ist auch im Krankenhaus.

Was? Was hat er?

Auch Vergiftung. Ist auf Intensivstation.

Oh Mann, ich sag den anderen Bescheid. Bis gleich.

Antonia verstaute ihr Handy und sah sich im Zimmer um. Eigentlich hatte sie keine Lust, in ihrem Bett zu bleiben. Da es noch eine Weile dauern würde, bis ihre Freunde zu Besuch kommen würden, entschloss sie sich, bei der Intensivstation vorbeizuschauen. Dann würden sie schon wissen, ob sie gemeinsam Opa Hans besuchen konnten. Doch sie kam nicht einmal bis auf die Station. Ein Pfleger schickte sie an der Tür weg. Nur Angehörige durften Opa Hans besuchen. So ein Mist!

Sie würde ihren Eltern Bescheid geben, damit sie sich um eine Erlaubnis für den Besuch kümmern konnten, denn Opa Hans war eigentlich gar nicht ihr richtiger Opa. Trotzdem gehörte er zur Familie und da würde das Krankenhaus sicher eine Ausnahme machen.

Auf dem Rückweg zu ihrem Zimmer beschloss sie spontan, noch einmal bei Klaus Boschmann vorbeizuschauen. Sie klopfte an die Tür, aber es rührte sich nichts. Vorsichtig drückte sie die Klinke nach unten und spähte hinein. Das Zimmer war leer, kein Bett stand darin. Verwundert öffnete sie die Tür ganz und ging hinein.

Auf dem Nachttisch stand neben der üblichen Wasserflasche ein Strauß Blumen.

In diesem Moment hörte Antonia hinter sich ein Geräusch und drehte sich um. Ein Pfleger kam herein. Er stutzte, als er sie entdeckte.

»Was machst du denn hier?«, fragte er ernst.

»Ich wollte Herrn Boschmann besuchen«, antwortete Antonia unsicher.

»So, so«, sagte er und musterte sie skeptisch.

Antonia fasste allen Mut zusammen und fragte: »Wo ist er denn?«

»Bei einer Untersuchung.«

»Ist er wach?«

»Bist du mit ihm verwandt?«, wollte der Pfleger wissen.

»Nein, bin ich nicht. Meine Freunde und ich haben ihn aus dem Starnberger See gezogen, als er fast ertrunken ist«, erklärte Antonia, »deshalb wollte ich nach ihm sehen.«

»Wow! Das wart ihr? Ich habe davon gehört. Aber ich darf dir leider trotzdem keine Auskunft geben«, sagte der Pfleger und machte sich an einem Gerät zu schaffen, das neben dem Nachttisch stand.

In diesem Augenblick kam eine kleine, ältere Frau in das Zimmer und sah beide erstaunt an.

»Oh, Entschuldigung, ich habe mich wohl im Zimmer geirrt«, sagte sie, »liegt hier nicht Klaus Boschmann?«

Antonia erkannte sie sofort. Es war die Mutter des Tauchers. Das Mädchen hatte sie kurz nach dem Unfall ihres Sohnes kennengelernt, als diese zur Seeburg gekommen war, um seine Sachen abzuholen, da Klaus Boschmann in der Jugendherberge ein Zimmer gemietet hatte.

»Hallo Frau Boschmann«, grüßte Antonia freundlich. »Doch, Sie sind richtig. Ihr Sohn hat nur gerade Untersuchungen.«

Die alte Dame sah sie für einen Moment unsicher an, schien sie dann aber wiederzuerkennen und lächelte. »Ach, du bist das Mädchen aus der Seeburg«, sagte sie.

Der Pfleger hatte die Arbeit an dem Gerät beendet und sagte zu Frida Boschmann: »Ich denke, dass Herr Boschmann gleich wieder da sein müsste.«

»Gibt es denn etwas Neues von meinem Sohn?«, wollte Frau Boschmann wissen.

»Sie sind die Mutter?«, versicherte sich der Pfleger.

Die alte Dame nickte.

»Es geht ihm besser und sein Zustand ist stabil, deshalb liegt er nicht mehr auf der Intensivstation. Aber er war noch nicht bei Bewusstsein.«

Antonia spitzte die Ohren.

»Wirklich?«, Frau Boschmann Augen leuchteten auf. »Glauben Sie, er wacht bald auf?«

»Das weiß ich leider nicht, da müssen Sie den Arzt fragen«, antwortete der Pfleger bedauernd. Er drehte sich zur Tür und verschwand.

Antonia musterte Frau Boschmann. Die alte Dame hielt sich aufrecht und strahlte eine gewisse Unbeugsamkeit aus. Antonia war sich sicher, dass sie einen starken Willen hatte. Gleichzeitig war ihr Blick so sanft und ihr Lächeln so freundlich, dass man ihr sofort vertraute. Tiefe Linien in ihrem Gesicht zeugten von einem Leben, das nicht immer leicht gewesen war. *Sie hat viel erlebt,* dachte Antonia bei sich. *Und nicht nur Schönes.*

Die alte Dame sah Antonia ebenfalls an und meinte: »Sieht ja schlimm aus. Ist das von dem giftigen Wasser im See?« Sie deutete auf die Pusteln. Antonia nickte.

Kurz darauf hörte Antonia das Geräusch von rollenden Rädern auf dem Gang und dann schoben zwei Pflegerinnen ein Krankenbett in das Zimmer. Darin lag Klaus Boschmann, regungslos und mit geschlossenen Augen.

Die Schwestern stellten das Bett an die richtige Stelle und verließen nach einem kurzen Gruß das Zimmer. Frida Boschmann rückte einen Stuhl an die Seite ihres Sohnes, setzte sich und streichelte sanft über seine Wange.

»Er ist ein guter Mensch«, meinte sie und Antonia bemerkte, dass sich ihre Augen mit Tränen füllten.

Sie wusste nicht, was sie dazu sagen sollte, und meinte zögerlich: »Ja, das kann ich mir vorstellen«, obwohl sie ihn gar nicht kannte. Immerhin hatte er versucht, einen Giftskandal aufzudecken, und sich dabei selbst in Gefahr gebracht.

Ihr Handy vibrierte. Antonia holte es aus der Tasche und nahm den Anruf an.

»Hi Emma«, sagte sie.

»Hi! Wo bist du?«, fragte Emma. »Wir sind bei dir im Zimmer.«

»Äh, ich bin gerade unterwegs, aber ich komme gleich«, antwortete Antonia kurz und legte auf.

»Besuch?« Die alte Dame sah sie an.

»Ja, meine Freunde sind da.«

»Dann geh mal schnell zu ihnen, sie freuen sich sicherlich, dich zu sehen. Und gute Besserung!«

Antonia nickte. Sie hatte so viele Fragen an Frau Boschmann, aber sie war sich unsicher, ob sie ihr diese stellen konnte. Ihr tat die alte Frau leid, die so viel Angst um ihren Sohn haben musste. Schließlich nahm sie ihren Mut zusammen und sagte: »Äh, Frau Boschmann, dürfen meine Freunde und ich Sie noch ein paar Dinge fragen?«

Die alte Frau sah Antonia verblüfft an. »Natürlich, was wollt ihr denn wissen?«

»Ein paar Sachen über Ihren Sohn.«

»Meinen Sohn?«

»Ja. Haben Sie vielleicht nachher Zeit?«

Frau Boschmann lächelte und meinte: »Gerne. Wenn ich eins habe, dann ist es Zeit. Sollen wir uns in einer halben Stunde in der Cafeteria treffen?«

Antonia nickte. »Hört sich gut an.«

Kapitel 4

Ein interessantes Gespräch

»Mann, wo bleibt sie denn?«, seufzte Jaron und setzte sich auf Antonias leeres Bett. Franky hatte sich den einzigen Stuhl im Zimmer gekrallt und Emma lehnte an der Wand dem Bett gegenüber.

Jaron bemerkte, dass die kleine Schachtel mit der Kette nicht mehr auf dem Nachttisch stand. Am Vortag, nachdem Antonia ins Krankenhaus eingeliefert worden war, hatte er sie dort hingestellt. Sein Herz machte einen kleinen Satz, als er erkannte, dass sie die Kette wahrscheinlich gefunden hatte. Er freute sich darauf, ihr Gesicht zu sehen, gleichzeitig aber war er völlig unsicher, ob er das überhaupt wollte. Auf einmal fragte er sich, ob das mit dem Geschenk eine so gute Idee gewesen war. Als er aufblickte, sah er direkt in Frankys grinsendes Gesicht.

»Sehnsucht?«, fragte sein Kumpel.

»Hä?« Jaron tat so, als habe er keine Ahnung, was sein Freund meinte. Es war ihm schon peinlich genug, dass dieser ihm seine Gedanken so einfach ansehen konnte.

»Antonia kommt ja gleich«, machte Emma weiter und grinste Jaron an. Er bemerkte, dass er rot wurde. *Wie peinlich!,* dachte er.

»Was grinst ihr beide denn so dämlich?«, fragte er lahm und schüttelte genervt den Kopf.

Zu seiner großen Erleichterung verfolgten seine Freunde ihre Vermutung nicht weiter. Stattdessen griff Franky wieder das Thema auf, über das sie schon auf der Fahrt ins Krankenhaus gesprochen hatten: »Und ihr seid euch sicher, dass ihr gestern diesen Onkel von Sam gesehen habt?«

»Ja, klar! Aber die Einzelheiten erzählt euch besser Antonia«, erwiderte Jaron. Die Schublade von Antonias Nachtschränkchen zog seinen Blick an. Sie stand einen Spalt offen. Er lehnte sich vor und warf einen Blick hinein. Da war sie, die kleine schwarze Schmuckschatulle, in die der Händler ihm die Kette eingepackt hatte.

»Suchst du was?«, fragte Emma. Jaron schreckte hoch, als ob sie ihn bei etwas Verbotenem ertappt hätte.

»Nein, wie kommst du darauf?«, meinte er verlegen.

In diesem Moment wurde endlich die Tür aufgerissen. Antonia kam herein und erklärte: »Hi, sorry, ich war noch bei Klaus Boschmann.«

»Boschmann! Ist er aufgewacht?«, fragte Emma erstaunt.

»Nein, aber es scheint ihm besser zu gehen«, antwortete Antonia.

Emma und Franky wollten noch einmal die Erlebnisse vom Vortag hören, deshalb berichteten Antonia und Jaron gemeinsam, wie Antonia Richard van Bergen im Zimmer von Klaus Boschmann entdeckt hatte.

»Das ist echt krass«, kommentierte Franky, als sie fertig waren. »Das klingt wirklich so, als ob Richard van Bergen dem Journalisten etwas antun wollte. Das erhärtet den Verdacht noch mehr, dass er derjenige war, der Boschmanns Taucherausrüstung manipuliert hat.«

»Da deutet alles drauf hin«, bestätigte Emma.

»Und ich denke, Frida Boschmann kann uns einige Fragen beantworten«, sagte Antonia und blickte auf ihr Handy. »Wir können uns mit ihr treffen.«

»Echt?« Emma sah sie erstaunt an.

»Ja, sie besucht gerade ihren Sohn. Wir haben ausgemacht, dass wir uns gleich in der Cafeteria treffen.«

»Das ist ja cool. Das machen wir auf jeden Fall«, sagte Emma. Dann bemerkte sie die Kette am Hals ihrer Freundin. »Oh, ist die neu?«, fragte sie und zeigte darauf.

»Ja, hab ich geschenkt bekommen«, erzählte Antonia.

»Von wem denn?«, fragte Emma schmunzelnd.

»Tja ...«, antwortete Antonia nur und grinste.

Jaron hoffte im Stillen, dass sie ihm einen Blick zuwerfen würde. Aber sie ignorierte ihn völlig, was ihn verblüffte. Und ärgerte.

»Oh, oh, ein Verehrer«, frotzelte Franky und knuffte seinem Freund an die Schulter.

»He, lass das!«, protestierte Jaron. Frankys Reaktion war ihm richtig peinlich und er fürchtete, wieder rot zu werden – besonders als er merkte, dass Antonia sie beide verständnislos ansah.

Doch sie verdrehte nur die Augen und meinte: »Also, dann lasst uns mal gehen! Frau Boschmann wartet bestimmt schon auf uns.«

Frida Boschmann wartete tatsächlich schon in der Cafeteria auf die vier Freunde, war aber eigentlich ganz froh, ein paar Minuten für sich zu haben. Der Unfall von Klaus belastete sie sehr. Es war nicht einfach, ihn schwer krank in diesem Krankenhausbett zu sehen. Klaus war immer auf Achse gewesen, hatte stets große Pläne gehabt. Seine Neugier war unstillbar. Er war ihr von ihren drei Kindern am ähnlichsten und stand ihr in vielem am nächsten. Nun war sein Leben wie auf Pause. Und ihres mit ihm.

Es war ziemlich still in der Cafeteria, die im Foyer der Klinik untergebracht war, auch wenn ständig Ärzte, Pfleger und Patienten vorbeiliefen. Nur ein weiterer Tisch war belegt. An ihm saßen zwei ältere Herren in Bademänteln und unterhielten sich lebhaft. Hinter der Theke kaute eine junge Frau lustlos auf einem Kaugummi und sah immer wieder auf die Uhr. Vor Frida Boschmann stand eine Tasse mit Kaffee, der ihr nicht schmeckte. Er war nur der Vorwand dafür, hier sitzen zu können.

»Hallo Frau Boschmann«, sagte auf einmal eine junge Stimme hinter ihr.

Frida Boschmann drehte sich um. Vor ihr stand das Mädchen aus der Seeburg und drei andere Kinder. »Oh, hallo! Ich wusste nicht, dass ihr zu viert kommt. Schön!«, sie zeigte auf den Nachbartisch. »Holt euch doch einfach noch ein paar Stühle.«

Franky und Jaron schoben zwei Stühle heran und alle setzten sich.

»Was wollt ihr trinken?«, fragte Frida die Freunde. »Ich lade euch ein.«

»Das ist aber nicht nötig«, sagte Emma höflich und alle nickten.

»Na, ihr habt meinem Sohn das Leben gerettet! Da ist das doch das Mindeste, was ich tun kann!« Sie holte einen 20-Euro-Schein aus ihrer Handtasche und streckte ihn Jaron hin. »Du, junger Mann, erinnerst mich an meinen Bruder«, sagte sie. »Er hat immer gut für meine Geschwister und mich gesorgt, als er so alt war wie du. Du weißt bestimmt, was ihr gern trinkt.«

»Danke«, sagte Jaron und nahm das Geld. Nach ein paar Minuten kam er mit vier Colas zurück und verteilte sie auf dem Tisch. Frida Boschmann schaute den Kindern lächelnd zu, wie sie die Getränke öffneten und einen ersten Schluck nahmen. »Ich weiß eure Namen gar nicht mehr«, sagte sie, »wir sind uns ja nur kurz in der Seeburg begegnet, da hatten wir wenig Zeit.«

Die vier Freunde stellten sich vor.

»Und ihr wohnt alle in der Seeburg?«, fragte Frida Boschmann.

»Nein, nein, nur Antonia und ich«, antwortete Jaron. »Meine Mama arbeitet dort als Sekretärin und Antonias Eltern betreiben die Jugendherberge.«

»Ich wohne nicht weit davon entfernt«, erklärte Emma, »mein Vater hat ein Chemielabor in Ammerland.«

»Und meinen Eltern gehört die Pizzeria in Berg«, fügte Franky hinzu.

»Sehr schön«, sie lächelte sie an. »Seid ihr auch in einer Klasse?«

»Ja, wir kommen nach dem Sommer in die siebte«, bestätigte Antonia.

Welches Glück, dass die Kinder heute anders aufwachsen können als wir damals, dachte Frau Boschmann.

Zusammen mit ihren Eltern, mit Geschwistern und guten Freunden. So wie es sein sollte. »Gute Freunde sind wichtig«, sagte sie, »und man kann sehen, dass ihr gute Freunde seid.«

Die vier nickten.

»Ich weiß gar nicht, wie ich euch je danken kann«, meinte Frida Boschmann und nahm einen Schluck aus ihrer Tasse. Der Kaffee war nicht besser geworden, aber das war nicht wichtig. »Ich werde euch nie vergessen, dass ihr meinen Sohn vor dem Ertrinken gerettet habt.«

»Aber das war doch selbstverständlich«, meinte Jaron. »Wir waren nur zufällig da und haben gemacht, was jeder getan hätte.«

»Ja, und jetzt hoffen wir, dass er bald wieder ganz gesund wird«, ergänzte Emma.

Das rührte Frida Boschmann. »Ja, das hoffe ich auch«, sagte sie mit erstickter Stimme. Sie fasste nicht leicht Vertrauen zu anderen Menschen, aber die Selbstverständlichkeit, mit der diese Kinder über gute Taten sprachen, erschien ihr wie ein Geschenk. *Es gab und gibt immer noch Menschen, die ein gutes Herz haben.*

»Ist alles in Ordnung, Frau Boschmann?«

Die Frage von Jaron riss sie aus ihren Gedanken und sie bemerkte, dass sie sich etwas in ihrer Vergangenheit verloren hatte. Sie nickte. »Ja, alles in Ordnung. Ihr müsst entschuldigen. Der Unfall von Klaus hat mich wirklich aus der Bahn geworfen. Und dass ich nun wieder hier bin, wieder an der Seeburg war, das ruft viele Erinnerungen wach.«

Die Kinder sahen sie erstaunt an. »Erinnerungen? Kennen Sie die Seeburg etwa?«, fragte Emma verdutzt.

»Ja, die kenne ich. Aber das ist schon lange her«, sagte Frida traurig. Sie legte ihre Hände um ihre Tasse, wie um sich zu wärmen. Aber der Kaffee war kalt geworden. Sie überlegte kurz, was sie sagen sollte, es fiel ihr immer noch nicht leicht, über ihre Geschichte zu sprechen. »Als Kind habe ich dort einige Zeit verbracht«, sagte sie schließlich.

»Sie haben in der Seeburg gewohnt?« Antonia sah sie überrascht an. »Warum haben Sie das nicht gleich gesagt, ich hätte Sie gerne herumgeführt.«

»Es waren nur ein paar Monate. Es war damals ein Kinderheim, wisst ihr?« Bilder der Trostlosigkeit stiegen in ihr hoch, die kalten Nächte im grauen Schlafsaal, die Gemeinheiten der anderen Kinder, die unfreundlichen Kinderschwestern. Ihr wurde kalt und sie schauderte. »Es war nicht schön dort.«

»Warum mussten Sie denn in ein Kinderheim?«, fragte Franky neugierig.

»Ach, das ist eine lange Geschichte. Es war Krieg und viele Eltern konnten nicht für ihre Kinder sorgen. Aber das erzähle ich euch vielleicht ein anderes Mal. Es ist jedenfalls keine schöne Erinnerung.« Frida versuchte ein Lächeln. In den Gesichtern der Kinder sah sie, dass sie ihre Neugierde geweckt hatte. Aber sie schienen ihre Antwort zu respektieren.

»Frau Boschmann«, sagte Antonia. »Darf ich Sie etwas fragen?«

»Natürlich. Deshalb seid ihr ja hier, oder nicht?«

»Ihr Sohn ist doch Journalist, richtig?«

Frida Boschmann nickte. »Ja, er ist in der ganzen Welt unterwegs. Immer recherchiert er kriminellen

Machenschaften hinterher und versucht, Ungerechtigkeiten aufzudecken. Er kann Betrug, Habgier und solche Sachen einfach nicht ertragen. Manchmal denke ich, er ist ein Getriebener. Und er nimmt kein Blatt vor den Mund.«

»Das finde ich echt mutig«, meinte Antonia mit blitzenden Augen.

Frida Boschmann schmunzelte. In Antonia erkannte sie sich selbst wieder. Sie sah in ihr den gleichen Kampfgeist, der sie schon ihr ganzes Leben prägte.

»Ja, das ist er«, antwortete sie. »Klaus ist mutig und das hat ihm schon oft Ärger eingebracht. Immer wieder begibt er sich in gefährliche Situationen. Ich habe ihm oft gesagt, dass er vorsichtiger sein soll. Er hat sich schon viele Feinde gemacht.«

»Frau Boschmann, was Sie sagen, bestätigt unseren Verdacht«, erklärte Franky.

»Was denn für einen Verdacht?«

»Dass Ihr Sohn nicht bei einem Unfall verletzt wurde, sondern dass es ein Attentat war.«

Frida Boschmann runzelte die Stirn. Was sagte der Junge da? »Ein Attentat? Wie kommt ihr denn darauf?«

»An dem Tag, an dem wir Ihren Sohn aus dem See gezogen haben, ist uns etwas an seiner Taucherausrüstung aufgefallen.«

»Ja«, bestätigte Emma, »wir sind irgendwie die Einzigen gewesen, die sich um seine Sachen gekümmert haben. Alle Sanitäter und Polizisten waren davon überzeugt, dass es nur ein Tauchunfall war. Von denen gibt es ja viele an dieser Stelle am Ufer.«

»Aber wir sind uns da nicht so sicher«, fügte Franky hinzu.

»Und warum?« Frida Boschmann konnte kaum glauben, was sie da hörte.

»Wir wissen, dass seine Sauerstoffflasche manipuliert worden ist«, sagte Antonia. »Wir haben die Flasche vom Unfallort mitgenommen, weil sie nach der Rettungsaktion am Strand liegen geblieben ist und er ja bei uns gewohnt hat. Später haben wir gesehen, dass einer der Schläuche Schnitte hat, als wäre er mit einem Messer angeschnitten worden.«

Frida Boschmann schüttelte den Kopf. »Aber die Polizei hat nichts Derartiges gesagt! Seid ihr euch sicher?«

»Ja, ziemlich sicher. Die Schläuche sind ganz eindeutig angeschnitten worden, sie sind nicht gerissen oder so was«, meinte Jaron.

Frida Boschmann war entsetzt. Auch wenn sie geahnt hatte, dass sich Klaus Feinde gemacht hatte: Dass ihm jemand nach dem Leben trachtete, schockierte sie. »Das ist ja furchtbar!«, murmelte sie.

»Wissen Sie denn, warum er am Starnberger See war?«, wollte Franky wissen. »Hat er vielleicht für eine Reportage recherchiert?«

»Ja«, sagte sie nachdenklich, »er war beruflich hier, auf der Suche nach Informationen.«

»Wissen Sie vielleicht auch, wonach er gesucht hat?«, fragte Antonia.

»Es ging wohl um eine Chemiefirma, die in irgendwelche Betrügereien verwickelt war.«

»Hieß diese Firma zufällig ›van Bergen Chemicals‹?«, fragte Emma.

Frida Boschmann sah sie mit großen Augen an. »Ihr wisst etwas darüber?«

»Ja, nachdem wir den Verdacht hatten, dass der Unfall kein Unfall war, haben wir ein wenig recherchiert«, antwortete Franky.

»Wenn ich mich recht erinnere, erzählte mir Klaus, dass die van Bergen Chemicals miese Geschäfte macht«, erzählte Frau Boschmann. »Er hat schon einmal einen Skandal bei denen aufgedeckt. Aber sie haben ihn mundtot gemacht und mit einer Klage gedroht. Er hat seine Reportage zurückziehen müssen.«

»Ja, genau darüber sind wir auch gestolpert«, bestätigte Emma.

»Wissen Sie, dass der Gründer der Firma, Anton van Bergen, gerade in der Nähe der Seeburg Urlaub macht?«, fragte Antonia.

Frida Boschmann sah sie erstaunt an. »Ehrlich?«

»Wir finden, dass das ein merkwürdiger Zufall ist«, fuhr Jaron weiter fort.

Das stimmt, das ist wirklich merkwürdig, dachte die alte Dame bei sich.

»Er feiert mit seiner ganzen Familie im Schlosshotel Unterallmannshausen seinen 100. Geburtstag«, bestätigte Jaron.

»Ein sehr unfreundlicher alter Mann. Sitzt im Rollstuhl und kommandiert alle herum«, sagte Antonia und schüttelte sich.

»Ihr seid ihm schon begegnet?« Frida Boschmann wunderte sich ein wenig, dass sich die vier Freunde so ablehnend äußerten. Sie waren eigentlich sehr offen und freundlich.

»Ja. Leider. Und das muss ich nicht noch mal haben«, fuhr Antonia fort, die offensichtlich nicht bemerkt hatte, dass Fridas Gedanken abgeschweift waren.

»Wir wissen noch nicht, ob das wirklich was mit Ihrem Sohn zu tun hat, aber wir sind da dran. Wenn wir Beweise haben, werden wir es Ihnen natürlich sagen.«

»Ihr seid ja richtige Detektive«, staunte Frida Boschmann.

»Wir sind eben neugierig«, antwortete Jaron. »Ein bisschen wie Ihr Sohn.«

»Genau wie mein Sohn«, bestätigte sie. Wieder sah sie ihren Bruder in Jaron.

»Wir glauben außerdem, dass Ihr Sohn auch hier im Krankenhaus in Gefahr ist«, fuhr Antonia zögerlich fort.

Frau Boschmann sah sie erschrocken an. Ihr Herz klopfte bis zum Hals.

»Gestern war Richard van Bergen als Arzt verkleidet in seinem Zimmer. Ich habe einem Pfleger Bescheid gesagt. Der wollte ihn aufhalten, aber er ist weggerannt.«

»Aber … da muss doch … mein Gott!«, stotterte Frau Boschmann.

Emma erkannte, dass sie die alte Dame überfordert hatten. »Der Mann meiner Mutter ist Kriminalbeamter. Wenn Sie möchten, können wir mit ihm sprechen«, sagte sie.

Frau Boschmann nickte und Emma wählte Peters Nummer. Kurz erklärte sie ihm, was geschehen war, und reichte das Telefon dann an die alte Dame weiter. Nachdem diese ihm bestätigt hatte, dass ihr Sohn sich schon häufiger in Gefahr begeben hatte, versprach er, sich darum zu kümmern, dass Klaus Boschmann im Krankenhaus einen besonderen Schutz bekam. Er würde gleich eine Streife vorbeischicken, um mit der Klinikleitung zu sprechen.

Doch der Gedanke, dass ihr Sohn in Gefahr war, ließ Frau Boschmann keine Ruhe. »Ich möchte jetzt gern zu meinem Sohn zurückgehen«, erklärte sie den Kindern.

»Dürfen wir mitgehen?«, bat Antonia. »Es gibt noch etwas anderes, was wir Sie fragen möchten.«

Die alte Dame nickte und gemeinsam gingen sie zu dem Krankenzimmer.

Dort fuhr Antonia fort: »Bei unserer letzten Begegnung in der Seeburg haben wir erwähnt, dass Ihr Sohn alte Unterlagen zu einer ›Operation Falkenstein‹ hatte.« Frau Boschmann wusste sofort wieder, um was es ging. Sie hatte damals versucht, sich nichts anmerken zu lassen. »Damals hat Sie das ziemlich erschreckt. Können Sie uns vielleicht etwas zu dieser Operation sagen?«

Frida Boschmann atmete tief ein, ihr wurde schwer ums Herz. Allein der Gedanke, dass es einen Zusammenhang zwischen der »van Bergen Chemicals« und der »Operation Falkenstein« geben und dass Klaus diesen aufgedeckt haben könnte, war schwer zu ertragen. Auf keinen Fall durfte sie diese bemerkenswerten Kinder in Gefahr bringen.

»Frau Boschmann?«, fragte Antonia erneut.

»Operation Falkenstein? Hm, das sagt mir gar nichts«, log sie. »Ihr glaubt, dass das mit Klaus' Unfall zusammenhängt?«

»Nun, es schien Teil seiner Untersuchung gewesen zu sein«, erklärte Emma.

»Außerdem hat jemand Ihrem Sohn diese Unterlagen gestohlen«, fügte Franky hinzu. »Und er fuhr einen roten Porsche, genau wie dieser Richard.«

Die alte Dame erinnerte sich daran, wie die Kinder ihr davon erzählt hatten. Die vier ahnten ja nicht, mit wem sie es zu tun hatten! In diesem Moment schwor sie sich, die vier zu beschützen. Auch vor der Wahrheit, wenn es sein musste.

Kapitel 5

Krankenbesuche

Emma, Franky und Jaron wollten auf jeden Fall noch einmal zu Opa Hans, auch wenn ihnen Antonia nicht viele Hoffnungen machen konnte, dass sie ihn würden besuchen können. Nachdem sie sich von Frida Boschmann verabschiedet hatten, gingen die vier Freunde zur Intensivstation. Leider hatten sie wie befürchtet kein Glück. Eine resolute Schwester am Eingang der Intensivstation wies sie unfreundlich ab. »So viele auf einmal geht nicht! Und schon gar nicht ohne erwachsene Begleitung!«, schnaubte sie und schlug ihnen die Tür vor der Nase zu.

Enttäuscht gingen sie zurück in Antonias Zimmer. »Mann, ich mach mir echt voll die Sorgen um Opa Hans«, durchbrach Franky die Stille. Die anderen nickten.

»Er hat aber echt noch Glück gehabt«, meinte Emma. »Mein Vater hat gesagt, dass sich das Gift im See immer mehr ausbreitet. Er ist nur noch mit der Analyse und Bekämpfung beschäftigt. Wenn die Quelle nicht bald gefunden wird, wird der See Monate brauchen, bis er sich wieder erholt. Schon jetzt ist es eine Katastrophe, viele Gäste reisen ab, obwohl der Sommer erst anfängt. Aber was sollen sie auch anderes machen, wenn alle Strände gesperrt sind und tote Fische am Ufer treiben?«

»Opa Hans wird auch eine Weile nicht mehr zum Fischen rausfahren können«, vermutete Jaron, »selbst wenn es ihm bald besser geht.«

»Ja, er ist schon auf dem Weg der Besserung, das hat Papa erzählt«, erklärte Antonia.

»Hoffentlich«, sagte Emma.

»Sollen wir für ihn beten?«, fragte Jaron. Die anderen nickten und falteten ihre Hände.

»Lieber Jesus«, fing Jaron an, »wir machen uns mega Sorgen um Opa Hans. Bitte mach, dass es ihm bald wieder besser geht. Bitte mach dass er …« Jaron brach ab. Seine Sorge wurde so groß, dass er nicht weitersprechen konnte, aber er wollte auf keinen Fall vor den anderen anfangen zu weinen. Schnell wischte er sich eine Träne aus den Augen. *Hoffentlich hat Antonia das nicht gesehen*, dachte er. Verschämt blickte er zu ihr hinüber. Sie hatte zum Glück die Augen geschlossen, aber er sah, wie auch ihr eine Träne die Wange runterkullerte. Schnell riss er sich zusammen und betete weiter: »Bitte mach, dass er wieder ganz gesund wird. Amen.« Alle wiederholten »Amen« und dann war für einen Moment Stille.

In diesem besonderen Moment war Jaron sehr dankbar für seine Freunde und dafür, dass sie gemeinsam beten konnten. Das gab ihm Hoffnung. Im Stillen fügte er hinzu: »Danke, Gott, für meine Freunde, und danke, dass du dich um Opa Hans kümmerst.«

Sein Blick fiel auf die Halskette um Antonias Nacken. *Warum hat sie noch nichts gesagt?*, fragte er sich. Er spürte, wie sich wieder Frust in ihm aufbaute.

»Fandet ihr Frau Boschmann gerade auch komisch?«, fragte Emma plötzlich.

»Ja, irgendwie schon«, meinte Franky. »Ich glaube, sie weiß mehr, als sie uns sagt.«

»Sie weiß hundertprozentig etwas über die Operation Falkenstein«, bestätigte Antonia, »so wie sie jetzt und damals in der Seeburg reagiert hat.«

»Ja, und habt ihr bemerkt, wie sie geguckt hat, als wir von dem Grusel-Opi Anton van Bergen gesprochen haben?«, fragte Franky. »Ich hatte den Eindruck, dass sie ihn kennt.«

»Aber dann hätte sie doch gewusst, dass er jetzt im Schloss Unterallmannshausen wohnt«, stellte Antonia fest.

»Nicht unbedingt. Sie kannte den Namen vielleicht nur im Zusammenhang von Herrn Boschmanns Recherchen zu van Bergen Chemicals«, meinte Emma.

Franky überlegte und warf ein: »Ich glaube, wir übersehen irgendwas. Inzwischen bin ich überzeugt, dass das Gift im See, die van Bergen Chemicals und diese Operation Falkenstein zusammenhängen.«

»Und ich bin mir sicher, dass Frau Boschmann genau das weiß«, sagte Jaron.

»Vielleicht hat sie etwas mit der ganzen Sache zu tun«, antwortete Franky nachdenklich.

»Irgendwie kann mir nicht vorstellen, dass sie etwas Böses im Sinn hat«, sagte Emma.

»Das glaub ich auch nicht«, stimmte ihr Jaron zu, »aber sie hat vor irgendetwas Angst.«

»Das denke ich auch«, sagte Antonia zu Jarons Freude. »Sie hatte definitiv Angst. Und wir sollten herausfinden, vor was!« Auf einmal strahlte sie. Die Aussicht auf neue Ermittlungen machte sie glücklich. Sie blickte auf die Uhr.

»Wisst ihr was? Gleich habe ich einige Untersuchungen. Hoffentlich kann ich die Ärzte davon überzeugen, mich morgen zu entlassen. Dann können wir uns im alten Heinrich treffen und genau planen, wie wir weitermachen.«

»Genau so machen wir das!«, stimmte Franky zu.

»Sag bitte gleich Bescheid, was die Untersuchungen ergeben«, bat Jaron. »Ich freu mich, wenn du wieder ›unter uns‹ bist.« In diesem Moment merkte er, dass er seine Gedanken laut ausgesprochen hatte. Franky und Emma lächelten ihn an, und er spürte, wie ihm warm wurde. *Hoffentlich werde ich nicht rot,* dachte er. Schnell sah er von Antonia weg. *Mist, warum habe ich das nur gesagt?*

»Hey Bro, du hast ja richtig Sehnsucht«, frotzelte Franky.

»Ich aber auch«, warf Emma ein und umarmte ihre Freundin. Jaron war froh über diese Ablenkung.

»Ja, ja, ich ja auch. Ich habe so große Sehnsucht nach Antonia, dass mein Herz fast zerspringt!«, meinte Franky theatralisch und lachte sich kaputt.

»Du Spinner!«, Antonia grinste und warf ihr Kopfkissen nach ihm.

»Hey, das tut weh«, maulte Franky gespielt beleidigt.

»Das soll es ja auch«, knurrte Antonia und alle lachten.

»Okay, dann hoffen wir, dass wir uns morgen im alten Heinrich sehen«, meinte Emma.

In diesem Moment kam ein Krankenpfleger, um Antonia abzuholen, und sie verabschiedete sich von ihren drei Freunden.

Nach den Untersuchungen wurde Antonia in ihr Zimmer zurückgebracht und legte sich auf ihr Bett. Sie grübelte über die Dinge nach, die sie an diesem Tag erfahren hatten, und wartete sehnsüchtig auf die Untersuchungsergebnisse.

Bald darauf klopfte es. Frau Boschmann wollte sich von ihr verabschieden und sich noch einmal für den Hinweis bedanken, dass ihr Sohn möglicherweise in Gefahr war. Sie erzählte, dass er zur Sicherheit auf die Intensivstation verlegt worden war, weil man dort nicht einfach so reinkam. Antonia seufzte erleichtert auf.

Am späten Nachmittag kamen ihre Eltern. Antonia freute sich sehr, sie zu sehen, und wollte auch gern Opa Hans besuchen, doch die Schwester auf der Intensivstation wollte nur einen Erwachsenen zu ihm lassen. Ihre Eltern sahen sich kurz an, dann ging Gitti Reihmann hinein. Schon nach einer halben Stunde kam sie wieder. »Opa Hans schläft jetzt. Aber er wirkt schon etwas kräftiger«, sagte sie.

Schließlich verabschiedeten sich auch Antonias Eltern von ihr, da das Abendessen gebracht wurde. Lustlos kaute sie auf dem Brot herum. Sie wollte mit Emma chatten, aber die antwortete nicht. Wahrscheinlich war sie mit ihrem Pferd unterwegs.

Irgendwann hielt Antonia es in ihrem Bett nicht mehr aus und beschloss, es noch einmal an der Intensivstation zu versuchen. Sie ging hinaus auf den Gang und in Richtung Aufzug. Im Krankenhaus war es nie ganz still, aber jetzt, so spät am Abend, war es viel ruhiger. Nur wenige Pfleger und Schwestern waren unterwegs, und sie beachteten Antonia nicht.

Tatsächlich stand diesmal die Tür zur Intensivstation offen. Niemand war zu sehen, das Personal war anscheinend beschäftigt. Sie überlegte kurz, dann entschied sie sich, es einfach zu versuchen. *Wenn ich nachfrage, kriege ich eine Antwort. Also frage ich mal lieber nicht nach.*

Sie ging den Gang entlang, der ganz anders war als der, auf dem ihr Zimmer lag. Es roch sehr merkwürdig und aus jedem Zimmer hörte sie das Piepsen von Maschinen. Die Türen standen offen, sodass sie einen Blick hineinwerfen und Opa Hans suchen konnte. Das war nicht leicht zu ertragen. *So viele schwer kranke Menschen,* dachte sie voller Mitleid.

In einem Zimmer sah sie Herrn Boschmann, der weiterhin bewusstlos war. Eine Maschine piepste regelmäßig und zeigte seinen Herzschlag an.

Endlich entdeckte Antonia in einem Zimmer Opa Hans. Sie trat an sein Bett. Er lag ganz ruhig da, die Augen geschlossen, das Gesicht merkwürdig bleich. Mehrere Schläuche verbanden ihn mit den Maschinen, die neben seinem Bett standen. Er atmete schwer.

Antonia griff nach seiner Hand, die neben seinem Körper auf der Decke lag. »Hallo Opa Hans«, flüsterte sie, »hier ist Antonia.«

Der alte Mann zeigte keine Regung. Antonias Herz wurde schwer. Sie betrachtete den Fischer besorgt. Im fahlen Licht der Neonröhren sah er viel älter aus als sonst, viel zerbrechlicher. Sie kannte ihn als ruhigen, fröhlichen Mann, der trotz seines Alters jeden Tag bei Wind und Wetter hinaus auf den See fuhr. Zuverlässig lieferte er seine Fische bei seinen Kunden ab und er war immer für sie da, wenn sie ihn brauchte. Dass ihn nun gerade das Wasser seines geliebten Starnberger Sees vergiftet hatte, an dem er sein ganzes Leben verbracht hatte und den er so gut kannte wie kein Zweiter, war schwer zu ertragen.

Sie schluckte. »Opa Hans, ich bete für dich«, flüsterte sie. »Du musst bald wieder gesund werden.« Sie streichelte sanft seine Hand, beugte sich vor und gab ihm einen Kuss auf die Wange.

Während sie die Maschinen betrachtete, die Opa Hans am Leben hielten, wurde sie zornig. Irgendjemand saß nun zufrieden und glücklich in seinem Zuhause und verschwendete vermutlich keinen Gedanken an das, was er angerichtet hatte, als er das Gift in den See gekippt hatte. Dass Menschen wie Opa Hans schwer krank waren, war ihm egal. Sie drückte die Hand des alten Mannes und versprach: »Opa Hans, wir werden rausfinden, wer den See vergiftet hat.«

Ihr Blick glitt zum Nachttischschränkchen, auf dem zwei Bilder standen, die ihre Eltern wohl ins Krankenhaus gebracht hatten. Lächelnd betrachtete sie das Foto von sich und ihren drei Freunden, die stürmisch Opa Hans umarmten. Es war im vergangenen Sommer entstanden, sie konnte sich noch genau daran erinnern, wie ihr Vater mit der Kamera am Seeufer aufgetaucht war. Das andere Bild zeigte Opa Hans' Tochter Leni, die mit zwölf Jahren bei einem Unfall gestorben war.

Daneben lag eine Kinderzeichnung, die der Fischer normalerweise in seinem Geldbeutel bei sich trug.

Antonia wusste, dass dieses abgegriffene Bild Opa Hans sehr wichtig war. Einmal hatte er erzählt, dass er es geschenkt bekommen hatte, als er sehr traurig gewesen war. Seitdem hatte es ihm immer wieder Hoffnung gegeben, wenn er schwere Zeiten erlebt hatte.

Antonia nahm die Zeichnung in die Hand und betrachtete sie zum ersten Mal genauer. Verblasste Blumen aus Buntpapier waren um einen Bibelvers geklebt, der in farbigen, fröhlichen Buchstaben in einer etwas altertümlichen Schrift geschrieben war:

Denn ich weiß wohl, was ich für Gedanken über euch habe, spricht der HERR: Gedanken des Friedens und nicht des Leidens. Jeremia 29,11

»Frieden, kein Leid«, murmelte sie vor sich hin. Sie legte den Vers wieder auf den Nachttisch und nahm die Hand das alten Mannes in die ihre. Plötzlich regte sich sein Gesicht. Ein Lächeln huschte darüber und er schien sich zu entspannen. Antonia spürte, dass Jesus gerade ganz nahe bei ihm war und dass Opa Hans das auch spürte. Das gab ihr Hoffnung.

»Ist das dein Opa?«, hörte sie plötzlich eine Männerstimme sagen und sie drehte sich erschrocken um. Ein etwa vierzigjähriger Mann in einem weißen Kittel stand hinter ihr und lächelte sie freundlich an. Dr. Bichinger stand auf seinem Namensschild.

Antonia nickte ängstlich. »Ja, na ja, wir sind nicht verwandt, aber er ist mein Ersatzopa«, sagte sie. Würde er sie nun hinauswerfen? Doch der Arzt lächelte nur.

»Wird er wieder gesund?«, fragte Antonia zögerlich.

»Das können wir leider noch nicht genau sagen. Aber sein Körper ist topfit. Ich denke schon, dass er es schaffen wird.«

Antonia sah wieder Opa Hans an. Er lächelte jetzt noch mehr und sie spürte einen leichten Druck seiner Hand. Anscheinend verstand Opa Hans alles.

»Es tut mir leid, aber du musst gehen. Eigentlich sind Besuche hier nur erlaubt, wenn sie angemeldet sind«, sagte der Arzt, »aber ich denke ja, dass du angemeldet warst, oder?« Er lächelte und zwinkerte ihr dabei zu.

Antonia nickte zögerlich. »Opa Hans, halt durch. Ich hab dich lieb«, sagte sie sanft und gab ihm einen Kuss. Dann drehte sie sich zu dem Arzt. »Ich komme morgen wieder und melde mich dann natürlich wieder an.«

Er nickte. »Genau so machst du es.«

Als Antonia am Zimmer von Klaus Boschmann vorbeikam, sah sie zu ihrer Verwunderung, dass sich seine Hand bewegte. War er etwa aus dem Koma aufgewacht? Sie schlich sich an das Bett. Tatsächlich, Klaus Boschmann öffnete seine Augen und starrte an die Decke. Dann schloss er sie wieder.

»Hallo, können Sie mich hören?«, fragte Antonia. Plötzlich öffnete Boschmann die Augen wieder und sah sie an. Sie fuhr zurück. Damit hatte sie nicht gerechnet. Er bewegte seinen Mund, als ob er etwas sagen wollte. Sie beugte sich vor und hielt ihr Ohr über seinen Mund.

»van Bergen ...«, hauchte er kaum verständlich. »Operation Falkenstein ...«

»Operation Falkenstein, was ist das? Was hat die mit van Bergen zu tun?«, fragte sie aufgeregt.

»Nazis ... Schatz ... Gift ...«

Antonia fragte erneut: »War das die Operation Falkenstein? Eine Nazi-Operation? Meinen Sie das Gift im See?«

»Giftfässer … Gift … van Bergen …«

»Hat van Bergen versucht, Sie umzubringen?«

Antonia hörte, wie der Piepton des Pulsmessgeräts schneller wurde. Sie griff nach der Klingel, die über dem Bett an einer Stange hing, und läutete.

Wieder stammelte Boschmann ein paar Wortfetzen: »Nah dran … Dachau … van Bergen … meine Mutter.«

Antonia hatte keine Ahnung, was er meinte. In diesem Moment kam Dr. Bichinger herein und sah Antonia verwundert an.

»Er wacht auf!«, rief sie ihm zu.

»Was machst du hier?«, fragte er, während er den Taucher untersuchte. Klaus Boschmann hatte die Augen wieder geschlossen und lag regungslos da.

»Als ich an der Tür vorbeigegangen bin, habe ich gesehen, dass Herr Boschmann sich bewegt. Meine Freunde und ich haben ihn gerettet, als er fast ertrunken wäre, deshalb kenne ich ihn«, erklärte Antonia.

»Und du bist sicher, dass er wach war?«, fragte Dr. Bichinger.

»Ja«, antwortete sie, »er hat die Augen geöffnet und versucht, etwas zu sagen.«

Im nächsten Moment kam eine Krankenschwester herein. Sie sah Antonia verwundert an, sagte aber nichts. Der Arzt untersuchte Klaus Boschmann, leuchtete ihm mit einer Lampe in die Augen und tippte an eines der technischen Geräte.

»Hm, interessant. Gut möglich, dass er wach war. Der Puls hatte gerade einen starken Anstieg«, sagte er. »Das ist ein gutes Zeichen.« Er sah Antonia an: »Gut gemacht.«

Sie nickte erfreut.

»Verständigen Sie bitte Frau Boschmann«, bat der Arzt die Krankenschwester. Sie nickte und verließ das Zimmer. Dann fragte der Arzt Antonia noch mal im Detail, was sie alles beobachtet hatte.

Sie sagte ihm nicht, was der Journalist gesagt hatte, denn damit hätte Dr. Bichinger sowieso nichts anfangen können. Aber sie bat ihn, Frau Boschmann eine Nachricht zu übergeben. Schnell kritzelte sie ihre Handynummer auf ein Stück Papier und gab es ihm. »Bitte sagen Sie ihr, dass sie mich anrufen soll.«

Der Arzt nickte und sagte: »Jetzt aber ab in dein Zimmer mit dir!«

Zurück in ihrem Bett spürte Antonia immer noch die Aufregung. Boschmann hatte gesprochen! Was hatte er bloß mit seinen Worten gemeint?

Kapitel 11

Neue Hoffnung

Starnberger See, April 1945

Karl und Katrin saßen im Aufenthaltsraum des Kinderheims Seeburg. Außer ihnen waren nur wenige andere Kinder hier, die meisten spielten draußen. Die Kinderschwester ging immer wieder hinaus, um an der Pforte nach dem Rechten zu sehen. Starnberg war voller Flüchtlinge aus den östlichen Gebieten, die jetzt nicht mehr unter deutscher Herrschaft standen. Ständig klopfte jemand an der Pforte der Seeburg und bat um Essen oder Unterkunft. Immer häufiger kamen auch Mütter aus München, die ihre Kinder abholen und mit ihnen zu Bekannten oder Verwandten aufs Land fliehen wollten. Viele Menschen glaubten nicht mehr daran, dass Deutschland diesen unseligen Krieg gewinnen würde.

Die Kinderschwestern hatten alle Hände voll zu tun, um die Kinder für die Abreise vorzubereiten, Besucher abzuwimmeln oder mit einem Teller Suppe zu versorgen. Deshalb war die Bewachung der Buddenberg-Geschwister nicht ganz so lückenlos, wie es der Heimleiter Adolf von Brüning angedroht hatte, als sie vor wenigen Wochen nach ihrer Flucht wieder hier angekommen waren.

Die Kinderschwestern waren außerdem abgelenkt von den Ereignissen der letzten Tage. Sie waren sich bewusst, dass die Front immer näher rückte, und in Gedanken oft mit ihrer eigenen Zukunft oder ihren Familien beschäftigt.

Karl beugte sich wieder über das Papier und malte die nächsten Buchstaben darauf. Katrin reichte ihm die Blumen, die sie aus Buntpapier ausgeschnitten hatte. »Das war eine gute Idee von dir«, sagte sie und lächelte.

»Ja, ich hoffe, es gefällt den beiden«, antwortete Karl. Er wollte seinen kleinen Geschwistern eine Freude machen, doch mit dem wenigen, was ihnen zur Verfügung stand, war das gar nicht so einfach.

Als die Kinder ein paar Tage später nachmittags draußen spielten, zogen sich die Geschwister in ihre Lieblingsecke zurück, wo die Kinderschwester sie nicht sehen konnte. Nachdem sie kurz geplaudert hatten, überreichte Karl Elfie und Wilhelm die Geschenke. »Hier«, sagte er und gab jedem ein kleines Blatt Papier. »Das ist für euch.«

»Was ist das?«, fragte Wilhelm.

Karl sah Katrin an, die neben ihm saß und lächelte. »Wir haben uns gedacht, ihr könnt etwas Aufmunterung gebrauchen. Deshalb haben Katrin und ich das für euch gebastelt.«

Elfie faltete das Papier auf. Bunte Blumen aus ausgeschnittenem Papier waren um einen Bibelvers geklebt. Darauf stand in bunten, mit Buntstiften gemalten Buchstaben:

Denn ich weiß wohl, was ich für Gedanken über euch habe, spricht der HERR: Gedanken des Friedens und nicht des Leidens. Jeremia 29,11

Ein warmes Gefühl durchströmte sie. *Wie lieb von den beiden*, dachte sie.

»Das soll euch Hoffnung geben, wenn ihr alleine seid«, sagte Katrin. »Wir glauben fest, dass wir nicht für immer hierbleiben werden. Dass Gott uns hilft und dass er es gut machen wird. Dass wir Mama wiedersehen und wieder zusammen sein werden.«

Wilhelm hielt das Papier in den Händen. Er lächelte ein wenig und ergriff die Hand seiner großen Schwester.

Auch Elfie lächelte und sagte: »Danke, das ist lieb von euch.« Sie lehnte ihren Kopf an die Schulter ihres großen Bruders. Karl legte seinen Arm um sie und lächelte sie an. »Wenn ihr euch alleine fühlt oder traurig werdet, dann denkt immer daran, dass Gott auf uns aufpasst.«

Die beiden Kleinen nickten. Wilhelm kletterte auf Katrins Schoß und kuschelte sich an sie.

»Selbst wenn Katrin und ich mal nicht da sein können. Gott ist da«, fügte Karl hinzu.

Die vier Geschwister umarmten sich lange und blieben eine Weile stumm zusammen sitzen, bis die Kinderschwester sie entdeckte und auseinandertrieb. Karl ging zu den größeren Jungs, Katrin nahm Wilhelm an der Hand und ging mit ihm zu den Schaukeln.

Elfie steckte das Bild von Katrin und Karl in ihre Schürzentasche und sah sich um. Sie hatte keine Lust, sich zu den anderen Kindern zu gesellen. Sie hatte hier keine Freunde und die Spiele der anderen fand sie langweilig. Sie sah sich nach der Kinderschwester um. Diese hatte sich wieder abgewendet und war damit beschäftigt, eine Rauferei zu schlichten. Elfie lief unauffällig in die andere Richtung und stieg, so leise sie konnte, den Abhang zwischen Burg und See hinunter. Unter einem großen Busch kauerte sie sich auf den Boden. Hier konnte sie allein sein und nachdenken. Sie sah den See und war gleichzeitig nicht zu weit von den anderen entfernt, sodass sie es mitbekommen würde, wenn die Spielzeit zu Ende war und die Kinderschwester zum Sammeln rief.

Elfie umklammerte ihre Knie und stützte ihren Kopf darauf. So saß sie eine Weile da und dachte an ihre Mutter, die ganz allein im Gefängnis sitzen musste.

Auch an ihren Vater dachte sie. Wo war er? Wie ging es ihm? Sie hatte ihn schon so lange nicht mehr gesehen, dass sie langsam vergaß, wie er aussah. Das machte sie traurig.

Sie zog das Bild von Katrin und Karl hervor und las noch einmal den Spruch: »Denn ich weiß wohl, was ich für Gedanken über euch habe, spricht der HERR: Gedanken des Friedens und nicht des Leidens.« Sie schwor sich, diesen Vers nie zu vergessen und die Hoffnung nie wieder aufzugeben. Sie würde fest daran glauben, dass sie ihren Vater und ihre Mutter eines Tages wiedersehen würde.

Ein Geräusch riss sie aus ihren Gedanken und sie sah auf. Ein etwa sechsjähriger Junge mit blonden Haaren und einer Lederhose kletterte den steilen Hang hinauf. Er hatte ein nettes, rundes Gesicht, aber die Haut rund um eines seiner blauen Augen war dunkelblau verfärbt. Als er Elfie unter dem Strauch entdeckte, hielt er inne und runzelte die Stirn. Er hatte ganz offensichtlich nicht erwartet, jemanden zu treffen. Schüchtern sah er sie an.

»Hallo.« Elfie lächelte ihn an. »Wer bist du denn?«

Er schien zu überlegen, ob er ihr antworten sollte.

»Wohnst du auch hier im Heim?«

Der Junge schüttelte den Kopf.

»Was hast du mit deinem Auge gemacht?«, fragte Elfie neugierig.

»Die Jungs aus dem Dorf haben mich verprügelt«, sagte er.

»Verprügelt? Warum das denn?«

»Die sind gemein«, sagte er und setzte sich neben Elfie. »Sie verstecken meine Sachen, werfen Dinge nach mir, so was halt.«

»Das tut mir leid!« Elfie sah auf den See hinaus. Es machte sie traurig, dass Kinder anderen Kindern so etwas antaten. Sie wandte sich wieder dem Jungen zu. »Das ist ein schönes Plätzchen hier, oder?«, sagte sie aufmunternd.

Er nickte stumm. Anscheinend fühlte er sich ganz ähnlich wie Elfie. Kein Wunder, dass sie sich an diesem Ort getroffen hatten, sie wollten beide allein sein.

»Kommst du öfter hierher?«, erkundigte sie sich.

Der Junge nickte wieder und murmelte: »Immer wenn ich keinen sehen will.«

Das kenne ich, dachte Elfie und sagte: »Tut mir leid, dass der Platz heute schon belegt war.«

»Das ist schon in Ordnung«, antwortete der Junge. »Warum bist du hier?«

»Ich will auch keinen sehen«, erklärte sie.

Der Junge lächelte und fragte: »Wirst du auch geärgert?«

Elfie nickte. »Ich wohne im Kinderheim. Die Erwachsenen dort sind gemein.«

»Du bist in der Seeburg?«, fragte er erstaunt.

»Ja.«

»Wo sind denn deine Eltern?«

Elfie wusste nicht, warum, aber irgendwie empfand sie den kleinen Jungen als einen Verbündeten in ihrem Leid und sie erzählte ihm die Wahrheit: »Im Gefängnis.«

»Meine Mama auch.«

»Echt, warum das denn?« Elfies Interesse war geweckt.

Der Junge zögerte einen Moment, sah auf den See hinaus und sagte leise: »Weil mein Uropa ein Jude war.«

Elfie schüttelte verständnislos den Kopf. Warum hassten die Leute jüdische Menschen bloß so sehr? Sie dachte kurz an das große Geheimnis ihrer Familie. Daran, dass Katrin eigentlich nicht ihre richtige Schwester, sondern eine Jüdin war.

Rasch flüsterte sie dem Jungen zu: »Mein Papa sagt, dass das dumm ist. Gott mag alle Menschen gleich, also sollten wir das auch tun.«

»Dein Papa scheint nett zu sein.«

»Ja, das ist er«, antwortete sie. »Und was ist mit deinem Papa? Ist er im Krieg?«

Der Junge zuckte mit den Schultern. »Ich weiß nicht. Er ist weggegangen, weil er Mama und mich nicht mehr mochte.«

»Das tut mir leid«, sagte Elfie mitfühlend. Nach einer Pause fragte sie: »Und bei wem wohnst du jetzt?«

»Bei Oma und Opa, da drüben in der Fischerhütte.« Der Junge deutete in Richtung Norden, das Seeufer hinauf.

Bäume verdeckten die Sicht, aber die Kinder hatten schon oft Spaziergänge mit den Kinderschwestern am See entlang gemacht. Deshalb wusste Elfie, dass etwa dreihundert Meter entfernt eine kleine Holzhütte am Ufer stand.

»Meinst du die Hütte bei diesem gelben Schloss?«, wollte Elfie wissen. Der Junge nickte.

Er tat Elfie leid. Sein Vater hatte ihn verlassen, seine Mutter war im Gefängnis und die Kinder aus dem Dorf verprügelten ihn. Da kam ihr eine Idee. Sie holte den Vers, den sie von Karl und Katrin bekommen hatte, aus ihrer Schürzentasche, faltete das Blatt auf und zeigte es ihm.

Der Junge betrachtete es mit großen Augen und sagte bewundernd: »Das ist aber schön.«

»Das haben mir meine großen Geschwister geschenkt. Es ist ein Vers aus der Bibel.«

»Was steht da drauf? Ich kann noch nicht so gut lesen«, sagte er.

Elfie las ihm den Vers vor: »Denn ich weiß wohl, was ich für Gedanken über euch habe, spricht der HERR: Gedanken des Friedens und nicht des Leidens.«

»Das klingt schön«, meinte der Junge.

Sie hielt ihm das Blatt hin. »Hier«, sagte sie, »für dich.«

Er sah sie verdattert an, streckte seine Hand aus und nahm es. »Für mich?«

Elfie nickte. »Ja, für dich. Meine Geschwister machen bestimmt noch mal eins für mich, wenn ich sie drum bitte.«

»Es ist wunderschön! Vielen Dank.«

»Das kannst du immer anschauen, wenn du traurig bist«, sagte Elfie. »Und dann weißt du, dass du nie ganz alleine bist. Jesus ist immer da und passt auf dich auf.«

Der Junge strahlte, stammelte »Danke« und umarmte Elfie.

»Jetzt bete ich noch für dich«, sagte sie.

»Beten? Das macht man doch nur in der Kirche.«

»Nein, das kann man überall machen.« Elfie schloss die Augen und betete: »Bitte, Jesus, mach, dass …«, sie stockte und fragte: »Wie heißt du eigentlich?«

»Hansi Bernwieser.«

»Bitte Jesus, mach, dass Hansi Bernwieser nicht mehr traurig sein muss und dass die anderen nicht mehr gemein zu ihm sind. Und dass seine Mama wieder aus dem Gefängnis kommt. Amen.«

»Amen«, wiederholte Hansi.

In diesem Moment läutete oben an der Burg die kleine Glocke, mit der die Schwestern die Kinder zusammenriefen. Elfie schreckte auf. »Ich muss los«, sagte sie.

»Schade«, sagte der Junge.

»Vielleicht sehen wir uns ja mal wieder!«, antwortete Elfie hoffnungsvoll und begann, den Berg hinaufzulaufen.

»Ja, vielleicht. Mach's gut!«, rief er ihr hinterher.

Elfie kletterte noch ein Stück weiter. Dann fiel ihr etwas ein und sie drehte sich um. »He!«, rief sie ihm nach, »ich heiße übrigens Elfie. Elfie Buddenberg.«

Er grinste breit. Dann winkte er ihr noch einmal zu, drehte sich um und kraxelte den Abhang auf dem gleichen Weg hinunter, den er gekommen war. Nur dass er jetzt ein Blatt Papier mit Hoffnung darauf mit sich trug.

Kapitel III

Der Verdacht

Starnberger See, April 1945

»War die Reise sehr mühsam?«, fragte Adolf von Brüning und lehnte sich in seinem Lederstuhl zurück.

»Es ging«, antwortete der untersetzte, behäbig wirkende Mann mit den Nikotinflecken an den Fingern, der mit einer Tasse dampfendem Ersatzkaffee vor dem Schreibtisch saß. Er nahm einen kleinen, schlürfenden Schluck und schloss kurz die Augen. Dann sah er den Heimleiter an. »Ich habe es gerade noch aus der Stadt geschafft, bevor die verdammten Amerikaner alles lahmgelegt haben«, knurrte er. »Ich bin oft gelaufen, aber das letzte Stück konnte ich auf einem Laster mitfahren.« Er nahm noch einen Schluck. »Das tut gut«, seufzte er, »die Straßen sind inzwischen so schlecht, dass man keine Minute bequem sitzen kann. Mir tut alles weh von der Fahrt.«

Von Brüning nickte. »War bestimmt nicht angenehm.«

Er beugte sich in seinem Stuhl vor, stützte die Ellbogen auf die Tischplatte und legte die Handflächen zusammen. Nachdenklich sah er seinen Komplizen an und fragte: »Und die Amerikaner haben ganz Mannheim eingenommen, sagen Sie?«

Friedrich Thun nickte. »Als ich die Stadt verließ, standen sie wenige Kilometer vom Zentrum entfernt. Es gab Straßenkämpfe. Kurz nachdem ich geflohen bin, haben sie die Innenstadt eingenommen. Und das Chemiewerk.«

»Dann bleiben Sie wohl besser hier«, antwortete der junge Heimleiter und strich sich unwillkürlich über seine Halbglatze. Sehr zu seinem Ärger hatte er schon Anfang zwanzig eine »hohe Stirn« entwickelt. »Ich kann Ihre Hilfe auch gut gebrauchen.«

»In Ordnung«, sagte Thun. »Hilfe bei was?«

»Wenn die alliierten Kräfte schon so nah sind, werden sie auch bald hier an der Seeburg sein. Ich habe ein paar Dinge in Sicherheit zu bringen, die mir viel bedeuten und von denen ich nicht will, dass sie in deren Hände fallen. Dafür kann ich einen kräftigen Mann gebrauchen.«

»Ich bin mir sicher, Sie haben so einiges zu verstecken«, antwortete Thun schmunzelnd.

Von Brüning sah ihn stirnrunzelnd an. »Das ist nicht amüsant!«, hielt er dagegen. »Ein Mann mit meinem Geschäftssinn muss wissen, wie er seine Besitztümer schützt, sonst wird er nicht erfolgreich.«

»Das verstehe ich«, beruhigte ihn Thun. »Und ich helfe Ihnen natürlich.«

Von Brüning entspannte sich und lehnte sich wieder zurück. »Das ist gut. Ich werde mich angemessen revanchieren. Sie werden sehen, es wird sich für Sie lohnen.«

Thun nickte. »Wie immer.«

Er setzte seine Tasse ab, die inzwischen leer war. »Und die vier Blagen, sind sie noch da? Oder haben sie sich schon wieder aus dem Staub gemacht?«

Er lachte rau. Von Brüning erwiderte verärgert: »Die vier hauen mir nicht noch mal ab, das kann ich Ihnen versichern.«

Thun nickte. »Da ist noch etwas«, fuhr er fort, »etwas, das ich Ihnen noch berichten wollte. Ich habe den Verdacht, dass die Buddenbergs in Wahrheit nicht zu viert sind.«

Der Heimleiter sah ihn erstaunt an. »Wie meinen Sie das?«

»Nun, diese Katrin kam mir schon bei der ersten Begegnung merkwürdig vor. Sie passt nicht zu den anderen dreien, weder von ihrem Verhalten noch von ihrem Aussehen. Und mit den Eltern gibt es erst recht keine Ähnlichkeit. Ich habe mich gefragt, ob sie vielleicht gar nicht ihre richtige Schwester ist. Und wenn das so ist, warum man das verheimlichen sollte.«

»Was wollen Sie damit sagen?«

»Na ja, wenn es ein Patenkind wäre oder eine Cousine der Kinder, dann müsste man das doch nicht verbergen.«

»Sie meinen, es gibt einen Grund, diese Katrin zu verstecken …«

Thun nickte.

»Vielleicht ist es eine Jüdin … Das würde auf jeden Fall zu diesen Gutmenschen passen«, murmelte von Brüning. Er rieb sich nachdenklich das Kinn. »Thun, jetzt wo Sie es sagen: Irgendwas an diesem Mädchen hat mich immer gestört, ich konnte aber nie sagen, was. An Ihrer Vermutung könnte was dran sein.« Er stand auf. »Ich werde mir überlegen, wie wir diesem Verdacht nachgehen können. Aber lassen Sie mich erst Ihr Quartier organisieren.«

Adolf von Brüning hatte eine Mission. Vielleicht war das, was ihm Thun erzählt hatte, die eine Sache, die er brauchte, um die vier Buddenberg-Kinder zu kontrollieren. Mit der er sie so erpressen konnte, dass sie keinen weiteren Fluchtversuch unternehmen würden. Wenn Katrin wirklich keine echte Buddenberg war, sondern eine Jüdin, dann würde er das nutzen und sich dabei gleich ein paar Freunde machen, die ihm vielleicht später helfen konnten. Darin war er ein Meister: Verbündete suchen, Geschäfte abschließen, Gefälligkeiten machen und einfordern.

Er humpelte den Gang der Seeburg hinunter, an dem die Schlafsäle der Kinder lagen. Seine kaputte Hüfte schmerzte, er ignorierte es jedoch und ließ sich davon nicht aufhalten. Der Schlafsaal der Mädchen lag zu seiner Rechten. Er musste eine Weile suchen, bis er den Spind fand, auf dem »Katrin Buddenberg« stand. Methodisch durchstöberte er die Kleider und die wenigen Dinge, die Katrin aus Mannheim mitgebracht hatte, doch er fand nichts Verdächtiges. Enttäuscht richtete er sich auf und überlegte. Wo sonst konnte er etwas finden, das Thuns Verdacht erhärten würde?

In diesem Moment hörte er hinter sich ein Geräusch und drehte sich um. Schwester Helga stand in der Tür und sah ihn erstaunt an.

»Guten Tag Herr von Brüning«, sagte sie, »kann ich Ihnen helfen?«

»Dieses Buddenberg-Mädchen, die Große.«

»Katrin?«, fragte sie.

»Ja, diese Katrin. Ist Ihnen an ihr schon mal etwas aufgefallen?«

Schwester Helga stutzte. »Was meinen Sie?«, fragte sie unsicher.

»Die sieht so anders aus als ihre Geschwister, finden Sie nicht.«

»Ja, das stimmt«, gab sie zu.

»Ein Informant hat mir gesteckt, dass sie gar nicht zur

Familie gehört, sondern sie eine Jüdin ist, die dieser Buddenberg bei sich versteckt hat.«

»Dazu passt, was ich Ihnen vor ein paar Wochen erzählt habe«, antwortete Schwester Helga nachdenklich. »Da hatte ich mitbekommen, dass Katrin und ihr kleiner Bruder einen Streit hatten. Der Kleine war wütend und hat sie angeschrien. Er hat gesagt, dass sie gar nicht seine richtige Schwester sei.«

»Richtig!«, erinnerte sich von Brüning. »Das hatte ich vollkommen vergessen!« Kurz nach diesem Vorfall waren die vier Buddenbergs abgehauen und die Ereignisse hatten sich derart überschlagen, dass er nicht mehr an ihr Gespräch gedacht hatte. Jetzt ärgerte er sich über sich selbst. Das Problem mit den Buddenbergs hätte er damals schon erledigen können.

»Sie haben mir damals freundlicherweise den Empfehlungsbrief für das SS-Helferinnenkorps geschrieben, auch wenn ich ihn leider nicht mehr verwenden konnte«, fuhr Schwester Helga fort. »Also ist da was dran?«

Von Brüning antwortete: »Das werden wir jetzt herausfinden. Bringen Sie mir das Mädchen in mein Büro. Und auch den Jungen.«

❖ ❖

Katrin schwante nichts Gutes, als Schwester Helga zu ihr in die Küche kam, wo sie gerade dabei war, Kartoffeln zu schälen.

»Komm mit«, kommandierte sie.

»Aber ich bin noch nicht fertig«, erwiderte Katrin unsicher.

»Du kommst jetzt mit, los!« Unsanft packte Schwester Helga sie am Oberarm. Katrin folgte ihr mit einem bangen Gefühl im Magen zum Büro des Heimleiters. Als sie sah, dass Wilhelm vor dem großen Schreibtisch stand, überkam Katrin eine böse Ahnung. Ihre Knie begannen zu zittern, aber sie versuchte, sich zusammenzureißen.

»Katrin!«, rief der kleine Junge und klammerte sich an sie.

»Ach, da ist sie ja«, sagte der hagere Mann, der hinter dem Schreibtisch saß. »Wunderbar.« Er lächelte sie an, aber es war kein freundliches Lächeln. Ihr Herz schlug ihr bis zum Hals.

»Ich gehe dann mal wieder«, sagte Schwester Helga.

»Bitte bleiben Sie«, bat er.

»Ja, natürlich«, antwortete sie.

Adolf von Brüning stand von seinem Schreibtischstuhl auf und ging langsam auf die beiden Kinder zu. Er ging vor Wilhelm in die Hocke und lächelte ihn an. Wilhelm drückte sich noch fester an Katrin. Von Brüning strich ihm über das Haar.

»So ein hübscher arischer Junge, nicht wahr, Fräulein Helga?«, sagte er und Katrin sah, wie die Frau stumm nickte.

»Blaue Augen, blonde Haare«, fuhr der Leiter weiter fort. »Wie schade, dass deine Eltern Verräter sind.«

Er stand langsam auf und stellte sich vor Katrin. »Schon interessant, dass er dir so gar nicht ähnlich sieht, oder nicht?«

Katrin durchfuhr es kalt. *Er weiß Bescheid!*, dachte sie verzweifelt.

»Braune Haare, braune Augen, passt so gar nicht.«

»Wilhelm sieht Papa ähnlich und ich unserer Großmutter, der Mutter von meiner Mutter«, stammelte sie.

»Aha«, sagte er. Katrin wusste, dass er ihr nicht glaubte.

»Na, dann habe ich mich wohl getäuscht.« Von Brüning beugte sich wieder zu Wilhelm. »Das ist doch nicht wirklich deine Schwester, oder?«

Wilhelm hatte Angst, das sah ihm Katrin an. Er blieb stumm, aber zwei Tränen kullerten seine Wangen hinunter.

»Warum weinst du denn, mein Kleiner?«, säuselte der Heimleiter. »Du musst nicht weinen. Erzähl mir einfach die Wahrheit.«

Wilhelm drehte sich von ihm weg und vergrub sein Gesicht in Katrins Kleid.

»Hören Sie auf!«, sagte Katrin.

Adolf von Brüning erhob sich. »Was hast du gerade gesagt?« Seine Augen blitzten böse.

»Ich hab gesagt, Sie sollen aufhören«, wiederholte Katrin, obwohl sie am ganzen Körper zitterte.

Adolf von Brüning zischte ihr ins Gesicht: »Das ist ja nett, dass du dich für den Kleinen einsetzt. Aber ich sage dir jetzt, wie es laufen wird: Du sagst mir die Wahrheit oder ich werde dafür sorgen, dass der süße kleine Wilhelm hier ganz allein in ein anderes Heim verlegt wird. Eines, in dem der Heimleiter und die Schwestern nicht so nett sind. Verstanden?«

Katrin blieb stumm.

»Das würdest du deinem kleinen Bruder doch nicht antun, oder?«, fragte er. Katrin wusste, dass er es ernst meinte. Und sie wusste auch, dass Wilhelm es alleine, ohne seine Geschwister, nicht schaffen würde. Aber sie sagte nichts, zögerte, voller Angst.

Der Heimleiter wartete kurz. Dann wandte er sich ab und sagte: »Nun gut. Dann soll es so sein.« Er drehte sich zu Schwester Helga, die kreidebleich an der Tür stand.

»Schwester Helga, ich habe schon mit dem Leiter des Heims in Würzburg gesprochen.« Er ging um seinen Schreibtisch herum und griff nach einem Blatt Papier.

»Hier ist das offizielle Verlegungsschreiben«, sagte er und reichte ihr das Blatt. »Packen sie Wilhelms Sachen. Er wird uns noch heute Nachmittag verlassen.«

Wilhelm begann zu jammern und schrie: »Nein, bitte nicht. Bitte nicht!« Er klammerte sich krampfhaft an Katrin, die ihn ebenfalls festhielt.

»Herr von Brüning, das schaffe ich nicht. Die Kinder, sie …« Schwester Helga stockte. Zum ersten Mal, seit Katrin sie kannte, bemerkte sie Mitleid in ihrer Stimme. Die Härte und Gemeinheit des Kinderheimleiters schien selbst Schwester Helga zu erschrecken.

»Es ist mir egal, ob Sie das schaffen. Sie packen jetzt sofort die Sachen!«, schrie von Brüning und schlug mit der flachen Hand auf den Schreibtisch.

Schwester Helga schreckte zurück, nickte und drehte sich gehorsam zur Tür.

In diesem Moment erkannte Katrin, dass es keinen Ausweg für sie gab. Sie sah von Brüning an und bekannte: »Ich gehöre nicht zur Familie Buddenberg.«

Von Brüning sah sie eiskalt an. »Wie heißt du?«

Sie senkte den Kopf und schloss die Augen. »Sarah Katrin Goldstein«, flüsterte sie.

»Also eine Jüdin, wusste ich es doch«, sagte er triumphierend, als er den typisch jüdischen Namen hörte. »Na dann, Schwester Helga, bringen Sie Wilhelm zu den anderen Kindern. Und sorgen Sie dafür, dass er keinen Ärger macht.«

Wilhelm klammerte sich noch fester an Katrin. »Nein, ich will nicht« schrie er. »Ich will bei Katrin bleiben!« Als Schwester Helga versuchte, ihn wegzuziehen, schlug er um sich.

Katrin beugte sich zu ihm herunter und flüsterte: »Bitte, Wilhelm. Geh mit Schwester Helga. Ich komme gleich nach.« Ihr brach das Herz bei dieser Lüge, aber sie wusste, dass es nicht anders ging. Dann drückte sie ihren kleinen Bruder noch einmal ganz fest. Sie spürte, wie er zitterte. Es schmerzte sie so sehr. »Ich liebe dich«, flüsterte sie ihm mit bebender Stimme ins Ohr.

»Ich dich auch«, schluchzte er. Dann ließ er Katrin los.

Schwester Helga nahm ihn an der Hand und er folgte widerstandslos. Katrin ahnte, dass sie ihn gerade zum letzten Mal sah. An der Tür drehte er sich noch einmal um und winkte ihr zu. Dann war sie alleine mit von Brüning. Die Erkenntnis, dass sie sich verraten hatte, traf sie wie eine Welle. Es war vorbei.

»Los! Komm mit!«, befahl der Heimleiter. Willenlos folgte sie ihm.

Katrin fing erst an zu weinen, als Adolf von Brüning die Tür der Wäschekammer hinter ihr geschlossen hatte und sie das Geräusch des sich drehenden Schlüssels auf der anderen Seite der Tür hörte. Sie kauerte sich in einer Ecke auf dem Boden zusammen, schlang die Arme um die Knie und legte den Kopf darauf. Tränen rannen über ihr Gesicht und liefen ihre Beine hinunter. Sie schluchzte und heulte, hielt nichts zurück. Laute Schreie hallten durch die kleine Kammer mit ihren Regalen und den Stapeln von Wäsche darin. So lange schon hatte sie sich nichts anmerken lassen dürfen. So lange schon – seit sieben Jahren – lebte sie nun bei der Familie Buddenberg, hatte mit ansehen müssen, wie jüdische Familien aus der Nachbarschaft verschwanden.

An ihre echten Eltern erinnerte sie sich nur dunkel, sie war sieben Jahre alt gewesen, als sie mit den Buddenbergs von Berlin nach Mannheim gezogen war. Heinrich hatte dort eine neue Arbeit in der »Chemiefabrik Adolf von Brüning« angetreten. Er hatte die günstige Gelegenheit genutzt, um seinem Freund und Kollegen Moshe Goldstein anzubieten, seine einzige Tochter Katrin zu verstecken. Moshe und Miriam war der Abschied von ihrer Tochter sehr schwergefallen, aber sie befürchteten das Schlimmste und wollten Katrin in Sicherheit wissen.

Heinrich hatte bei einem Fälscher in Berlin eine falsche Geburtsurkunde herstellen lassen, die Katrin als sein Kind auswies. Nach dem Umzug hatten die neuen Nachbarn, Freunde und Arbeitskollegen sie als älteste Tochter der Buddenbergs kennengelernt. Zusammen begannen sie ein neues Leben als Familie in Mannheim. Und der kleine Wilhelm hatte sie immer als seine große Schwester gekannt, auch wenn seine Eltern ihm später erzählt hatten, dass sie das nicht war.

Am Anfang war es Katrin noch schwergefallen, ihre Herkunft zu verbergen. In der Schule hatte es zwei, drei Ereignisse gegeben, bei denen sie sich fast verraten hätte, weil sie etwas Verdächtiges gesagt hatte oder eine Frage über die Familie Buddenberg falsch beantwortete. Aber immer war sie aus diesen Situationen unentdeckt herausgekommen, immer hatte Gott seine schützende Hand über sie gehalten.

Doch jetzt war sie doch noch entdeckt worden. Dabei hatte sie sich hier im Kinderheim in Sicherheit gewiegt. Wieso hatte Gott diesmal nicht eingegriffen? Katrin hatte keine Antwort darauf.

Kapitel IV

Fortgeschafft

Der Heimleiter fluchte laut, als er aus seinem Büro kam. In der Verwaltung von Starnberg hatte ihm niemand sagen können, wo er eine enttarnte Jüdin hinbringen sollte. Offensichtlich wollte sich niemand mehr verantwortlich fühlen, jetzt, da die feindlichen Linien nur noch Tage von der Stadt entfernt waren. Verärgert beschloss er, Katrin zur Polizeistation zu bringen, auch wenn er nicht sicher war, dass er sie dort loswerden würde.

Er suchte Schwester Helga. Sie saß im Aufenthaltsraum der Schwestern bei einer Tasse Ersatzkaffee und genoss ihre Pause.

»Wo ist der Junge?«, fragte von Brüning.

»Schwester Emma macht mit den kleineren Kindern einen Spaziergang. Sie hat ihn mitgenommen. Ich habe ihn gewarnt, dass Katrin etwas Schlimmes passiert, wenn er nicht folgsam ist.«

»Sehr gut«, lobte der Heimleiter. »Dann packen Sie bitte die Sachen von dieser Jüdin zusammen und bringen Sie sie zu mir in den Burghof.«

Mit einem fragenden Blick in den Augen stand die junge Frau auf. »Wohin werden Sie das Mädchen bringen?«

Von Brüning seufzte innerlich. Dann gab er sich einen Ruck: »Ich werde es bei der Polizei in Starnberg versuchen. Mal schauen, ob die die Göre nehmen. Die werden schon wissen, wo sie sie hinbringen müssen.«

Sie nickte, ohne ihn anzusehen, schob ihren Stuhl nach hinten und ging aus dem Zimmer.

Er sah ihr kurz hinterher. *Schade*, dachte er, *eigentlich hätte ich sie gerne noch besser kennengelernt. Aber das ist jetzt wohl nicht mehr möglich*. Er zuckte leicht mit den Schultern, dann folgte er ihr.

Wenig später traf er Schwester Helga im Burghof wieder. Es war ihr gelungen, Katrin ohne großen Widerstand nach draußen zu bringen. Der Heimleiter sah ihr an, dass sie aufgegeben hatte, dass sie wusste, dass es vorbei war. Ihre Augen waren rot und verquollen, ihre Haare zerzaust und ihre Kleider zerknittert. Für einen kurzen, aber auch nur für einen sehr kurzen Moment hatte er Mitleid mit ihr. Er wusste, dass sie die Familie Buddenberg nie wiedersehen würde. Dann waren sie an seinem Auto angekommen.

Katrin blieb erschrocken stehen. »Wohin bringen Sie mich?«, fragte sie heiser.

»Das wirst du schon sehen«, sagte er und zog an ihrem Arm, »komm jetzt.« Er öffnete die Wagentür und bugsierte Katrin hinein. Dann schloss er die Tür und ging um das Fahrzeug herum zu Schwester Helga. »Ist das der Koffer des Mädchens?«, fragte er.

Schwester Helga nickte stumm und reichte ihm das Gepäckstück. »Was soll ich den Geschwistern sagen, wenn sie nach ihr fragen?«

Er nahm den Koffer, zuckte leicht mit den Schultern und meinte: »Das ist mir gleich. Denken Sie sich was aus.« Damit öffnete er den Kofferraum, verstaute den Koffer und ging zur Fahrertür. Er setzte sich hinter das Steuer und sah sie durch die offene Tür noch einmal an. »Ich werde wahrscheinlich ein paar Stunden fort sein. Sorgen Sie dafür, dass die Kinder keinen Ärger machen.«

»Jawohl, Herr von Brüning«, antwortete sie.

Als er durch das Burgtor fuhr, sah er im Rückspiegel, dass sie immer noch im Hof stand und ihm nachblickte.

Auf dem Weg nach Starnberg war es still im Auto. Von Brüning warf ab und zu einen Blick in den Rückspiegel und sah zu Katrin. Doch sie beachtete ihn nicht, sondern saß zusammengekauert auf der

Rückbank und starrte aus dem Fenster. Die Sonne, die durch die Bäume schien, ließ Lichtflecken über ihr Gesicht und ihre weit aufgerissenen Augen huschen. Ein paar Haarsträhnen, die sich aus den beiden Zöpfen gelöst hatten, fielen ihr über die Stirn. Geistesabwesend strich sie diese weg.

Es war nicht einfach, Starnberg mit dem Auto zu erreichen, die Straßen waren voller Menschen, die Richtung Alpen unterwegs waren, zu Fuß in langen Kolonnen, mit dem Fahrrad, manche in Ochsenkarren. Zu von Brünings Vorteil flößte seine Limousine den Leuten genug Respekt ein, sodass sie Platz machten. Die Hupe tat den Rest. Trotzdem dauerte es mehr als doppelt so lang wie an einem normalen Tag, in die Stadt zu kommen. Der Heimleiter atmete erleichtert auf, als er den Wagen endlich vor der Polizeistation anhielt und den Motor ausstellte. Er stieg aus und zog sein Jackett gerade. Dann steckte er den Kopf noch einmal ins Wageninnere und sah Katrin streng an. »Du bleibst hier und rührst dich nicht, ist das klar?«, raunzte er. Sie sah ihn verängstigt an und nickte.

Er richtete sich wieder auf und sah an der Fassade des Gebäudes empor. Dann stieg er die Stufen zum Eingang hinauf und stieß die Tür auf.

Die Wache war so gut wie leer, ein einziger Beamter saß an einem Schreibtisch hinter dem Schalter und tippte mit zwei Fingern auf einer Schreibmaschine herum. Er sah nicht auf, als von Brüning an den Tresen trat.

»Heil Hitler!«, rief von Brüning.

Der Polizist sah auf. »Heil Hitler. Was wünschen Sie?«, fragte er.

»Mein Name ist Adolf von Brüning, ich leite das Kinderheim in der Seeburg in Berg.«

Der Polizist musterte ihn erstaunt. Vermutlich hätte er ihm diese Position aufgrund seines jungen Alters nicht zugetraut. Von Brüning war das gewohnt und ließ sich davon nicht beirren.

»Unter meinen Schützlingen habe ich eine Jüdin enttarnt, die will ich einliefern.«

Der Polizist stand auf, kam an den Schalter, die Augenbrauen zusammengezogen. »Eine Jüdin? Woher wissen Sie, dass es eine Jüdin ist?«

»Weil sie gestanden hat natürlich«, herrschte der Heimleiter den Polizisten an.

Der Beamte nickte und sagte: »Nun gut. Dann bringen Sie sie mal her.«

»Sie sitzt noch im Auto«, erwiderte von Brüning, drehte sich um und verließ die Wache. Er öffnete den Wagenschlag und zerrte Katrin heraus. Dann packte er ihren Koffer und gemeinsam betraten sie die Polizeistation.

Der Beamte riss die Augen auf, als er das Mädchen in von Brünings Griff sah. Er wirkte überrascht. »Ist sie das?«, fragte er zögerlich.

»Ja, das ist sie.«

Der Polizist schwieg einen Moment, dann riss er sich zusammen und wandte sich an Katrin: »Wie ist dein Name, Kind?«

»Katrin Buddenberg«, antwortete sie leise.

Von Brüning zerrte an ihrem Arm und rief: »Lüg nicht! Sag deinen richtigen Namen.« Zum Polizisten gewandt erklärte er: »Katrin Buddenberg ist der Name, unter dem sie sich versteckt gehalten hat.«

Der Beamte nickte und fragte Katrin erneut: »Sag mir, wie du heißt.«

Katrin antwortete nicht, sondern sah ihn nur mit großen Augen ängstlich an.

»Sie heißt Sarah Katrin Goldstein«, knurrte von Brüning schließlich verärgert.

»Nun gut«, sagte der Polizist, »lassen Sie sie hier. Ich werde meinen Chef fragen, wie weiter mit ihr zu verfahren ist.«

Er ging zu einer kleinen Tür zwischen den Schaltern und öffnete sie. Dahinter lagen die Zellen. Sie waren alle leer. Der Polizist öffnete eine und von Brüning schob Katrin hinein. Nachdem der Polizist die Tür abgeschlossen hatte, gingen die beiden Männer zurück zum Schalterraum. Dort angekommen sah der Polizist den Heimleiter an. »Sind Sie sicher, dass Sie das machen wollen?«, fragte er leise. »Das bringt doch nichts mehr. In ein, zwei Tagen ist alles vorbei. Wenn mein Chef sie hier findet, wird er sicherstellen, dass sie weggebracht wird.«

»Glauben Sie etwa nicht mehr an den Endsieg?«, fauchte von Brüning ihn an. Statt einer Antwort öffnete der Beamte ihm die Tür Richtung Ausgang und sagte traurig: »Auf Wiedersehen.«

Dann ließ er den Heimleiter stehen, ging zurück zu seinem Schreibtisch und wandte sich wieder seiner Arbeit zu.

Während von Brüning auf der Polizeistation war, saßen die Kinder im Heim beim Abendessen. Karl blickte sich um. Der Platz neben Elfie, auf dem sonst Katrin saß, war leer. Er sah sie fragend an, doch sie zuckte mit den Schultern. Sie wusste selbst nicht, wo ihre Schwester war.

Wilhelm saß am anderen Ende des Tisches und schob lustlos seinen Löffel auf seinem Teller herum. Voller Sorge beugte sich Karl wieder über seine Suppe und dachte nach. Zu gern hätte er mit den Geschwistern gesprochen, aber beim Essen herrschten strenge Regeln. Immer wieder sah er zur Tür, aber Katrin kam nicht.

Nach dem Essen wandte er sich an Schwester Emma und fragte: »Meine Schwester Katrin war nicht beim Essen. Wissen Sie, wo sie ist?«

Die Schwester musterte ihn mit einem ungewöhnlichen Ausdruck in den Augen. Er hätte schwören können, dass sich auf ihrem Gesicht Mitleid spiegelte.

»Ich weiß nichts, aber frage mal Schwester Helga. Vielleicht weiß die es.«

Karl beeilte sich, um Schwester Helga auf dem Gang zu erwischen, bevor sie die Mädchen zu ihrem Schlafraum begleitete.

»Mach dir keine Sorgen um deine Schwester«, wich sie ihm aus, als er nach Katrin fragte. »Es geht ihr gut. Herr von Brüning hat sie zu einer Bauernfamilie gebracht, die eine Hilfe im Haushalt brauchte, weil die Mutter krank geworden ist.«

Karl sah sie misstrauisch an und hakte nach: »Aber warum hat sie sich dann nicht verabschiedet? Sie würde doch nie gehen, ohne uns etwas zu sagen!«

Schwester Helga runzelte verärgert die Stirn und sagte: »Hör mit deiner dummen Fragerei auf und mach dich bettfertig.«

Mit einem flauen Gefühl im Magen ging Karl zum Schlafsaal der Jungen, wo Wilhelm auf seinem Bett saß und jämmerlich weinte.

Kapitel 6

Ein geheimnisvolles Paket

Starnberger See, Sommer, Gegenwart

»Machst du schon schlapp?«, rief Emma und trat noch kräftiger in die Pedale. Sie sah auffordernd zu Franky hinüber, der versuchte, mit ihr mitzuhalten. Im nächsten Moment wich sie einem Fußgänger aus. Auf der Seestraße direkt am Ufer des Starnberger Sees waren heute viele Leute unterwegs. Normalerweise tummelten sich bei schönem Wetter Badegäste im Wasser und am Strand, doch seit ein paar Tagen war alles anders. Das Ufer war weiträumig abgesperrt. Statt Urlaubern waren Freiwillige dort unterwegs, die in Angleranzügen und mit Gummihandschuhen bekleidet tote Fische aus dem Wasser holten.

»Oh Mann«, schnaufte Franky hinter ihr, »zum Glück sind wir bald da.« Emma lachte. Vor ihnen tauchte die Fischerhütte von Opa Hans auf, wo sie sich mit Jaron verabredet hatten. Sie wollten dort zusammen abhängen und für Opa Hans beten. Außerdem hatte Gitti Reihmann, die Mama von Antonia, sie gebeten, ein paar Sachen für den alten Mann aus der Hütte zu holen.

Die Hütte lag unterhalb der gelben Fassade des Schlosshotels Unterallmannshausen direkt am Ufer.

Als Emma und Franky näher kamen, sahen sie Jaron schon auf der Bank vor der Hütte sitzen. Er schaute auf sein Handy. »Hey Leute, gute Nachrichten!«, rief er ihnen zu.

»Was gibt's denn?«, fragte Franky keuchend, als Emma und er vor Jaron anhielten.

»Antonia wird heute aus dem Krankenhaus entlassen«, sagte er.

»Echt? Woher weißt du das denn?«, fragte Emma erstaunt.

»Hier«, mit diesen Worten drehte Jaron das Handy in Richtung seiner Freunde. Auf dem Display war Antonia zu sehen, die ihnen zuwinkte.

»Hi Leute«, rief sie strahlend, »die Untersuchungen haben nichts Weiteres ergeben. Papa kommt mich gleich abholen.«

»Wie cool ist das denn!«, rief Emma froh.

»Emma, ich hab versucht, dich zu erreichen, aber du bist nicht ans Handy gegangen«, sagte Antonia ein wenig vorwurfsvoll.

Emma holte ihr Handy aus der Gesäßtasche und wischte über das Display. Tatsächlich, sie hatte einen Anruf von Antonia verpasst. »Ups«, sagte sie, »hab ich nicht gehört, sorry.« Sie steckte das Telefon wieder weg und sah auf das Handy, das Jaron ihnen immer noch entgegenstreckte. Franky und sie setzten sich rechts und links von ihm auf die Bank, sodass sie nun zusammen mit Antonia reden konnten. Es entging Emma nicht, dass Jaron ein wenig enttäuscht auf sein Handy starrte. Irgendwas lag in der Luft, aber sie hatte keine Ahnung, was.

Antonia schien nichts zu bemerken, denn sie rief gerade: »Hey Leute, ich habe noch andere Neuigkeiten!«

»Was denn?«, fragte Franky.

»Stellt euch vor: Klaus Boschmann war kurz wach, und ich war dabei!«

»Was?«, riefen alle gleichzeitig.

Antonia erzählte, was sie in Boschmanns Zimmer erlebt hatte, und wiederholte die Worte, die er gestammelt hatte.

»Das ist Hammer!«, sagte Emma. »Das müssen wir auf jeden Fall in Ruhe besprechen. Sobald du wieder da bist, treffen wir uns im alten Heinrich.«

»Das machen wir, ich freu mich schon drauf«, antwortete Antonia. »Ach ja, und dann war ich auch bei Opa Hans.«

»Echt? Wie geht es ihm?«, wollte Franky wissen.

»Ich konnte nicht mit ihm reden. Er hat geschlafen. Aber ein Arzt hat gesagt, dass es ihm grundsätzlich gut geht«, erzählte Antonia. »Er ist wohl noch immer nicht ganz über den Berg, aber irgendwie weiß ich, dass Gott ganz nah bei ihm ist. Er sah so zufrieden aus.«

Emma atmete auf. Das waren genau die Nachrichten, auf die sie in den letzten Tagen gewartet hatte, seit das Gift im See aufgetaucht war und Antonia und Opa Hans ins Krankenhaus gebracht hatte. Es tat ihr gut, zu hören, dass Gott den alten Fischer in seinen Händen hielt. Der Glaube von Opa Hans war immer sehr stark gewesen.

Ein lautes Geräusch lenkte die drei Freunde auf der Bank von ihrem Gespräch mit Antonia ab. Ein blauer Lastwagen fuhr heran und hielt mit quietschenden

Bremsen direkt unterhalb des Schlosshotels. Der Motor wurde ausgeschaltet und zu ihrer Verwunderung stieg auf der Fahrerseite Richard van Bergen aus. Er ging zu einem Schuppen, der zum Schlosshotel gehörte und nur wenige Meter entfernt von der Fischerhütte an der Straße lag.

»Was machen die denn da?«, fragte Franky verwundert.

»Was ist los?«, fragte Antonia auf dem Display. Jaron schaltete die Kamera um und hielt das Handy in Richtung des Lieferwagens, sodass Antonia mitverfolgen konnte, was sich gerade vor ihren Augen abspielte.

»Das muss ich mir mal genauer ansehen«, sagte Franky und stand auf.

»Franky, sei vorsichtig«, bat Emma.

»Ach Emma-Schätzchen, bleib entspannt.«

»Ich komme mit«, erklärte Jaron und stand ebenfalls auf. Emma verdrehte die Augen. Sie hasste es, wenn sich die anderen in gefährliche Situationen begaben. Zurückbleiben wollte sie aber auch nicht. Also schlichen sich alle drei näher an das Auto und versteckten sich hinter einem Busch. Inzwischen war auch der Fahrer ausgestiegen, und aus ihrem Versteck heraus konnten sie die beiden Männer gut beobachten und belauschen.

»You won't be disappointed«, sagte der Mann gerade zu Richard van Bergen, der die Schuppentür geöffnet hatte und wieder zum Lastwagen zurückgekommen war.

»Der spricht Englisch«, flüsterte Franky den anderen zu.

»Ach, echt? Hab ich gar nicht gemerkt!«, spöttelte Emma.

»Hey, was geht da ab?«, tönte Antonias Stimme viel zu laut aus Jarons Handy.

»Pst!«, zischte Jaron und drückte Antonia reflexartig weg. Die beiden Männer unterbrachen ihre Unterhaltung für einen Moment und sahen sich um. Die drei Freunde duckten sich.

Der Fahrer meinte: »This gripper arm is the best you can get! It is custom made, just for you!«

»Hast du das verstanden?«, fragte Jaron Franky.

»Irgendein Arm ist der Beste, oder so?«

Auch Emma schüttelte den Kopf.

Sie beobachteten, wie der fremde Mann die Klappe des Lastwagens öffnete und mit einem Hubwagen eine Palette herausholte. Darauf war ein Gegenstand mit Spanngurten befestigt. Er war mit einer Plane abgedeckt, deshalb konnten sie nicht erkennen, was es war. Das Ding war etwa so groß wie ein Motorroller, aber von ganz anderer Form. An einer Stelle war die Plane jedoch verrutscht und darunter war ein großes metallenes Gelenk zu sehen. *So stelle ich mir einen Industrieroboter vor*, dachte Emma.

Franky zückte sein Handy und fotografierte, wie die beiden Männer das geheimnisvolle Gerät in den Schuppen brachten. Sorgfältig verschloss Richard von Bergen die Tür wieder.

Der fremde Mann ging zu seinem Lastwagen, stieg ein und ließ den Motor an. Als Richard van Bergen auf den Beifahrersitz geklettert war, fuhr der Lastwagen davon.

Sobald er außer Sicht war, stand Franky auf. »Ich guck mal, was die da gemacht haben«, sagte er.

»Franky, nein. Lass das. Wenn die uns erwischen«, bettelte Emma.

Franky winkte ab. »Ist doch egal, ich mach nichts Verbotenes. Noch nicht.«

Emma stöhnte, aber Jaron grinste und folgte Franky.

Emma beobachtete, wie sich die beiden Jungs zum Schuppen schlichen und durch das Fenster hineinspähten. Jaron zückte sein Handy und hielt es an die Scheibe, um etwas zu filmen.

»Die beiden machen mich noch wahnsinnig«, sagte sie zu sich selbst. Ihr Herz pochte laut. Auf einmal hörte sie Stimmen hinter sich und drehte sich um. Auf der Straße kamen Richard van Bergen und der andere Mann angelaufen. Emma schlug vor Schreck die Hand vor den Mund. Die Männer hatten den Lastwagen wohl nur abgestellt und liefen nun wieder auf den Schuppen zu. Nicht weit von Emma entfernt hielten sie an und redeten miteinander. Emma atmete auf und ließ ihre Hand sinken. *Gerade noch mal Glück gehabt,* dachte sie und überlegte fieberhaft, wie sie Jaron und Franky warnen konnte.

Plötzlich klingelte Jarons Handy. Vor Schreck ließ er es fallen. Die Männer fuhren herum und rannten zur Hütte. Emmas Herz stockte und sie hielt die Luft an. Ihre Freunde saßen in der Falle.

»What are you doing here!«, schrie der fremde Mann.

»Äh, wir sind … äh, wir wollten …«, stotterte Jaron.

»Wir wollen zu Sam. Ist er da?«, unterbrach ihn Franky schnell.

Emma sah, wie ihn Richard misstrauisch ansah.

»Ihr schnüffelt doch hier herum!«, sagte er scharf.

»Rumschnüffeln? Wie kommen Sie denn darauf?«, antwortete Franky entrüstet. Emma musste grinsen, weil er so überzeugend klang. »Wir suchen Sam!«

»Hier am Schuppen?« Richard glaubte ihm offensichtlich kein Wort.

»Quatsch! Wir wollten zum Schlosshotel und haben die Abkürzung genommen«, gab Franky ruhig zurück.

Emma bewunderte Franky dafür, dass er in solchen Situationen cool bleiben konnte. Sie hätte das nie geschafft.

»Und was willst du mit dem Handy?«, wandte sich Richard an Jaron.

Plötzlich vibrierte Emmas Handy. Hastig griff sie danach. Es war Antonia. Sie drückte den Anruf weg.

»Eine Bekannte hat mich gerade angerufen, als wir hier vorbeigegangen sind«, verteidigte sich Jaron.

»So so.«

»Ich wüsste ehrlich gesagt nicht, was Sie angeht, warum wir hier sind«, sagte Franky trotzig.

»Wow, what a brave guy«, meinte Richard van Bergen zu dem anderen Mann, der nur ein müdes Lächeln über die Lippen brachte. Richard winkte ihm, dass er sich um Franky kümmern sollte. Emma hielt den Atem an. Gegen zwei erwachsene Männer hatten ihre Freunde wohl kaum eine Chance!

Der Mann ging auf Franky zu, der langsam zurückwich. Jaron stellte sich zwischen seinen Freund und den Mann. Dieser griff hart nach seiner Schulter, um ihn zur Seite zu drängen. Er ahnte nicht, dass Jaron ein geübter Kung-Fu-Kämpfer war. Mit einem Gegengriff löste sich Jaron von der Hand des Mannes und trat ihm gegen das Schienbein.

Der Mann schrie auf: »You bastard!« Er hüpfte auf dem rechten Bein, während er sich das linke Schienbein hielt.

»Los, nichts wie weg!«, schrie Jaron und die beiden Jungs rannten davon.

»Lasst euch hier nie wieder blicken!«, rief Richard ihnen hinterher. Der andere Mann saß fluchend auf der Wiese und rieb immer noch sein Bein.

Richard half ihm auf und meinte spöttisch: »Ich glaube, den beiden haben wir einen gehörigen Schreck eingejagt. Die kommen nicht so schnell wieder.«

Der andere sah ihn wütend an und knurrte: »Okay, let's go, we have work to do!« Die beiden verschwanden im Schuppen.

Emma stand langsam auf und sah sich nach den Jungs um. Da vibrierte auch schon ihr Handy. Es war Franky. Sie wischte über das Display.

»Hi, wo seid ihr denn?«, fragte Emma leise.

»Oben im Wald«, antwortete Franky keuchend.

»Mann, das war knapp!«, meinte Emma.

»Ja, aber halb so wild«, hörte sie Jaron im Hintergrund sagen.

»Halb so wild? Das war voll wild!« Emma schüttelte den Kopf.

»Tja, wir sind halt wilde Kerle!«, antwortete Franky lachend.

»Ja, klar. Ihr und wilde Kerle! Das ist fast in die Hose gegangen.«

»Hey, bleib mal entspannt«, sagte Franky. »Lass uns zum alten Heinrich gehen.« Damit legte er auf.

Emma steckte seufzend ihr Handy wieder ein. Sie holte die Sachen für Opa Hans aus der Hütte und ging zu ihrem Fahrrad. Dabei fiel ihr ein, dass sie Antonia zurückrufen musste. Sie wählte ihre Nummer, doch es klingelte nur. Niemand nahm ab.

Kapitel 7

Endlich wieder zusammen

Emma gab die Sachen von Opa Hans bei den Reihmanns ab und ging zum alten Heinrich. Der ehemalige Zirkuswagen war das Bandenquartier der vier vom See. Hier trafen sie sich, schmiedeten Pläne und hingen ab. Er stand direkt vor der Seeburg am Waldrand.

Die beiden Jungs waren schon da. Franky lungerte auf dem Matratzenlager herum und schlürfte eine Cola, Jaron saß auf dem Sofa und hatte sein Handy in der Hand. Emma ließ sich erschöpft auf den Stuhl fallen, der bei ihrem kleinen Schreibtisch mit den Reagenzgläsern stand.

»Ihr macht mich noch kirre!«, schnaubte sie.

Franky grinste, aber Jaron sagte genervt: »Mann, jetzt hab ich einen Riss im Display. So ein Mist! Das Ding habe ich erst zu Weihnachten gekriegt.«

»Ich hab euch ja gleich gesagt, dass ihr da nicht hingehen sollt«, antwortete Emma.

»Vielen Dank, sehr hilfreich!« Jaron sah sie genervt an. »Mann, warum musste Antonia auch noch mal anrufen? Sie wusste doch, dass wir die zwei Typen beobachten. Sie hätte sich denken können, dass das stört.«

»Jetzt lass Antonia aus dem Spiel. Die kann doch wohl nichts dafür«, verteidigte Emma ihre Freundin.

»Außerdem, so schlimm ist es auch nicht. Das Display kannst du reparieren lassen.«

»Ja, super, das kostet ja auch nichts«, gab Jaron sarkastisch zur Antwort.

Emma fragte: »Hast du wenigstens was filmen können?«

Jaron nickte und sagte: »Hier, schaut mal.«

Die anderen setzten sich rechts und links von ihm auf das Sofa und gemeinsam starrten sie auf das kleine Display. Emma sah schemenhaft die Palette mit dem Gerät. Die Plane war teilweise gelöst worden und das Gerät hatte sich entfaltet wie ein Taschenmesser. Es war allerdings immer noch nicht zu erkennen. Emma schüttelte den Kopf. »Was ist das nur?«, fragte sie.

»Eine Zange oder so«, vermutete Jaron.

»Das könnte sein«, meinte Franky, »aber eine so große Zange, wofür soll die gut sein?«

»Vielleicht gehört die zu einem Roboter?«, überlegte Emma.

»Stimmt, ich hab mal einen Bericht über Autohersteller gesehen. Da waren auch so Teile«, bestätigte Jaron.

»Schick mir mal das Video rüber«, kommandierte Franky, stand auf und holte sein Notebook. Zurück auf dem Sofa öffnete er ein Videobearbeitungsprogramm. Kurze Zeit später hatte er das Video auf dem Computer und bearbeitete das Bild. Die Details wurden schärfer, die Konturen klarer. Alle starrten gebannt auf das Display.

»Da steht was!«, meinte Jaron plötzlich und deutete auf eine Stelle.

Franky zoomte näher und wendete ein paar Filter an.

Er legte den Kopf schief und las: »Wohl der Markenname. Irgendwas mit ›grip‹ oder so.«

»Grip? Was soll das sein?«, fragte Emma.

»Keine Ahnung, aber das finden wir gleich raus.« Franky machte einen Screenshot von dem Gerät und öffnete eine Bilderkennungssoftware. Emma staunte nur. Franky bewies mal wieder, dass er ein Computer-Genie war.

»So. Mal sehen.« Franky drückte auf die Entertaste und in hoher Geschwindigkeit wurden Bilder durchsucht. Plötzlich blieb ein Bild stehen.

»Volltreffer«, jubelte Franky. Er wählte das Foto an und eine Homepage öffnete sich. »Das Ding kommt von einer Firma mit Namen Biontronic«, las er vor. Er scrollte die Seite hinunter. »Die stellen alle möglichen computergesteuerten Greifelemente her.« Plötzlich schlug er sich mit der Hand vor die Stirn: »Jetzt weiß ich, was das ist! Ein Greifarm. Natürlich! Der Typ hat doch von einem ›gripper arm‹ gesprochen.«

»Stimmt, als die das Teil ausgeladen haben«, erinnerte sich Emma.

»Ein Greifarm? Für was brauchen die denn so was?« Jaron schüttelte verwundert den Kopf.

»Keine Ahnung«, sagte Emma.

»Das weiß ich leider auch nicht.« Franky stutzte. »Aber – wartet mal. Da ist noch was. Hatte Antonia nicht erzählt, dass sie den roten Porsche im Schuppen gesehen hat, als sie da heimlich drin war?«

»Ja, glaub schon.« Emma zuckte mit der Schulter. »Warum?«

Franky vergrößerte das Video. »Guckt doch mal,

neben der Palette mit dem Greifarm steht kein Auto, sondern etwas anderes. Auch unter einer Plane.« Franky starrte konzentriert auf den Bildschirm.

»Stimmt, das kann kein Auto sein, dafür ist es zu groß«, stellte Jaron fest.

Von draußen kam ein Motorengeräusch. Emma streckte sich und sah durch das kleine Fenster des alten Heinrichs hinaus auf den Vorplatz der Burg. Gerade fuhr das Auto der Reihmanns die Auffahrt hinauf.

»Oh, seht mal, da kommt Antonia«, rief sie erfreut und stand auf. »Kommt, wir begrüßen sie!«

»Cool, sie ist wieder da! Deine Sehnsucht wird endlich gestillt«, frotzelte Franky und knuffte Jaron gegen den Oberarm.

»Mann, jetzt hör auf. Ich hatte keine Sehnsucht nach Antonia!«, sagte Jaron genervt.

»Chill mal. Ist doch nur Spaß.«

Jaron murmelte etwas Unverständliches und Emma wusste, dass der Spott für ihn absolut kein Spaß war.

Die drei rannten aus dem alten Heinrich und erreichten das Auto gerade, als Antonia ausstieg. Emma umarmte sie stürmisch und drückte sie.

»So cool, dass du wieder gesund bist«, sagte sie strahlend. Antonia grinste und hielt Emma fest. Ihr Vater war auch ausgestiegen und beobachtete die Szene schmunzelnd. Dann meinte er: »Ich bring schon mal deine Sachen rein!« Antonia nickte dankbar.

»Na, wieder alles fit?«, fragte Franky und gab ihr ein »High five«.

»Ja, passt schon. Und der Ausschlag ist auch schon fast wieder weg«, antwortete Antonia.

Jaron hielt sich im Hintergrund, er wusste selbst nicht warum. Natürlich war es fantastisch, dass Antonia wieder zu Hause war, doch er war immer noch gekränkt, weil sie nichts zu der Kette gesagt hatte.

»Oh Mann, ich bin voll froh, wieder hier zu sein!«, sagte Antonia und kramte etwas aus ihrer Tasche. »Hier, deine!«, sagte sie und warf Jaron die Jacke zu, die er im Krankenhaus vergessen hatte. »Die war noch im Wartezimmer.«

»Oh, danke«, stammelte er, »nice, dass du wieder da bist.« Er biss sich auf die Lippen. *Mann, klingt das lahm!*

»Alles klar bei dir?«, fragte Antonia.

Mist, jetzt hat sie es auch noch bemerkt. Warum fragt sie das? Warum sagt sie nichts über die Kette?

»Ja, klar«, antwortete er bemüht cool.

»Sein Handy ist eben runtergefallen und das Display hat eine Macke«, erklärte Emma.

»Oh, blöd«, kommentierte Antonia.

Jetzt war Jaron richtig genervt. *Sie ist dran schuld! Sie hat angerufen, als wir am Schuppen standen! Nur wegen ihr ist das Ding kaputtgegangen.*

»Ich hab die ganze Zeit versucht, euch anzurufen«, sagte Antonia fast ein wenig vorwurfsvoll.

»Ach ja?«, platzte er heraus. »Und das war ziemlich bescheuert von dir. Du hast uns voll in Gefahr gebracht!«

Im nächsten Moment ärgerte er sich, dass er die Beherrschung verloren hatte. Antonia runzelte die Stirn und sah ihn verständnislos an. Als er nichts sagte, wurde sie ebenfalls wütend.

Zum Glück erkannte Emma die Lage sofort und sagte

versöhnlich: »Hey, so schlimm war das doch nicht. Lasst uns in den alten Heinrich gehen. Wir haben uns einiges zu erzählen.«

Kurz darauf machten es sich die vier Freunde im alten Heinrich gemütlich und Emma berichtete Antonia von dem Abenteuer am Schuppen. Jaron hörte ihr nicht wirklich zu. Er beobachtete Antonia aus dem Augenwinkel und ärgerte sich immer mehr, dass sie nichts über die Kette sagte.

»Wir müssen unbedingt mehr über das rausfinden, was Boschmann gesagt hat«, sagte Franky schließlich.

»Vielleicht sollten wir noch mal seine Mutter fragen?«, schlug Emma vor.

»Ich glaube nicht, dass das was bringt«, meinte Antonia, »wir wissen doch, dass sie uns was verschweigt.«

»Ehrlich gesagt frage ich mich langsam, ob sie nicht Angst davor hat, uns in Gefahr zu bringen«, überlegte Emma.

»Meinst du wirklich?«, fragte Antonia skeptisch.

»Ja. Sie hat uns so komisch angeschaut.« Emmas Handy pingte. Sie nahm es aus der Tasche und warf einen Blick auf das Display. »Ach Mann«, sagte sie genervt, »ich soll sofort nach Hause kommen. Mama und Peter wollen unbedingt was mit mir bereden.«

»Um was geht's?«, fragte Antonia.

»Keine Ahnung. Aber ich fürchte, um den Umzug nach Berlin.«

Schlagartig wurde die Stimmung schlechter. Emma hatte ihnen vor ein paar Tagen erzählt, dass sie wahrscheinlich mit ihrer Mutter und ihrem Stiefvater nach Berlin umziehen würde. Die Freunde hatten das Thema seitdem noch nicht wieder angesprochen. Zu viel war geschehen und sie konnten sich überhaupt nicht vorstellen, dass Emma vielleicht bald nicht mehr Teil ihrer Clique sein würde.

»Aber es ist doch noch nicht sicher, dass ihr umzieht, oder?«, wollte Franky wissen.

»Mama und Peter ziehen auf jeden Fall um. Aber ich weiß nicht, ob ich mit muss«, antwortete Emma. Sie klang traurig.

»Na, jetzt mach dir mal keinen Kopf, vielleicht geht es ja um was anderes«, meinte Antonia aufmunternd.

»Ja, hoffentlich«, sagte Emma und stand auf.

Antonia folgte ihrer Freundin zur Tür, drehte sich aber kurz vorher noch einmal um und sagte zu Jaron: »Das mit deinem Handy tut mir leid. Ich hab nicht nachgedacht und einfach ein paar Mal probiert, durchzukommen. Ich dachte, ich habe schlechten Empfang.«

Jaron war überrascht. Er hatte nicht damit gerechnet, dass sich Antonia bei ihm entschuldigen würde.

»Ist schon gut«, sagte er versöhnt und fragte: »Musst du auch schon gehen?«

»Ja«, antwortete sie. »Sam kommt gleich. Wir wollen Klettern gehen.«

Ein Stich ging durch Jarons Herz. Gerade war er noch bereit gewesen, ihr zu verzeihen, dass sie nichts zu der Kette sagte, und jetzt das. *Ausgerechnet Sam!* Der war zwar nett und cool, aber dass Antonia so viel Zeit mit ihm verbrachte, ging ihm gehörig auf den Keks. Jetzt ärgerte er sich darüber, dass er ihr die Kette überhaupt geschenkt hatte. Sie nahm das wohl als selbstverständlich hin.

»Morgen um neun?«

Jaron wurde aus seinen Gedanken gerissen, als sie die Frage stellte. Er nickte stumm.

»Okay, super, dann bin ich mal weg«, sagte sie und ging. Die Tür klappte zu. Jaron verschränkte die Arme und ließ sich schmollend ins Sofa fallen.

»Alles klar bei dir?« Franky sah seinen Freund von der Seite an.

»Ja, passt schon«, murmelte Jaron.

»Ja, klar. Passt schon. Wer's glaubt, wird selig«, spottete Franky. »Antonia?«

»Ja.«

»Eifersüchtig?«

»Quatsch!« Jaron schüttelte den Kopf. Er hätte nie zugegeben, dass Franky recht hatte.

»Na dann«, meinte Franky lapidar, »was ist es denn?«

»Ach, ich … es geht um die Kette«, stotterte Jaron.

»Hä? Welche Kette?«

»Na, die, die Antonia im Krankenhaus anhatte.«

»Ach so, die.« Franky erinnerte sich vage. »Was ist mit der?«

»Die hab ich Antonia geschenkt«, murmelte Jaron.

»Du?«, rief Franky erstaunt. »Warum das denn?«

»Na … so halt.«

»Du schenkst Antonia ›einfach so‹ eine Kette?«

»Ja, mach ich«, gab Jaron patzig zurück. »Darf ich das nicht?«

»Jetzt motz mich mal nicht so an«, antwortete Franky gereizt.

»Sorry.«

»Und was hat sie gesagt?«

»Na, nichts«, antwortete Jaron.

»Hä? Aber du hast sie ihr doch gegeben, oder nicht? Hat sie da nichts gesagt?« Franky sah ihn erstaunt an.

»Nein, konnte sie ja nicht. Als wir sie vorgestern besucht haben, bin ich doch noch mal kurz in ihr Zimmer zurückgegangen. Ich wollte ihr die Kette geben, aber sie war schon eingeschlafen. Deshalb habe ich die Schachtel auf den Nachttisch gelegt.«

Franky setzte sich aufrecht hin und meinte: »Also noch mal: Du hast Antonia die Kette ins Zimmer gebracht und sie hat geschlafen.«

Jaron nickte.

»Hast du ihr denn einen Zettel hingelegt, dass sie von dir ist?«

»Nein, natürlich nicht«, antwortete Jaron.

»Was ist dann dein Problem? Erwartest du wirklich, dass sie dir was dazu sagt, obwohl sie gar nicht weiß, dass sie von dir ist?«

Mist, er hat recht, dachte Jaron und antwortete: »Ach, was weiß ich …«

»Hey Kumpel, ich finde es cool, dass du Antonia eine Kette schenkst, aber sag ihr doch einfach, dass sie von dir ist. Was ist denn dabei?«

»Ja, vielleicht sollte ich das tun«, antwortete Jaron zögernd. *Aber nur vielleicht,* dachte er.

Franky stand auf. »Also dann, Bro, wir sehen uns.« Er klopfte seinem Freund auf die Schulter und schnappte sich seinen Rucksack. »Bis morgen!«

»Bis morgen«, murmelte Jaron. Er blieb noch eine Weile sitzen und grübelte vor sich hin.

Kapitel 8

Sam

Als Antonia ein paar Minuten später auf der kleinen Anhöhe am Steinbruch stand, atmete sie tief durch. Sie legte ihr Kletterzeug auf den Boden. *Es tut so gut, nicht mehr im Krankenhaus zu sein,* dachte sie und streckte die Arme weit aus. So stand sie eine Weile in dem leichten Wind, schloss die Augen und genoss die Luft, die nach Wald und Seewasser roch.

Der Geruch erinnerte sie an Opa Hans, ein Gedanke, der sie schnell in die Gegenwart zurückholte. Sie ließ die Arme sinken, als die Sorge wieder in ihr hochstieg. Sie dachte daran, wie still der alte Fischer in seinem Bett gelegen hatte, blass und leblos und überhaupt nicht der braun gebrannte fröhliche Mann, den sie kannte.

Opa Hans würde jetzt bestimmt auch lieber am See sein. Ich hoffe nur, dass er die Hoffnung nicht aufgibt und durchhält. Eine Ahnung beschlich sie und sie musste lächeln. Sie war sich auf einmal sicher, dass Opa kein Mensch war, der jemals die Hoffnung aufgab. *Wie war dieser Bibelspruch noch mal, der ihm so wichtig war?* Antonia holte ihr Handy aus der Tasche, öffnete ihre Bibel-App, wählte die aktuelle Luther-Übersetzung und suchte Jeremia, Kapitel 29, Vers 11. Sie las: »Denn ich weiß wohl, was ich für Gedanken über euch habe, spricht der Herr: Gedanken des Friedens und nicht des Leides, dass ich euch gebe Zukunft und Hoffnung.«

Da stand es: Gott gibt Zukunft und Hoffnung. Auch Opa Hans und allen anderen Menschen, die von der Vergiftung im See betroffen waren. Antonia legte sich auf den Rücken und blickte in die Wolken. Im Stillen betete sie: »Danke Jesus. Danke, dass du auf Opa Hans aufpasst und auch auf mich.« So lag sie eine Weile da und dachte nach.

»Hi Antonia!« Eine Stimme drang von unten zu ihr herauf und riss sie aus ihren Gedanken. Sie setzte sich aufrecht hin und sah hinunter. Dort stand Sam und winkte ihr zu.

Antonia winkte zurück »Hi!«

Schnell kletterte er zu ihr hinauf und setzte sich neben sie. »Und? Bereit?«, fragte er.

»Klar!«

»Na, dann, let's go.«

Schnell zog sich Antonia um. Gemeinsam mit Sam machte sie sich auf die Suche nach neuen, spannenden Touren die Felswand hinauf. Er zeigte ihr ein paar neue Tricks und es machte definitiv mehr Spaß als alleine. Als sie erschöpft waren, setzten sie sich wieder auf den kleinen Felsvorsprung, von dem aus man einen so wunderbaren Blick auf den See hatte.

Noch etwas außer Atem meinte Sam: »Du wirst immer besser!«, und sah sie anerkennend an.

Antonia war die Bemerkung peinlich und sie wich seinem Blick aus. Wieder stieg dieses komische, unangenehme Gefühl in ihr hoch. »Danke«, antwortete sie nur und sah hinaus auf den See. Eine ganze Weile saßen sie stumm nebeneinander.

»Äh, Antonia«, sagte Sam irgendwann, »es gibt da was, was ich dir sagen muss.« Er strich eine seiner Dreadlocks über die Schulter zurück. »Wir reisen am Samstag ab.«

»Echt?«, fragte Antonia überrascht. »Ich dachte, der Geburtstag von deinem Uropa ist erst nächste Woche?«

»Stimmt, aber Mama hält es nicht mehr aus«, erzählte Sam bedrückt. »Onkel Richard ist ein echter Vollidiot und behandelt sie total mies.«

»Oh Mann, das tut mir leid«, sagte Antonia. Die Nachricht, dass Sam schon so bald abreisen würde, machte sie traurig.

»Wir fliegen aber noch nicht zurück nach San Francisco, so kurzfristig gibt es jetzt im Sommer keine bezahlbaren Flüge. Wir besuchen erst mal eine Freundin von Mama in München, das hatte sie sowieso vor, aber erst nach dem Geburtstag. Wir könnten uns also noch mal sehen.«

Antonia freute sich, wollte sich aber nichts anmerken lassen. Stattdessen sagte sie: »Warum glaubst du, dass ich dich noch mal sehen will?«, und grinste.

Sam lachte laut. »Tja, ich glaube, du wirst mich ganz doll vermissen.«

Er hat recht, das werde ich, dachte sie, antwortete aber: »Meinst du wirklich?«

Sie sahen sich tief in die Augen. In ihrem Bauch kribbelte es. Sein Lächeln war einfach fantastisch, und seine dunklen Augen so schön. *Mann, was ist denn nur los mit mir!*

Antonia wich seinem Blick wieder aus und blickte auf den See. Auf einmal spürte sie, wie seine Finger ihre Hand berührten und leicht streichelten. Die Berührung war sanft und angenehm, doch sie bekam ein wenig Angst und fühlte sich sehr merkwürdig. Sie setzte sich zurück und stützte ihre Hand weiter hinten auf, um seinen Fingern auszuweichen. Doch seine Hand folgte ihr und legte sich wieder auf ihre.

Das war ihr zu viel Nähe. Sie sah kurz auf ihre beiden Hände und sagte: »Sorry, Sam, aber das möchte ich nicht.« Dann zog sie ihre Hand weg.

Sam war sichtlich peinlich berührt. Er stammelte: »Hey sorry, ich wollte nicht …«

Es tat Antonia leid, dass sie ihn in Verlegenheit gebracht hatte, und sie versuchte, es ihm zu erklären. »Es tut mir wirklich leid, Sam, aber irgendwie fühlt es sich für mich nicht richtig an. Wir kennen uns doch noch gar nicht so lange.«

Sam nickte stumm.

Ist er verärgert? Antonia war sich nicht sicher. Um die Situation ein wenig zu retten, sagte sie: »Äh Sam, aber die Kette, die ist echt schön! Vielen Dank!«

Sam sah sie verwundert an. »Welche Kette?«, fragte er.

»Na, die Kette. Die du im Krankenhaus …« Antonia unterbrach sich. Schlagartig wurde ihr klar, dass das Geschenk nicht von Sam gewesen war.

Er sah sie immer noch verständnislos an.

»Sorry«, murmelte sie, »da hab ich was verwechselt.« Jetzt war ihr die ganze Sache peinlich.

Sam aber hatte seine Verlegenheit schon abgeschüttelt und grinste wieder. »Wie auch immer. Antonia, tut mir leid, das mit der Hand und so. Ich find dich halt irgendwie voll cool.«

Antonia war erleichtert. »Ist schon okay. Ich find dich ja auch ganz in Ordnung.«

Er lachte. »Sollen wir noch eine Runde klettern?«, fragte er herausfordernd.

Den restlichen Nachmittag ließ Antonia das Erstaunen nicht los, dass die Kette nicht von Sam war. Wer nur hatte ihr ein solch schönes Geschenk gemacht?

Auf dem Rückweg konnte Sam nicht anders, als sich über sich selbst zu ärgern. *Wie doof kann man nur sein?*, fragte er sich, während er auf der Seestraße in Richtung Schlosshotel lief. Er kickte einen Stein weg. *Das hättest du etwas langsamer angehen lassen können. Dann wäre es vielleicht anders ausgegangen.*

Antonia war ganz anders als die Mädchen auf seiner Schule in den USA. Die liefen ihm hinterher und himmelten ihn an, was ihn eher nervte als freute. Er war schon lange dazu übergegangen, sie einfach zu ignorieren. Sie kümmerten ihn nicht weiter, mit ihrem Gekicher und girliehaften Getue. Antonia aber war cool. Ihr war es egal, was andere über sie dachten. Sie war tough, sie sagte, was sie dachte. Eigentlich war ihre Klarheit bewundernswert, musste er sich eingestehen, auch wenn es an ihm nagte, dass sie ihn zurückgewiesen hatte. Jetzt interessierte er sich einmal für ein Mädchen und sie erwiderte seine Gefühle nicht. Sam war richtig niedergeschlagen.

Das Schlosshotel kam in Sicht. Er betrachtete das beeindruckende Gebäude, wie es oberhalb des Sees in seinem Park thronte, und spürte Erleichterung. *Wenigstens muss ich nicht mehr lange mit diesen Idioten zusammen sein. Auch wenn sie meine Familie sind, ich bin froh, wenn ich sie nicht mehr sehen muss.* Besonders von seinem Onkel Richard und dem Urgroßvater konnte er nicht schnell genug wegkommen. Der alte Anton van Bergen spielte sich als Patriarch auf und gängelte jeden in der Familie. Alles musste genau so laufen, wie er es sich dachte. Sam konnte er nicht besonders leiden. Dass sein Vater ein Afroamerikaner war, konnte er weder ihm noch seiner Enkelin verzeihen. *Einen schwarzen Urenkel zu haben, scheint für ihn die größte Beleidigung zu sein, die er sich vorstellen kann,* dachte Sam. *Alter Rassist!*

Sam war es aus den USA gewohnt, dass ihm weiße Menschen offen abfällig und auch mit Hass begegneten. In Deutschland war es zwar anders, aber nicht besser. Auch wenn die Deutschen oft dachten, sie wären keine Rassisten, begegneten ihm unausgesprochene Vorurteile und Ablehnung. Was es besonders schwer machte, war, dass er an diesem Ort der Einzige mit schwarzer Hautfarbe war. Ihm fehlten seine Freunde von der Highschool.

Onkel Richard wiederum schien es egal, welche Hautfarbe Sam hatte. Der hagere Mann war einfach an sich ein zwielichtiger Charakter. Sam war überzeugt, dass er über Leichen gehen würde, um an sein Ziel zu gelangen: das riesige Vermögen der van Bergens. Er kroch seinem Großvater in den Hintern, tat alles, was dieser von ihm verlangte, sprach nie seine eigene Meinung aus. *Er hat*

Geld im Kopf, dachte Sam bitter, *und für das würde er alles tun.*

Doch die Zeit am Starnberger See würde ihm nicht nur schlecht in Erinnerung bleiben. Direkt an einer solchen Wasserfläche zu wohnen, war gigantisch. Jeden Morgen wachte er auf und ging erst einmal ans Fenster. Das Schlosshotel bot einen Luxus, der neu war für ihn. Ein großes Zimmer ganz für sich allein, ein eigenes Bad, der Pool im Keller und ein Frühstücksbüfett, wie er noch nie eines gesehen hatte. *Schon anders als unser kleines Apartment in San Francisco,* dachte er, als er den Aufgang zum Schlosshotel erreichte und die Treppe hinaufstieg.

Und es gab hier Menschen, die er definitiv vermissen würde. Die vier vom See waren cool. Er beneidete sie ein wenig um ihre Freundschaft. *Aber was soll's? Übermorgen fahren wir nach München und in einer Woche bin ich wieder zu Hause. Hoffentlich kann ich wenigstens den Kontakt zu Antonia halten.*

Als er durch die prunkvolle Hotellobby ging, spürte er, wie ihm einige Gäste misstrauische Blicke zuwarfen. Er kannte das schon. *Ein Schwarzer in Shorts und mit Dreadlocks? Der will bestimmt was klauen!,* dachte er zynisch. Wenigstens kannte ihn das Hotelpersonal inzwischen und hielt ihn nicht mehr auf wie am ersten Tag.

Sam rannte die Treppe in den zweiten Stock hinauf. Der lange Flur führte an der Suite seines Urgroßvaters vorbei. Zu seiner Verwunderung stand die Tür einen Spalt offen. Er wurde langsamer und lauschte. Richard van Bergen sagte irgendetwas, das er nicht verstand, dann antwortete Anton van Bergen. Sam ging etwas näher. In diesem Moment keifte sein Urgroßvater. »Was? Sarah und ihr Balg wollen übermorgen schon abfahren? Wir sind ihnen wohl nicht gut genug!«

»Ach Großvater«, antwortete Richard van Bergen versöhnlich, »sei doch froh. Dann musst du sie nicht ständig um dich haben. Sie stört doch eh nur.«

Der Alte schnaubte und sagte abfällig: »Sie hat sich noch nie darum gekümmert, was unserer Familie wichtig ist. Versagerin! Und dann hat sie sich auch noch mit dem Schwarzen eingelassen!«

In Sam stieg die Wut hoch. Was fiel diesem Greis ein, so über seine Mutter und seinen Vater zu sprechen! Er war kurz davor, ins Zimmer zu stürmen und ihm gehörig die Meinung zu sagen. Aber er hielt sich zurück. Das brachte nichts.

»Ihr seid alles Versager! Die ganze Familie! Um alles muss ich mich allein kümmern!«

»Großvater, das stimmt doch nicht. Du weißt, dass ich alles im Griff habe!«, versuchte sich Onkel Richard zu verteidigen. Sam musste grinsen.

»Nichts hast du im Griff!«, fauchte der Alte. »Zuerst taucht dieser Boschmann hier auf und stellt blöde Fragen. Und jetzt ist auch noch das ganze Gift im See. Du bist einfach zu nichts zu gebrauchen!«

»Das mit dem Gift war nicht meine Schuld!«, verteidigte sich Richard. »Wäre mir dieser Boschmann nicht in die Quere gekommen, dann wäre das alles nicht passiert.«

»Aber es ist passiert!« Es knallte, als ob der Alte mit seiner Faust auf die Lehne seines Rollstuhls geschlagen hätte.

»Sie werden nachforschen, woher das Gift kommt. Weißt du, was das bedeutet?« Die Stimme des Alten war eiskalt. Sam schauderte.

»Sie werden nichts finden, Großvater.«

»Das kannst du nicht wissen! Dieser Schmierenreporter hat schon viel zu viel herausgefunden. Wenn rauskommt, dass es einen Zusammenhang zwischen van Bergen Chemicals und der Aufregung hier am See gibt, dann steht mein ganzes Lebenswerk auf dem Spiel. Das Geheimnis *muss* ein Geheimnis bleiben! Hast du mich verstanden?« Die Stimme des alten Mannes war immer lauter geworden, am Schluss schrie er fast.

»Ja, Großvater«, erwiderte Richard leise. Er tat Sam fast ein wenig leid.

»Jetzt hör mir genau zu: Du wirst dich darum kümmern, dass dieser Boschmann nie wieder etwas sagen kann. Nie wieder!«

»Das werde ich. Boschmann liegt immer noch im Koma und konnte nichts verraten. Ich werde noch einmal ins Krankenhaus fahren und die Sache zu Ende bringen.«

»Warum hast du es vorgestern eigentlich nicht beendet? Da warst du doch schon einmal dort, oder nicht?«

»Ja, ich war in seinem Zimmer. Aber dann ist mir dieser Pfleger in die Quere gekommen. Dieser bescheuerte Pfleger«, antwortete Richard. Er flüsterte nun fast.

»Typisch, dass du dich immer wieder von deiner Aufgabe abhalten lässt. Das ist wie bei den Blagen, die dir die Unterlagen über die Operation Falkenstein geklaut haben.«

»Ja, Großvater.« Richard klang kläglich. »Aber reicht nicht das, was ich aus Boschmanns Zimmer geholt habe? Wir konnten doch fast alles sichern.«

»Fast alles! Genau das ist es! Fast alles. Aber ich will alles! Verstehst du: Alles!«, fauchte Anton van Bergen. Seine Stimme klang so böse, dass Sam zusammenzuckte. Dabei stieß er mit dem Ellbogen an den Türrahmen und hielt den Atem an. Hatten die beiden das Geräusch gehört?

Für einen Moment war es ruhig im Zimmer. Dann sagte Richard van Bergen: »Ich werde die Mappe wiederholen, versprochen. Das sind ja nur Kinder. Ich glaub, ich weiß auch, wo sie die Mappe verstecken.«

»Warum hast du sie dann noch nicht geholt?«, schnauzte der Alte ihn an.

»Ich hatte noch keine Zeit, und es ist im Moment auch nicht so wichtig. Die wissen doch sowieso nichts damit anzufangen.«

»Das will ich hoffen«, sagte der Alte und schnaufte laut. »Ist das Gold und die anderen Sachen noch im Schuppen?«

»Ja. Alles gesichert.«

»Hast du wirklich alles aus der Hoch-Villa geholt?«, fragte der Alte, nun viel ruhiger.

»Ja, nachdem ich das Feuer gelegt hatte, hatte ich genügend Zeit, in Ruhe alles rauszuschaffen.«

»Gut.« Anton van Bergen seufzte. »Es wird Zeit, dass ich wieder nach La Boca komme.«

Sam hörte, wie sich der Rollstuhl bewegte. Im Spalt der Tür bewegte sich etwas. Schnell zog Sam seinen Kopf zurück. Hatte der Alte ihn bemerkt?

»Großvater, du wirst stolz auf mich sein«, sagte sein Onkel, »und um die Fässer im See werde ich mich auch kümmern. Ich habe da etwas Nettes im Schuppen stehen.«

»Na dann ist es ja gut«, antwortete der Alte.

Sam hatte genug gehört. *Diese Verbrecher!,* dachte er schockiert, während er schnell den Gang hinunter zu seinem Zimmer ging. *Die sind schuld an dem Zeug im See, das Antonia und ihren Opa verletzt hat! Das muss ich ihr sofort sagen.*

Er ging in sein Zimmer und zückte sein Handy. Dabei bemerkte er nicht, dass die Tür hinter ihm nicht ins Schloss fiel. Während er die ersten Buchstaben der Nachricht tippte, hörte er plötzlich hinter sich ein Geräusch. Als er sich umdrehte, wusste er, dass er nun wirklich Probleme hatte.

Kapitel 9

Emma

Es war Abend geworden. Emma stieg von ihrem Fahrrad ab und blickte die Fassade der Villa empor, in der sie die Hälfte der Zeit mit ihrem Vater und ihrer Stiefmutter wohnte. In Mias Zimmer brannte Licht. Bestimmt hatte ihre Halbschwester das Lego auf dem Boden verteilt und baute an dem Ritterschloss weiter, an dem sie schon seit Wochen saß. Im Labor, das in einem Anbau untergebracht war, war es dunkel. Die Mitarbeiter waren schon nach Hause gegangen. Es war völlig still, bis der Schrei eines Seevogels die Ruhe unterbrach.

Ein stechender Schmerz ging durch Emma, ein Gefühl der Fremdheit. Sie fühlte sich wie im falschen Film. Hier war ihr Zuhause, hier gehörte sie hin. Wie sollte es da möglich sein, dass sie in wenigen Wochen in einer fremden Stadt aufwachte, andere Straßen entlangging, eine neue Schule besuchte? *Das kann nicht sein,* dachte sie, *das wird nicht passieren. Oder doch?*

Das Gespräch mit ihrer Mutter Katrin und ihrem Stiefvater Peter war nicht gut gelaufen und hatte Emma mit der Wirklichkeit konfrontiert: Der Versetzungsantrag zur Dienststelle in Berlin, den Peter gestellt hatte, war genehmigt worden. Unerwartet schnell stand die Familie nun vor der Tatsache, dass sie schon in den Sommerferien umziehen würden – mit Emma. Dann konnte sie nur noch in den Ferien bei ihrem Vater am Starnberger See wohnen.

Bis zu diesem Zeitpunkt hatte Emma zwar gewusst, dass Peters Antrag lief, aber es war irgendwie nicht real gewesen. Sie hatte den Gedanken an einen Umzug weit, weit weggeschoben und sich nicht damit beschäftigt. Doch nun hatte sie keine Wahl mehr. Der Umzug nach Berlin würde kommen, ob sie daran dachte oder nicht.

Emma hatte ihrem Stiefvater stumm zugehört, wie er ihr das alles erklärt hatte. Sie hatte sich wie in einem Nebel gefühlt und konnte gar nicht reagieren. Doch dann war sie aufgewacht und hatte angefangen, zu protestieren. Das Gespräch war zu einem Streit geworden, bis sie einfach gegangen war.

Sie schloss die Haustür auf, legte Jacke und Schuhe ab und ging die Treppe hinauf zu ihrem Zimmer. Leise schloss sie die Tür hinter sich und legte sich auf ihr Bett.

Plötzlich wurde ihre Zimmertür aufgerissen. Es war Mia.

»Emma, du musst schnell kommen!«, rief die Kleine.

»Mann, Mia! Ich hab dir schon tausendmal gesagt, dass du nicht einfach in mein Zimmer reinplatzen sollst«, rief Emma wütend. Sie hasste es, wenn Mia sie so in ihren Gedanken unterbrach.

Mia sagte nichts mehr, sondern stand nur still da. Emma sah sie an und bemerkte, dass ihre kleine Schwester weinte.

»Oh Mann«, seufzte Emma, »was ist denn los?«

»Pommes geht es nicht gut«, sagte Mia und schniefte. Pommes und Fritz waren ihre Meerschweinchen. »Du musst gucken kommen.«

»Na gut, ich komme.«

Emma stand auf und folgte ihrer kleinen Schwester. Der Käfig der Meerschweinchen stand auf einer niedrigen Kommode. Pommes lag zusammengekauert in einer Ecke und zitterte, während Fritz ihn neugierig beschnüffelte.

Emma öffnete die Abdeckung und strich Pommes mit einem Finger über den Rücken. »Vielleicht ist er einfach nur müde?«, fragte sie Mia.

»Nein, so ist er noch nie gewesen«, meinte die Kleine und nahm Pommes aus dem Käfig. Sie hielt ihn im Arm und drückte ihn an sich. Das Meerschweinchen hielt ganz still und schloss die Augen, hörte aber nicht auf, zu zittern.

Emma blickte in den Käfig. Er war relativ sauber, aber …

»Hast du die Gemüsereste aus der Küche sorgfältig geprüft?«, fragte sie. »Ich glaube, da ist ganz schön viel Lauch drin.«

Mia erschrak. »Oh! Das habe ich gar nicht gesehen!«

»Na, dann hol den Lauch mal schnell aus dem Käfig.«

Mia nickte, drückte Emma das Meerschweinchen in den Arm, beugte sich über den Käfig und durchwühlte das Grünfutter, das dort auf einem Haufen lag. Emma hielt das flauschige, zitternde Tier in ihrem Arm und streichelte sanft seinen Bauch. Es vergrub seine Nase in ihrer Armbeuge und schnaufte leise. Emma beneidete es ein wenig. Sie hätte sich auch gerne bei jemand in den Arm gekuschelt und ein wenig Trost gefunden. Aber in diesem Moment schien ihr selbst Gott sehr weit weg.

Mia verließ mit dem Lauch das Zimmer und kam gleich darauf zurück. Als Pommes sie sah, fing er an, in Emmas Arm zu zappeln. Schnell griff sie ihn fester und hievte ihn zu seinem Kumpel Fritz in den Käfig zurück. Pommes sah sich um und pupste leise.

Mia und Emma lachten schallend.

»Siehst du, er hatte einfach nur ein wenig Bauchweh«, sagte Emma.

Mia nickte strahlend. »Danke«, sagte sie und umarmte ihre Schwester. Emma drückte sie an sich. Mia flüsterte: »Du bist die allerbeste Schwester.« Das war der Moment, in dem es Emma zu viel wurde und sie die Tränen nicht mehr zurückhalten konnte. Auch wenn sie sich mit ihrer Stiefmutter Manuela nicht immer gut verstand, ihre kleine Schwester liebte sie über alles. Schnell wischte sie sich einen Tropfen von der Wange und versuchte, ein Schluchzen zu unterdrücken.

Mia aber hatte schon bemerkt, dass sie weinte. Sie sah ihre große Schwester erstaunt an und sagte: »Du brauchst nicht mehr traurig sein. Pommes wird nicht sterben.«

Emma musste lächeln. Mia hatte keine Ahnung, was sie beschäftigte, denn Jörg und Manuela hatten ihr noch gar nichts von dem Umzug erzählt. »Ich weiß«, sagte sie schluchzend. »Tut mir leid, Mia. Ich glaube, ich will jetzt ein wenig allein sein.«

Sie löste sich aus der Umarmung und ließ Mia stehen. In ihrem Zimmer warf sie sich auf ihr Bett und heulte in ihr Kissen.

Etwas später klopfte es an der Tür. Emma reagierte nicht. Sie lag bäuchlings auf ihrem Bett, das nasse

Gesicht in der Decke vergraben, die völlig durchnässt vom Weinen war. Sie wollte niemanden sehen.

Die Stimme ihres Vaters klang dumpf durch die Tür. »Emma, ist alles in Ordnung? Mia hat erzählt, dass du weinst.«

Emma antwortete nicht und schloss die Augen. Die Türklinke wurde vorsichtig nach unten gedrückt und die Tür öffnete sich einen Spalt. »Darf ich reinkommen?«, fragte ihr Vater sanft. Emma blieb stumm. Schritte kamen ans Bett und gleich darauf setzte sich ihr Vater neben sie.

Auf einmal spürte Emma, wie ihr Mias kleine Hand durch die Haare strich. Ihre Schwester meinte tröstend: »Emma, du brauchst nicht traurig sein.«

Jörg fügte leise hinzu: »Willst du reden?«

Emma schüttelte den Kopf. Ihr fehlte die Kraft, noch einmal alles durchzukauen. »Komm, mein Schatz«, bat ihr Vater. Er klang ein wenig verzweifelt, »manchmal tut es gut, zu reden. Vielleicht kann ich dir helfen.«

Dr. Jörg Weiß war Wissenschaftler und ein sehr rationaler Mensch. Emma wusste, dass es ihm oft schwerfiel, über Gefühle zu reden. Deshalb rührte sie seine Bitte. Sie wusste, dass er ihr wirklich helfen wollte. *Vielleicht ist es doch gut, wenn er Bescheid weiß?* Sie öffnete die Augen und sah ihn durch den Tränenschleier an. Er lächelte.

Seufzend stemmte sie sich hoch und setzte sich neben ihn auf die Bettkante. Er legte den Arm um sie und sie legte ihren Kopf an seine Schulter. Mia setzte sich neben sie. Sie griff nach Emmas Hand und Emma drückte sie. Ihr Vater zog ein Päckchen Taschentücher aus der

Hosentasche und reichte ihr eines. Emma schnäuzte sich und wischte sich das Gesicht ab.

»Mama und Peter haben mir eben gesagt, dass wir noch in den Sommerferien nach Berlin ziehen«, erzählte sie mit gebrochener Stimme.

»Wie bitte?«, fragte ihr Vater ungläubig. »In den Sommerferien? Davon weiß ich ja noch gar nichts.« Er schüttelte verständnislos den Kopf. »Das ist nicht in Ordnung, dass dir Katrin davon erzählt, bevor sie das mit mir besprochen hat.« Er klang verärgert.

»Du ziehst nach Berlin?« Mia sah abwechselnd ihren Vater und Emma mit weit aufgerissenen Augen an. »Aber das geht doch nicht!«

»Mia-Schatz, lässt du Emma und mich mal bitte alleine?«, bat Jörg.

»Ich will aber wissen, was los ist!«, maulte die Kleine.

»Ich werde dir später alles erklären, aber zuerst muss ich mit Emma reden, okay?«

Mia zog einen Flunsch. »Ach Menno, nie wird mir was erzählt!« Wütend stampfte sie aus Emmas Zimmer und schloss die Tür hinter sich lauter als nötig.

Emma setzte sich aufrecht hin. »Papa, ich will nicht nach Berlin, ich will hierbleiben, bei dir und Mia und bei meinen Freunden.«

Ihr Vater atmete tief ein. »Mein Schatz, das ist leider nicht so einfach«, sagte er.

»Aber warum denn? Nur weil Peter nach Berlin will, muss ich doch nicht gleich mit. Ich bin doch auch deine Tochter!«

»Natürlich bist du auch meine Tochter«, antwortete er. »Aber deine Mutter hat geregelte Arbeitszeiten und ist schon am späten Nachmittag zu Hause und kann sich um dich kümmern. Ich kann mir meine Zeit nicht immer so gut einteilen. Deshalb haben wir bei unserer Trennung vereinbart, dass sie die Haupterziehungslast trägt.«

»Haupterziehungslast!«, schnaufte Emma verärgert. »Ich bin kein kleines Kind mehr! Zählt denn gar nicht, was ich will? Ich brauche niemand, der sich am Nachmittag um mich kümmert.«

»Berlin ist weit weg. Du würdest deine Mutter dann nur in den Ferien sehen. Das geht nicht«, antwortete ihr Vater.

»Ach, aber dich und Mia nur in den Ferien sehen, das geht?«, fragte Emma empört.

»Emma, ich kann dich verstehen ...«, setzte Jörg Weiß an, aber Emma unterbrach ihn wütend: »Du verstehst überhaupt nichts! Ihr bestimmt einfach über mich, ohne mich zu fragen. Und dann muss ich machen, was ihr euch ausgedacht habt!«

»Emma, jetzt hör auf!« Ihr Vater wurde lauter.

Emma kamen wieder die Tränen. Sie schluckte sie hinunter und fragte: »Kannst du nicht noch mal mit Mama reden?«

Ihr Vater schwieg einen Moment und meinte dann zögernd: »Ich kann es versuchen.«

Emma wusste in diesem Augenblick, dass ihr Vater nichts unternehmen würde. »Du machst es sowieso nicht«, sagte sie bitter.

»Emma, es reicht!«, befahl ihr Vater wütend. »Ich kann nichts dafür, dass deine Mutter und ihr Mann nach Berlin ziehen wollen.«

Jetzt wurde Emma auch sauer. Sie konnte nicht verstehen, dass ihr Vater nicht alles versuchte, um ihre Mutter umzustimmen. Doch sie hatte eine Ahnung, was wirklich dahintersteckte. »Nein, dafür kannst du nichts«, sagte sie leise, »aber ich glaube, du *willst* nicht wirklich versuchen, Mama zu überzeugen. Wegen Manuela, richtig?«

Ihr Vater öffnete den Mund, aber Emma hielt seine Hilflosigkeit nicht aus. Sie stand auf und ging Richtung Tür.

»Emma, warte!«, rief Jörg ihr hinterher.

»Warum sollte ich?«, fragte sie schnippisch. »Manuela ist dir eh wichtiger als ich.«

Traurig verließ sie das Haus, stieg auf ihr Fahrrad und fuhr zur Seeburg.

Kapitel 10

Gott ändert sich nicht

»Emma, wie schön!« Gitti Reihmann strahlte, als sie die Tür öffnete.

»Hallo Gitti«, grüßte Emma leise.

»Ist alles in Ordnung?«, fragte Antonias Mutter. Emma nickte stumm.

»Es ist schon acht Uhr, wissen deine Eltern, dass du hier bist?«

Emma schüttelte den Kopf. »Ich hatte gerade Streit mit Papa«, sagte sie.

»Ah, verstehe«, meinte Gitti, »komm doch erst mal rein.« Sie öffnete die Tür weit und Emma folgte ihr in die Küche.

»Setz dich«, sagte Gitti, »willst du was trinken?«

»Gerne.«

Gitti holte ein Glas und Orangensaft und setzte sich zu Emma.

»Ist Antonia da?«, fragte Emma.

»Nein, aber sie kommt gleich wieder. Sie hilft Andreas unten am Bootshaus.«

Frau Reihmann schenkte Emma ein Glas Saft ein. Emma merkte erst jetzt, wie durstig sie war, und trank das Glas in einem Zug aus.

Gitti schenkte ihr nach. »Ich sag deinen Eltern Bescheid, dass du hier bist, in Ordnung?«

Emma nickte.

»Mama oder Papa?«

»Papa.«

Gitti stand auf, griff nach dem Telefon und wählte die Nummer von Emmas Vater.

»Hallo Jörg, hier ist Gitti«, sagte sie, als er abnahm. »Ich wollte dir nur sagen, dass Emma hier bei uns ist … Ja, sie hat kurz davon erzählt … Gerne. Kein Problem. Ich kann sie nachher auch nach Hause bringen … Ja, alles klar. Tschau.« Sie legte auf und kam an den Tisch zurück.

»Danke«, sagte Emma. Sie stützte die Ellbogen auf den Tisch und legte den Kopf in die Hände.

Gitti setzte sich neben sie. »Du hast dich mit deinem Vater gestritten?«, fragte sie. »Was ist denn passiert?«

Emma schluckte schwer.

»Ach, komm mal her.« Gitti nahm sie in den Arm und hielt sie fest. »Willst du mir erzählen, was los ist?«

Emma holte tief Luft und erzählte ihr alles. Vom Gespräch mit ihrer Mutter, dem Streit mit ihrem Vater und von ihrer Angst, ihre Freunde und ihre Schwester zu verlieren. Gitti hörte aufmerksam zu.

Als Emma fertig war, atmete Gitti tief durch und schloss für einen Moment die Augen. »Emma, das tut mir wirklich leid«, sagte sie.

Plötzlich hörten sie Antonias Stimme im Flur: »Mama, ist Emma da? Ihr Fahrrad steht draußen.«

»Wir sind in der Küche«, rief Gitti und rieb sich die Augen.

Antonia kam herein und hielt an, als sie sah, dass ihre Mutter Emma im Arm hielt.

»Was ist denn los?«, fragte sie besorgt und setzte sich zu den beiden an den Tisch.

»Ich hatte doch heute das Gespräch mit meiner Mutter und Peter«, begann Emma.

»Stimmt, das hast du erzählt«, sagte Antonia.

»Genau. Die beiden haben es so förmlich angekündigt, weil sie mir was gestehen mussten: Wir werden noch in den Sommerferien nach Berlin umziehen.« Emma fühlte erneut, wie die Hilflosigkeit in ihr hochstieg. Dass Antonia sie völlig entsetzt anschaute, half dabei nicht.

»Was!?«, rief ihre Freundin.

Also erzählte Emma zum zweiten Mal, was am Nachmittag geschehen war. Als sie fertig war, saßen die drei einen Moment ratlos da.

Aber Antonia war niemand, der lange grübelt. »Das ist total kacke!«, rief sie und schlug auf den Tisch. »Ich mach mir voll Sorgen um Opa Hans, der ganze See ist vergiftet und jetzt zieht Emma nach Berlin. Und wisst ihr was? Gerade habe ich in der Bibel einen Spruch gelesen.« Sie holte ihr Handy raus, öffnete die Bibel-App und las: »Denn ich weiß wohl, was ich für Gedanken über euch habe, spricht der Herr: Gedanken des Friedens und nicht des Leides, dass ich euch gebe Zukunft und Hoffnung.«

Dann fuhr sie fort: »Was da steht, macht Gott aber nicht. Wo bitte ist denn Zukunft und Hoffnung?« Das fragte sich Emma auch.

Antonias Mutter nickte und sagte: »Ja, da gebe ich dir recht. Ich finde das auch kacke.«

»Aber wie kann das sein?«, rief Antonia. »Gott sagt doch, dass er Hoffnung gibt. Und Frieden!«

»Das tut er auch«, bestätigte Gitti, »jeden Tag tut er das, ob wir es merken oder nicht.« Ihre Stimme klang fest. »Wisst ihr, Gott hat nie versprochen, dass es uns immer gut gehen wird. Wir erleben Enttäuschungen, wir werden krank, wir haben Schmerzen. Und Gott sieht all das.« Gitti sah die beiden Mädchen an und lächelte traurig. »Einer der schlimmsten Tage meines Lebens war, als du, Antonia, mit gerade mal vier Jahren schwer krank warst. Wir wussten noch nicht, dass du Diabetes hast und dein Blutzucker lebensbedrohlich tief war. Du warst bewusstlos, und ich habe die ganze Nacht an deinem Krankenhausbett gesessen, ohne zu wissen, ob du überlebst.«

»Daran erinnere ich mich gar nicht«, meinte Antonia.

»Du warst noch zu klein«, sagte Gitti. »Aber ich werde mich wohl immer daran erinnern. In dieser Nacht hatte ich die Hoffnung aufgegeben. Aber das spielte keine Rolle, denn irgendwo, ganz tief in mir drin, wusste ich, dass du in Gottes Händen warst. Dass er sich um mein kleines Mädchen kümmern würde.«

»Und wenn ich damals gestorben wäre?«, fragte Antonia.

Gitti zögerte. »Ich weiß es nicht. Vermutlich hätte ich getrauert, ich wäre am Boden zerstört gewesen. Und trotz der Trauer, trotz der Verzweiflung: Gott hätte dich in seinen Händen gehalten. Auch im Tod.«

Emma sah sie skeptisch an, sie konnte nicht nachvollziehen, wie man in einer solchen hoffnungslosen Situation noch an Gott festhalten konnte.

Gitti fuhr fort: »Hoffnung ist tatsächlich unabhängig von dem, was wir fühlen und erleben. Gott ändert sich nicht. Das sagt dieser Bibelspruch aus, den du uns gerade vorgelesen hast: Gott gibt uns Hoffnung und Zukunft, unabhängig von unserer Hoffnungslosigkeit. Ich finde das total tröstlich.«

Sie legte ihre Hand auf die von Emma. »Emma, verliere nicht die Hoffnung. Manchmal ändern sich Dinge, aber oft auch nicht. Doch du darfst sicher sein, dass Gott das sieht und dir helfen wird. Hier am Starnberger See – oder in Berlin. Ich bin mir ziemlich sicher, dass Gott auch dort ist.« Sie lächelte Emma an.

Emma musste schlucken. *Wie soll ich denn das schaffen? Wie kann man die Hoffnung nicht verlieren, egal was passiert?* Die Aussicht, von ihren Freunden und ihrer Schwester getrennt zu werden, ließ sie verzweifeln. »Ich weiß nicht, ob ich das kann. Ich hab voll Angst.«

Frau Reihmann lächelte: »Ich weiß. Auch ich bin total traurig, dass du umziehen musst.«

»Ich auch!«, fiel Antonia ein.

Gitti nickte. »Das ist völlig normal. Habt Geduld. Gott hat sie ja auch. Und es ist doch kein Abschied für immer.«

Die beiden Mädchen hörten schweigend zu, während Frau Reihmann sagte: »Wisst ihr, einmal wird unsere Trauer, unsere Angst ganz verschwinden: Wenn wir bei Jesus im Himmel sind. Das ist die große Hoffnung, die jeder hat, der an ihn glaubt.«

Emma nickte zögerlich.

»So, aber jetzt kommen wir mal auf andere Gedanken!«, meinte Gitti. »Ich habe da so eine Idee. Wenn ich mal schlecht drauf bin, dann hilft bei mir nur eins.«

»Das Nilpferd in der Achterbahn!«, rief Antonia triumphierend.

»Genau! Lust darauf?«, fragte Gitti lachend.

Das musste sie Emma und Antonia nicht zweimal fragen. Sie holten das Brettspiel und waren bald so sehr am Lachen, dass Emma ihre Sorgen völlig vergaß. Es tat gut, bei den Reihmanns zu sein und auf andere Gedanken zu kommen.

Nach dem Spiel rief Gitti noch einmal bei Emma an und fragte, ob sie bei ihnen übernachten durfte. Ihr Vater war einverstanden. Am nächsten Tag war mündliches Abitur, deshalb würde für die Schüler der unteren Stufen der Unterricht ausfallen. Eine Zahnbürste von Emma stand sowieso schon im Bad der Reihmanns, da sie ganz oft dort schlief.

Antonia zog ihre Matratze neben die von Emma auf den Boden und legte sich neben sie. Sie tuschelten noch eine ganze Weile, bevor sie einschliefen.

Erschöpft ließ sich Franky auf sein Bett fallen. Es war 21 Uhr und er war völlig erledigt. An diesem Abend waren in der Pizzeria seiner Eltern alle Tische belegt gewesen. Franky hatte in den letzten drei Stunden hinter der Bar gefühlt dreitausend Getränke ausgeschenkt.

Während er Cola, Limonade, Bier und Mineralwasser in Gläser goss, waren ihm die Fotos, die Jaron beim Schuppen gemacht hatte, nicht aus dem Kopf gegangen. Immer wieder hatte er über die Buchstaben nachgedacht, die sie auf dem Gerät entdeckt hatten. *Was will dieser Richard mit einem Greifarm?*, dachte er. Er hatte das dunkle Gefühl, dass sie etwas übersehen hatten.

Er streckte sich seufzend und setzte sich aufrecht hin. Die Fotos waren auf seinem Notebook gespeichert. Er öffnete das schärfste und sah es sich aufmerksam an. Im Vordergrund sah er die matte Fensterscheibe, dahinter die Palette mit dem abgedeckten Greifarm. Hinter diesem stand das, was sie schon entdeckt hatten: etwas sehr Großes unter einer weiteren Plane. Er zoomte es heran und sah, dass die Plane an einer Stelle zurückgeschlagen war. Noch näher, und die Stelle wurde größer, aber auch völlig verpixelt. »Mann, das gibt's doch nicht«, schimpfte er vor sich hin. Er speicherte den Ausschnitt als neues Bild ab und öffnete es in einem Programm, mit dem er es schärfer stellen konnte.

Nach einer Weile Herumprobieren betrachtete er das Ergebnis: Tatsächlich, er erkannte einen Schriftzug. Auf einer kleinen Plakette standen die Buchstaben T-R-I-T-O. Mehr war nicht erkennbar. Er tippte die Buchstaben in den Browser seines Computers ein. Zu seiner Enttäuschung erschienen erst einmal nur Bilder von Konservendosen, was ihn nicht wunderte, weil das Wort »trito« im Italienischen »gehackt« bedeutet.

»So ein Mist!«

Schimpfend scrollte er sich durch die Suchergebnisse, immer weiter. Er wollte schon aufgeben, da fiel ihm ein Foto ins Auge. Er klickte darauf und beugte sich neugierig vor.

»Volltreffer!«, jubelte er.

»Hier! Und jetzt hör endlich auf zu schreien!«, knurrte Richard van Bergen. Er warf seinem Neffen eine Pizza vor die Füße und stellte eine Flasche Cola dazu. »Hier hört dich sowieso keiner!«

»Ja und?«, rief Sam und ballte wütend die Fäuste. »Ich schreie, so viel ich will. Und wenn ich hier rauskomme, erzähle ich alles. Alles!«

»Mach nur«, sagte Richard hämisch. »Zum einen kommst du hier erst raus, wenn Großvater und ich schon über alle Berge sind, und zum anderen wird dir keiner glauben.«

Sam war so wütend. Sein Onkel hatte ihn im Hotelzimmer überwältigt, gefesselt und geknebelt, bevor er reagieren konnte. Gegen den viel größeren Mann hatte er keine Chance gehabt, auch wenn er es ihm nicht leicht gemacht hatte. Richard van Bergen trug einen langen Kratzer im Gesicht, wo ihn Sam erwischt hatte. *Wenigstens etwas,* dachte Sam frustriert. Hier unten, hinter den dicken Kellermauern des Schlosshotels hörte ihn wirklich niemand.

»Du hast die Fässer in den See geschmissen! Und damit die Umweltkatastrophe ausgelöst!«, rief er.

»Na, wenn du meinst, dass das so war«, sagte Richard, »dann lass ich dich in diesem Glauben. Und jetzt iss was, damit du groß und stark wirst.«

»Wow, du bist so witzig!«, stöhnte Sam und verdrehte die Augen.

»Ja. Und bald sehr reich!«

Richard lachte und verließ den Raum. Der Schlüssel klickte im Schloss. Sam setzte sich auf die Matratze, die ihm sein Onkel auf den Boden geschmissen hatte, zog den Pizzakarton an sich heran und biss in das erste Stück. Es tat gut, etwas zu essen. Dann nahm er einen großen Schluck Cola. Doch in dem Moment, als er sie hinunterschluckte, bemerkte er, dass sie seltsam schmeckte. Schnell spuckte er den Rest aus, aber es war zu spät.

Er betrachtete die Flasche und sah, dass die Buchstaben darauf verschwammen. Dann wurde es schwarz vor seinen Augen.

»Und dann hat Sam wirklich seine Hand auf deine gelegt?«, fragte Emma und setzte sich aufrecht neben Antonia. Antonia nickte. Es war schon hell, aber die beiden Freundinnen saßen noch im Schlafanzug auf ihrem Matratzenlager.

»Und was hast du dann gemacht?«, fragte Emma neugierig.

»Dann haben wir rumgeknutscht«, behauptete Antonia.

»Echt!?« Emma konnte es nicht fassen.

Antonia grinste. »Natürlich nicht. Ich hab ihm gesagt, dass ich das nicht möchte.«

»Wow!« Emma war beeindruckt. »Und was hat er dazu gesagt?«

»Nicht viel. Er hat sich entschuldigt. Ich glaube, ihm war das ziemlich peinlich.«

Emma legte sich hin und starrte an die Decke. Sie bewunderte Antonia dafür, dass sie immer so straight war. Sie hätte sich in so einer Situation nicht getraut, etwas zu sagen.

»Es war total komisch«, fuhr Antonia fort.

»Komisch?«

»Ja, ich meine, ich mag Sam. Er ist auch irgendwie cool. Und, na ja, manchmal, da habe ich auch so ein komisches Gefühl im Bauch, wenn er mich ansieht«, druckste Antonia herum.

Emma schmunzelte und sagte: »Er ist ja auch süß.«

»Ja, schon«, gab Antonia zu.

»Ich finde es Hammer, dass du ihm gesagt hast, dass du das nicht möchtest.«

»Findest du?« Antonia sah Emma fragend an.

Emma wunderte sich über die Unsicherheit ihrer Freundin. »Ja klar, weißt du nicht mehr, was die uns damals im Selbstverteidigungskurs gesagt haben?«

Antonia setzte sich aufrecht hin, sagte theatralisch: »Stopp!«, und streckte die Hand abwehrend aus. Die beiden Mädchen lachten und Antonia ließ sich neben Emma plumpsen.

»Da ist noch was«, sagte Antonia zögerlich.

»Was denn?«

»Na, die Kette hier«, Antonia holte das Schmuckstück unter ihrem Nachthemd hervor. »Ich glaube, ich weiß jetzt, von wem sie ist. Sie lag im Krankenhaus in der Nachttischschublade und ich dachte, sie wäre von Sam.«

»Ist sie aber nicht!«, meinte Emma und grinste, weil sie einen Verdacht hatte. »Sie ist von Jaron!«

Antonia sah sie erstaunt an. »Woher weißt du das?«

»Na, das ist nicht so schwer.«

Antonia setzte sich wieder aufrecht hin. »Was meinst du?«

»Das sieht doch ein Blinder mit Krückstock, dass der in dich verknallt ist«, kommentierte Emma trocken.

»Hä? Du spinnst ja!«

»Jaron ist doch auch ganz süß, oder?«

Antonia lief knallrot an. »Quatsch«, rief sie, griff nach ihrem Kissen und schlug es der lachenden Emma auf den Kopf.

In diesem Moment pingten ihre beiden Handys gleichzeitig. Antonia nahm ihres und wischte über das Display. »Es ist Franky«, sagte sie und las vor: »Hab was rausgefunden. 11 Uhr alter Heinrich.«

»Na toll, und was hat er rausgefunden?«, wollte Emma wissen.

Antonia tippte:

Cool, und was?

Lasst euch überraschen 😌

Antonia verdrehte die Augen.

Jetzt sag schon 😭

Großes Geheimnis 🤫

Emma holte auch ihr Handy und tippte ein:

Spinner 🤭

Wo seid ihr?

Bei Antonia. Übernachte dort 😴

Ah 😮

Emma nahm ihr Handy, machte ein Foto von Antonia und sich selbst und schickte es Franky. Er antwortete:

Zwei Burggespenster 😁 👻

Vorsicht! Also bis gleich.

👍

Beide hatten gerade ihre Handys weggelegt, da klopfte es an die Tür. Antonias Schwester Sina steckte den Kopf ins Zimmer und rief: »Aufwachen, Schlafmützen! Frühstück ist fertig!«

KAPITEL V

Das Gift

Starnberger See, April 1945

Nachdem er Katrin in Starnberg abgeliefert hatte, kehrte von Brüning in sein Büro zurück. Er hatte noch etwas zu tun: Die Fässer aus Mannheim mussten verkauft werden. In den letzten Tagen war er nicht dazu gekommen, aber jetzt war es höchste Zeit dafür.

Die Methode war immer dieselbe – gewesen musste er wohl sagen, wenn die Amerikaner nun Mannheim eingenommen hatten. Thun stahl im Chemiewerk seines Vaters einige Fässer Chemikalien und schickte sie auf die Reise zur Seeburg. Waren sie dort angekommen, rief von Brüning seinen Kontaktmann an und handelte einen Preis aus. Dann gingen die Fässer in das Lager in Dachau, wo sie ihre Verwendung fanden. Alle profitierten: Der Lagerleiter, der Geld sparte, Thun, der eine fette Beteiligung einstrich, aber vor allem Adolf von Brüning, der sich seinen Gewinn in Goldbarren angelegt hatte. Schon zwei kleine Kisten voll hatte er versteckt. Verlieren tat nur von Brüning Senior, dem die Ware im Chemiewerk fehlte. Aber das war dem Sohn egal. Er hatte nicht viel Liebe übrig für seinen Vater, den er nur als distanziert und kalt kannte.

Von Brüning griff zum Telefonhörer und wählte eine Nummer.

»Weiter«, meldete sich der Leiter des KZ Dachau.

»Von Brüning hier. Ich habe eine neue Lieferung bekommen. Ist gerade noch aus Mannheim raus, bevor die Amis die Stadt eingenommen haben. Sie können sie wahrscheinlich gut gebrauchen, jetzt, wo es schwierig wird, an Nachschub zu kommen. Soll ich sie Ihnen auf dem gleichen Weg wie immer zukommen lassen?«

»Diesmal nicht«, hörte er Weiters Stimme aus dem Hörer dringen. »Ich kann Ihnen nichts mehr abkaufen.«

»Aber … warum nicht?«, fragte von Brüning irritiert.

»Haben Sie eine Ahnung, was hier gerade los ist!? Die Amerikaner haben das Lager Buchenwald eingenommen und die Briten Bergen-Belsen! Ich kann jetzt keine neue Ware gebrauchen!«

»Und was soll ich mit dem Zeugs machen? Hier kann es nicht bleiben!«

»Das ist nicht mein Problem, von Brüning. Sie werden sich was ausdenken müssen«, knurrte Weiter. »Und rufen Sie nicht mehr an, verstanden? Unser kleines Nebengeschäft endet hier und heute. Viel Glück!« Damit legte der Lagerleiter auf.

Von Brüning saß völlig verdattert da und starrte den Telefonhörer an. Damit hatte er nicht gerechnet. »So ein Mist«, murmelte er, »und was mache ich jetzt?«

Fünf gestohlene Fässer mit gefährlichen Chemikalien lagerten im Keller der Burg. Er wollte auf keinen Fall damit erwischt werden. Langsam kam ihm eine Idee, wie er sie loswerden konnte.

Dumpf klatschten die Ruderblätter ins schwarze Wasser des Sees. Ein Vogel schrie aus weiter Ferne. Sein Ruf verhallte über der spiegelglatten Oberfläche. Sonst rührte sich nichts. Der See lag völlig ruhig da, nur die Ruder malten Kreise hinein, die sich langsam in die Dunkelheit der Nacht ausweiteten.

Thun keuchte vor Anstrengung, aber von Brüning wusste, dass sie noch ein Stück weiter hinausfahren mussten. Er wollte sichergehen, dass sein Geheimnis für immer in den Tiefen des Sees begraben sein würde. Das Boot lag tief im Wasser, beladen mit den beiden Männern und fünf Metallfässern mit dem Schriftzug »Chemiefabrik Adolf von Brüning«. Von Brüning betrachtete die Behälter. Im Licht des Halbmonds waren nur ihre Umrisse und ein schwaches Schimmern zu erkennen, doch das war genug, um ihn ins Nachdenken zu bringen. *Sie sehen so unscheinbar aus,* dachte er, *und doch sind sie der Kern dessen, was mein Leben von Anfang an geprägt hat.*

Er dachte an seine Kindheit zurück, die er im Schatten des Vaters, des Patriarchen, verbracht hatte. Schon früh hatte dieser ihn in die Chemiefabrik der Familie mitgenommen in der Hoffnung, der Sohn würde eines Tages die Leitung des Unternehmens übernehmen, so wie er selbst sie von seinem Vater übernommen hatte. Der Vater hatte ihn gedrillt und gefordert, hatte ihn zu Disziplin und Leistung angetrieben. Doch schließlich hatte er frustriert aufgegeben, als er erkennen musste, dass Adolfs körperliche Einschränkungen und sein sensibles Gemüt nicht seinem Ideal entsprachen. Danach hatte er seinen Sohn entweder ignoriert oder ihn seine Enttäuschung spüren lassen. Dass ihm dieser in der Firmenleitung nachfolgen würde, war seitdem kein Thema mehr gewesen.

Welche Ironie des Schickals, dachte von Brüning, *dass mir ausgerechnet die Geschäfte meines alten Herrn nun zur Flucht und zu einem Exil in Reichtum verhelfen werden. War schon ganz schön clever von mir, Chemikalien aus der Firma zu holen und zu verhökern. Der Senior hätte mir nie ein solch einträgliches Einkommen gegönnt.* Der junge Mann dachte zufrieden an das Gold, das er sich von den Einnahmen des Chemikalienverkaufs gekauft hatte, und an die Kunstschätze, die er durch seine Kontakte in die SS billig hatte erwerben können. *Ich bin halt schlauer, als der alte Mann denkt. Mal sehen, vielleicht wird aus mir doch noch der Inhaber einer Chemiefirma.*

Er beobachtete den keuchenden Thun, der sich in die Riemen legte und das Boot Meter für Meter auf den See hinausruderte. Auch sein Komplize bei der Unterschlagung hatte sich als ein Glücksfall erwiesen. *Friedrich Thun ist genau der Mann, den man für halbseidene Geschäfte braucht,* dachte von Brüning und schmunzelte, *gierig, ohne Skrupel, nicht sehr schlau und stark wie ein Ochse.* Er staunte immer noch, wie schnell sie die Fässer aus dem Keller unter dem alten Kutscherschuppen hinaus in einen Karren, dann den Karren hinunter zum Ufer und schließlich die Fässer in das Boot verfrachtet hatten. Thun hatte die meiste Arbeit gemacht, denn er war viel stärker als von Brüning. Aber auch dieser hatte mit angepackt, so gut er eben konnte. *Ich bin eben kein Mann fürs Grobe,* dachte er.

Von Brüning blickte über seine Schulter zurück zum Seeufer. »Hier können wir anhalten«, sagte er zu Thun, der sofort aufhörte, zu rudern, und die Riemen einholte. »Wir sollten inzwischen über einer der tieferen Stellen sein, auch wenn es hier wahrscheinlich noch keine 120 Meter sind. Eher 60, 70, würde ich schätzen.«

»Und Sie meinen, das genügt? Sollten wir nicht lieber auf Nummer sicher gehen und dahin rudern, wo es wirklich tief ist?«, fragte Thun und wischte sich den Schweiß von der Stirn.

»Wenn ich sage, es genügt, dann genügt es«, fauchte von Brüning, »wir haben keine Zeit, hier die ganze Nacht eine gemütliche Rundfahrt zu machen. In zwei Stunden wird es hell, da müssen wir wieder am Ufer sein.«

»In Ordnung«, sagte Thun. »Dann wollen wir mal.«

Gemeinsam wuchteten sie die fünf Fässer über die niedrige Reling. Mit einem dumpfen Platschen fielen sie eins nach dem anderen ins Wasser und verschwanden in der dunklen Tiefe.

Als das letzte nicht mehr zu sehen war, atmete von Brüning erleichtert auf. Er rieb sich den Staub von den Händen und sagte: »So, das wäre erledigt.«

Keiner wird jemals darauf kommen, dass diese Fässer im See sind und dass ich damit etwas zu tun habe, dachte er zufrieden und lehnte sich zurück.

Von Brüning hatte im Dorf Besorgungen gemacht und war auf dem Weg zurück zur Seeburg, da lösten sich seine ganzen schönen Pläne in nichts auf. Auf dem Weg die Uferstraße entlang kam ihm plötzlich ein amerikanischer Militärkonvoi entgegen. Er musste sein Auto gefährlich nah an die Uferkante steuern, um die lange Kolonne von Jeeps und Lastwagen vorbeizulassen. Von Brüning stieg aus und sah zu, wie die Soldaten an ihm vorbeifuhren. Ihre Gesichter waren jung und müde, sie beachteten ihn kaum. Nur einer nickte ihm stumm zu.

Nach einigen Minuten war die Straße wieder frei und er konnte weiterfahren. Von Brüning rieb sich das Kinn und überlegte. Er hatte nicht damit gerechnet, dass die Amerikaner so schnell kommen würden.

Es hilft nichts, dachte er, *ich muss meinen Fluchtplan umgehend in die Tat umsetzen, wenn ich nicht erwischt werden will.*

Im Kinderheim angekommen, suchte er sofort Friedrich Thun.

»Es geht los«, erklärte der Heimleiter. »Die Amerikaner sind da. Packen Sie Ihre Sachen, wir brechen sofort auf. Ich treffe Sie im Burghof!«

Thun nickte. Von Brüning ging zu seinem Schlafzimmer und holte seinen Koffer. Gepackt war dieser schon lange, er musste nur noch ein paar Unterlagen zusammenraffen.

Wenige Minuten später saß er schon wieder in seinem Auto. Gleich darauf trat Thun aus dem Gebäude und setzte sich neben ihn. Von Brüning warf den Motor an und fuhr durch das Burgtor. Er warf keinen Blick zurück.

Kapitel VI

Das Ende des Kinderheims

Starnberger See, Anfang Mai 1945

Das Verschwinden des Heimleiters sorgte für große Aufregung unter den Kinderschwestern. Auf einmal ohne Führung diskutierten sie erhitzt, was nun zu tun sei, was mit den Kindern geschehen würde, was mit ihnen. Rasend schnell hatte sich die Nachricht verbreitet, dass die Amerikaner Starnberg eingenommen und auch München besetzt hatten – weitgehend ohne Kämpfe, sodass keine weiteren Verluste zu beklagen waren.

Die Schwestern beschlossen – auch aus Mangel an Alternativen –, dass sie erst einmal zusammen im Heim bleiben und den Alltag für die Kinder so weit wie möglich weiterführen würden. Doch am nächsten Morgen waren zwei Schwestern mitsamt ihrem Gepäck verschwunden.

Die Nervosität unter den Zurückbleibenden ließ sich nicht verheimlichen. Außerdem blieb der Nachschub aus und das Essen wurde knapp. Telefonisch war in München bei den früher zuständigen Ämtern niemand zu erreichen und so mussten die Frauen abwechselnd zu Bauern in der Gegend fahren und versuchen, Wertgegenstände aus der Burg gegen Lebensmittel einzutauschen.

Zwei Tage nach dem Verschwinden des Heimleiters tauchten die ersten Frauen an der Seeburg auf. Sie waren aus München gekommen, um ihre Kinder nach Hause zu holen. Die Jungen und Mädchen, die abgeholt wurden, konnten ihr Glück kaum fassen und waren außer sich vor Aufregung. Es ging nach Hause! Die anderen Kinder aber, die zurückblieben, schwankten zwischen Hoffnung und Angst. Was war mit ihren Familien? Würden sie auch bald nach Hause zurückkehren?

Die Buddenberg-Geschwister machten sich dagegen keine Hoffnung auf eine baldige Heimkehr. Bestimmt würde niemand sie abholen. Und dann war auch noch Katrin verschwunden. Karl befürchtete das Schlimmste. Auch jetzt, wo der Krieg wohl vorbei war, wollte keine der Kinderschwestern ihnen sagen, was los war. Er überlegte, ob er versuchen sollte, nach Mannheim zu kommen, um wenigstens in der Nähe der Mutter zu sein. Aber ohne Katrin traute er sich nicht, mit den kleinen Geschwistern die lange Reise anzutreten. Vielleicht später, wenn mehr Ruhe eingekehrt war und die Zugverbindungen wieder funktionierten.

Elfie musste ständig an Katrin denken. Immer wieder kamen ihr die Tränen. Aber die Kinderschwestern duldeten nicht, dass sie sich zurückzog. An einem sonnigen Maitag machte Schwester Emma mit den Mädchen einen Spaziergang am Seeufer entlang. Dabei kamen sie auch an dem kleinen Holzgebäude direkt am Ufer vorbei, in dem Hansi wohnte. Auf dem Steg saß ein älterer Mann mit einem finsteren Gesicht und flickte die Netze. Er blickte nicht auf, als die Kinder vorbeiliefen. Elfie dachte, dass das wohl Hansis Großvater sein musste. Den Jungen konnte sie nirgends entdecken. Sie fasste die Hand des Mädchens, das neben ihr lief, fester und blickte wieder geradeaus.

Das Mädchen warf ihr einen kurzen, erstaunten Blick zu, achtete aber nicht weiter auf Elfie. Die vier Buddenbergs waren als Vaterlandsverräter verschrien und hatten deshalb keine Freunde im Heim. Nur gezwungenermaßen ging das Mädchen neben Elfie.

Am späten Nachmittag ging Schwester Emma mit den Kindern zur Seeburg zurück. In der Ferne donnerte es, ein Geräusch, an das sich Elfie schon gewöhnt hatte. Es waren die Geschütze der nahen Front. Als das Burgtor in Sicht kam, bemerkte Elfie drei Gestalten im Hof. Eine Frau hielt ein Kind auf dem Arm, das ihren Hals umklammerte, als wolle es sie nie wieder loslassen, ein größerer Junge umfasste ihre Hüfte und schmiegte sein Gesicht in ihre Seite. Schon aus der Ferne erkannte sie Karl und Wilhelm, doch wer war die Frau, die die beiden so innig hielt? Konnte es sein …?

Elfie blieb stehen. Wieder schaute das Mädchen neben ihr sie erstaunt an. Sie versuchte, Elfie vorwärtszuziehen, doch Elfie war viel zu sehr von dem Anblick gebannt, der sich ihr bot. Sie kniff die Augen zu, schlug sie wieder auf, aber was sie sah, veränderte sich nicht. Sie sog scharf den Atem ein vor Überraschung, dann rannte sie los. Sie drückte die Mädchen vor ihr zur Seite, ignorierte ihren Protest und kümmerte sich nicht um die Schwestern, die nach ihr zu greifen versuchten. Sie stürmte vorwärts mit nur einem Gedanken im Kopf und einem Schrei auf den Lippen: »MAMA!«

Elfie hatte ihren Kopf an die Schulter ihrer Mutter gelegt, die neben ihr auf der Bank hinter der Seeburg saß, und hörte zu, wie sie über ihre Reise nach Starnberg erzählte: »Die Amerikaner haben Mannheim schon Ende März eingenommen. Wir haben die Kämpfe bis ins Gefängnis hinein gehört. Es hat ewig gedauert, bis das Knallen und Schießen aufgehört hat. Doch dann wurde es endlich ruhig und die Armee hat das Gefängnis übernommen. Alle Gefangenen wurden zusammengerufen. Diejenigen, die wegen politischer Gründe dort saßen, durften gehen. Viele haben sich aber entschieden, erst einmal zu bleiben, denn Mannheim ist fast völlig zerstört. Menschen kampieren auf der Straße, es gibt kein fließend Wasser und nicht genug zu essen. Die Zellen wurden natürlich nicht mehr geschlossen und im Gefängnis hatten wir wenigstens ein Dach über dem Kopf. Für mich aber war klar, dass ich mich auf den Weg zu euch mache, sobald die Amerikaner dieses Gebiet einnehmen.«

»Wie lange warst du unterwegs?«, fragte Karl, der auf der anderen Seite von Käthe saß.

»Zehn Tage«, antwortete seine Mutter. »Es war wirklich schwierig. Viele Strecken bin ich gelaufen. Manchmal hat mich jemand mitgenommen.«

Elfies Blick fiel auf die Schuhe ihrer Mutter. Diese waren vollkommen abgelaufen und sie hatte sie mit Schnüren zusammengebunden, dass sie nicht auseinander fielen.

Käthe Buddenberg lächelte. »Aber ich will euch die ganzen Details ersparen«, sagte sie, »das Einzige, was wichtig ist, ist, dass ich wieder bei euch bin. Und ihr bei mir. Ich hoffe nur, dass wir Katrin bald finden.«
Die Kinder nickten traurig. Als sie Käthe Buddenberg erzählt hatten, dass ihre Pflegeschwester aufgeflogen und danach verschwunden war, war sie mehr erschrocken, als sie den Kindern gezeigt hatte. Hoffentlich war es noch nicht zu spät!

Die Mutter schlang ihre Arme um Karl, Elfie und Wilhelm, der auf ihrem Schoß saß, und drückte alle drei ganz fest. Elfie schloss die Augen und schmiegte sich in die Umarmung, die sie so lange nicht mehr gefühlt hatte. Es fühlte sich eigenartig fremd und doch vertraut an.

So saßen die vier eine ganze Weile und hielten sich fest. Sie hätten wahrscheinlich den ganzen Tag so gesessen, wenn nicht irgendwann ein Auto auf der Auffahrt zur Burg aufgetaucht wäre. Es war ein offener Militärjeep, in dem vier Soldaten mit braungrauen Uniformen und Stahlhelmen saßen. Sie hielten direkt vor dem Burgtor an und stiegen aus. Die Buddenbergs, die ein wenig abseits saßen, bemerkten sie nicht.

Schwester Helga kam den Soldaten durch das Burgtor entgegen.

»Hello, Fräulein!«, rief der Amerikaner, »sind Sie hier die Leiterin?« Er sprach ein fließendes Deutsch mit einem leichten amerikanischen Akzent.

»Nein«, antwortete Schwester Helga, »der Leiter ist verschwunden, ich bin seine Vertretung.«

»Gut genug. Was ist das für eine Einrichtung hier?«

»Es ist ein Kinderheim der Fürsorge. Hier sind vor allem Kinder aus München untergebracht, die vor dem Krieg aus der Stadt geflohen sind. Warum fragen Sie?«

»Wir brauchen dieses Gebäude für unsere Verwundeten. Ich muss Sie bitten, es zu räumen.«

»Wie bitte? Wie soll das gehen?«, protestierte Schwester Helga. »Ich habe über zwei Dutzend Kinder hier, manche noch sehr klein! Ich kann ihnen nicht einfach sagen, sie sollen die Burg verlassen.«

»Das verstehe ich. Sie haben bis morgen Zeit zu packen. Bringen Sie die Kinder nach München. Dort wird man Ihnen eine andere Unterkunft zuweisen, bis die Eltern die Kinder abholen können.«

»Aber … aber das ist inakzeptabel! Das geht nicht!«

»Keine Widerrede! Dieses Gebäude ist beschlagnahmt. Sie haben bis morgen, um es freizugeben.« Trotz seines Akzents, der seine Rede weicher machte, wurde der Ton des Amerikaners scharf.

»Aber wie sollen wir nach München kommen?« Langsam klang Schwester Helga verzweifelt.

»Da kann ich Ihnen nicht helfen. Ich würde aber vorschlagen, Sie laufen. Zwischen Starnberg und München gibt es keine deutschen Truppen mehr, Sie sollten also keine Probleme haben.« Mit diesen Worten wandte sich der Soldat ab und ging zu seinen Kameraden zurück, die am Auto warteten. Schwester Helga ließ er einfach stehen. Sie zögerte kurz, dann seufzte sie tief. Sie wusste, dass sie keine Wahl hatte. Kopfschüttelnd drehte sie sich um und verschwand in der Burg.

»Hast du das gehört, Mutter?«, fragte Karl. »Wir müssen alle die Burg verlassen. Was sollen wir denn jetzt machen?«

»Heute Nacht werden wir hier schlafen. Ihr habt den Mann ja gehört: Wir müssen erst morgen raus. Und ich muss mich ein wenig ausruhen. Morgen machen wir uns auf die Suche nach Katrin. Erst wenn wir alle wieder zusammen sind, überlegen wir, was wir als Nächstes tun wollen.«

Kapitel VII

Eine verzweifelte Suche

Bayern, Anfang Mai 1945

Der nächste Morgen brachte wenig Neuigkeiten und keine neuen Pläne. Die verbliebenen Schwestern hatte eine Art verzweifelter Mut ergriffen. Sie halfen den Kindern, ihre Koffer zu packen. Gemeinsam hatten sie beschlossen, dass Schwester Helga die Kinder nach München begleiten würde. Die anderen Kinderschwestern würden sich auf den Weg zu ihren Familien machen.

Schwester Helga wirkte plötzlich völlig anders. Ihre ganze Entschlossenheit schien sie verlassen zu haben, sie handelte wie automatisiert. Käthe Buddenberg packte mit an, wo sie konnte.

Während sie und Schwester Helga im Schlafzimmer der Jungen die Schränke ausräumten, war die junge Frau völlig in sich gekehrt und sagte kaum ein Wort.

Käthe sah sie besorgt an und fragte schließlich: »Geht es Ihnen gut?«

Schwester Helga richtete sich auf und gab wütend zurück: »Nein, es geht mir nicht gut.«

»Das tut mir leid«, sagte Käthe und faltete einen Pullover.

»Alles, woran ich geglaubt habe, hat sich mit der Ankunft der Amerikaner in Luft aufgelöst«, rief Schwester Helga verzweifelt. »Wie soll es denn jetzt weitergehen?«

Käthe legte den gefalteten Pullover auf den Stapel. »Es wird weitergehen«, sagte sie sanft. Sie streckte eine Hand aus und legte sie der anderen Frau mitfühlend auf den Arm. Schwester Helga zog ihn trotzig weg. »Das Deutsche Reich! Es ist …«, verzweifelt schlug sie die Hände vors Gesicht und schluchzte. »Wir hätten Großes schaffen können!«

Käthe Buddenberg reichte ihr ein Taschentuch. »Großes?«, fragte sie bitter. Sie musste an das Leid denken, das ihrer Familie und vielen unschuldigen Menschen angetan worden war.

»Ja, Großes«, bestätigte Schwester Helga und wischte sich mit dem Tuch das Gesicht ab, »noch vor zwei Tagen war ich davon überzeugt, dass wir siegen würden. Und jetzt? Jetzt habe ich alles verloren.«

In diesem Augenblick tat sie Käthe Buddenberg doch leid. Alles, worauf die junge Frau ihre Hoffnung gesetzt hatte, war zusammengebrochen. »Ja, Sie haben recht«, sagte Käthe, »wir haben alles verloren.«

Schwester Helga sah sie an. »Warum Sie? Sie haben doch gewonnen.«

»Wir haben gewonnen?«, fragte Käthe ungläubig. Sie konnte sich nicht mehr zurückhalten. »Katrin ist verschollen, mein Mann wurde zum Tode verurteilt und ich saß monatelang im Gefängnis! Nur weil wir helfen wollten. Weil wir Menschlichkeit gezeigt haben. Weil wir nicht ins System des Deutschen Reichs gepasst habe.«

»Alle hatten die gleiche Chance, sich anzupassen für ein großes Ganzes«, entgegnete Schwester Helga und richtete sich auf.

»Wirklich?« Käthe Buddenberg schnappte nach Luft. »Meine Tochter Katrin, hatte sie eine Chance? Sagen Sie, welche Chance hatte sie?«

Schwester Helga sah sie erschrocken an. Dann sank sie in sich zusammen und für einen Moment war es ganz still. »Ich habe daran geglaubt. Ich habe geglaubt, dass das alles richtig ist«, sagte sie mit zitternder Stimme. »Wie können Sie und alle anderen, die in Deutschland gelitten haben, solchen Menschen wie mir, uns je verzeihen?«

Ich weiß es nicht, dachte Käthe. Sie hielt inne und atmete tief durch. *Es bringt nichts, die arme junge Frau mit Vorwürfen zu überschütten,* dachte sie traurig. *Ihre Welt ist zusammengebrochen. Sie wird noch erkennen, wie menschenverachtend und abgrundtief falsch die Deutschen, auch sie, in den letzten zwölf Jahren gehandelt haben.*

Sie legte Schwester Helga eine Hand auf die Schulter. »Bitte entschuldigen Sie meinen Ausbruch, ich wollte Sie nicht beschuldigen.«

Die Schwester sank auf einen Stuhl. Wie ein Häufchen Elend saß sie da und weinte still vor sich hin. Nach einer Weile wandte sich Käthe Buddenberg ab und fuhr fort, die Kleider der Kinder zu verstauen. Plötzlich hörte Schwester Helga auf, zu schluchzen.

»Katrin«, sagte sie, »ich weiß vielleicht, wo sie ist.«

Käthe Buddenbergs Herz stockte. »Wo?«, fragte sie.

»Ich war dabei, als Heimleiter von Brüning mit Katrin weggefahren ist.«

»Wirklich?« Käthes Herz machte einen Satz vor Freude.

»Ja, er sagte, er wolle sie zur Polizeistation in Starnberg bringen.«

»Können Sie mir sagen, wie ich dort hinkomme?«, fragte Käthe.

»Ja, gerne«, antwortete Schwester Helga, »ich kann Sie sogar dorthin bringen. Ich muss mit den anderen Kindern sowieso durch Starnberg.«

»Dann gehen wir gemeinsam«, sagte Käthe Buddenberg, »und ich helfe Ihnen bis dahin, so gut ich kann.«

Als sich die Gruppe der Kinder gemeinsam mit den Geschwistern Buddenberg, ihrer Mutter und Schwester Helga auf den Weg nach Starnberg machten, standen vor der Burg schon einige Militärfahrzeuge der Amerikaner, und Soldaten stiegen aus. Auch ein hochrangiger Offizier war unter ihnen. Er entschuldigte sich bei Schwester Helga dafür, dass sie die Burg verlassen mussten, und bot ihr an, sie mit Lastwagen nach Starnberg zu fahren. Doch Schwester Helga lehnte ab. Sie war zu stolz, um sich von den Feinden helfen zu lassen. Die Kinder schulterten ihre Rucksäcke, und sie machten sich auf den Weg. Glücklicherweise waren ein paar von den Kleinsten am Vormittag noch abgeholt worden.

Es war ein freundlicher Tag, der erste, der sich frühlingshaft anfühlte. In einer anderen Zeit, in einer anderen Situation hätten sie diese Wanderung genossen. Aber jetzt machten sie sich große Sorgen um Katrin und ihr Gepäck wog schwer. Karl trug in der einen Hand einen Koffer und in der anderen einen Beutel mit Proviant. Elfie lief neben ihm her. Vor ihm gingen seine Mutter und Wilhelm Hand in Hand. Immer noch durchströmte Karl ein Gefühl von purem Glück, wenn er seine Mutter sah und ihm bewusst wurde, dass sie wieder bei ihnen war. Nur das linderte seine Sorge um Katrin und um ihre Zukunft.

Er atmete die milde Luft, die nach Gras und Blüten roch, tief ein und lächelte Elfie zu. »Eigentlich ein schöner Spaziergang, findest du nicht?«, fragte er.

Sie nickte. »Aber wir müssen Katrin finden«, meinte sie traurig, »und Papa.«

Karl musste an seinen Vater denken und daran, was er in der Akte des Heimleiters gelesen hatte: das Datum, an dem Heinrich Buddenberg hingerichtet worden war. Aber er riss sich zusammen und sagte ausweichend: »Bestimmt finden wir sie bald.«

Nach zwei Stunden kamen die ersten Häuser der Stadt am Seeufer näher. Immer mehr Menschen liefen auf der Straße. Bevor sie die Stadt erreichten, schlug Schwester Helga eine Pause vor, denn einige der Kinder waren vom Laufen müde geworden.

Sie setzten sich an den Straßenrand, tranken etwas und beobachteten die Menschen, die an ihnen vorübergingen. Viele Leute trugen trotz der warmen Temperaturen Winterkleidung, hatten schweres Gepäck dabei oder zogen vollbepackte Leiterwagen hinter sich her. Sie wirkten erschöpft und traurig. Immer wieder wichen sie aus, wenn amerikanische Militärfahrzeuge vorbeifuhren oder eine Truppe Soldaten vorbeimarschierte.

»Wohin gehen all diese Leute?«, fragte Wilhelm, der neben seiner Mutter saß und seine Beine von sich gestreckt hatte.

»Sie sind vor dem Krieg geflohen«, erklärte Käthe Buddenberg.

»Aber der Krieg ist doch vorbei?«, fragte Wilhelm unsicher.

Käthe nickte. »Ja, das schon«, sagte sie, »aber sie haben ihr Zuhause verloren und nun suchen sie ein neues.«

»So wie wir«, stellte Wilhelm fest.

Seine Mutter sah ihn traurig an und strich ihm übers Haar. »Ja, mein Schatz. Und so wie wir werden auch sie ein schönes neues Zuhause finden.«

»Werden wir auch Papa und Katrin wiederfinden?«, fragte er.

Käthe Buddenberg zögerte. Sie sah Elfie und Karl an. Karl musste schlucken. War jetzt der Moment der Wahrheit gekommen? Würde seine Mutter Wilhelm und Elfie einweihen? Er sah sie gespannt an. Doch zu seiner größten Überraschung sagte sie: »Das weiß ich im Moment noch nicht, mein Liebling, aber wir werden die beiden auf jeden Fall suchen.«

Karl konnte nicht glauben, was er da hörte. *Mutter will sie suchen? Klar, Katrin finden wir vielleicht. Aber Vater?* Er hatte es doch schwarz auf weiß gelesen, dass sein Vater tot war. Und seine Mutter wusste das auch. Oder hatte sie andere Informationen? Er wollte seine Mutter fragen, hielt sich aber zurück.

»Wir dürfen die Hoffnung nicht aufgeben und wir werden die Hoffnung auch nicht aufgeben«, sagte Käthe. »Katrin kann noch nicht weit sein. Schwester Helga hat mir erzählt, dass von Brüning Katrin nach Starnberg zur Polizei bringen wollte. Wir werden als Erstes dort nachfragen.«

Wilhelm nickte und gab sich damit zufrieden.

Es fehlten noch ein paar Kilometer bis Starnberg und so machte sich die Gruppe bald wieder auf den Weg. Kurz vor Starnberg hielt ein Lastwagen an und der Fahrer fragte, ob er ihnen helfen könne. Als er hörte, dass Schwester Helga mit der ganzen Kinderschar nach München musste, lud er sie ein, auf der Ladefläche mitzufahren. Käthe und ihre Kinder setzte er vor der Polizeistation ab.

Dort standen bereits viele Menschen in einer Schlange an, sodass sie eine ganze Weile warten mussten, bis sie endlich dran waren.

»Was wollen Sie?«, fragte der Polizist hinter dem Tresen unwirsch.

»Ich suche meine Tochter«, antwortete Käthe Buddenberg.

Der Polizist begann zu lachen und rief über seine Schulter: »Hey Fritz, die hier sucht ihre Tochter!« Sein Kollege, der hinter einem Schreibtisch voller Akten saß, sah nur kurz auf.

Der Polizist sagte zu Käthe: »Alle hier suchen irgendwen oder irgendwas. Glauben Sie wirklich, wir wissen, wo Ihre Tochter ist. Gehen Sie!«

»Sie wurde vor ein paar Tagen hier abgeliefert«, erklärte Käthe hartnäckig, »von einem Adolf von Brüning.«

»Der Nächste bitte«, rief der Polizist in den Raum und schenkte ihr keine weitere Beachtung.

Jetzt wurde Käthe wütend. Sie schlug mit der Faust so hart auf den Tresen, dass der Polizist zurückschreckte.

»Jetzt hören Sie! Ich bin von Mannheim hierhergekommen. Ich habe meine Kinder, die mir weggenommen wurden, aus der Seeburg geholt. Und ich werde hier nicht weggehen, bis Sie in Ihren Akten nachgesehen haben, ob hier vor zwei Wochen eine Katrin Buddenberg von einem gewissen Adolf von Brüning abgegeben worden ist!«, rief sie.

»Katrin Buddenberg?« Der zweite Polizist hob den Kopf von seinen Akten.

»Ja, Katrin Buddenberg«, wiederholte Käthe hoffnungsvoll.

»Ich übernehme das«, sagte Fritz und nickte seinem Kollegen zu, der sichtlich erleichtert war, die wütende Mutter loszuwerden. Er winkte Käthe, ihm zu folgen.

»Vor zwei Wochen war tatsächlich ein Mann hier, der ein jüdisches Mädchen abgegeben hat. Er hat sich als Heimleiter der Seeburg ausgewiesen«, sagte er leise.

»Und wo ist sie jetzt?«

»Sie wurde nach Dachau gebracht.«

»Nach Dachau?« Erschrocken sah Käthe den Polizisten an.

Er nickte. »Am besten fragen Sie dort mal nach«, riet er ihr, »ich bin mir sicher, dass Sie sie dort finden werden. Das Lager ist ja seit ein paar Tagen unter amerikanischer Verwaltung.«

»Vielen Dank«, sagte sie.

»Ich wünsche Ihnen alles Gute.« Der Polizist lächelte ihr ermutigend zu.

Als sie wieder vor der Polizeistation standen, erklärte Käthe ihren Kindern: »Wir müssen irgendwie nach Dachau kommen.«

»Finden wir dort Katrin?«, fragte Elfie besorgt.

»Ganz sicher«, sagte Käthe und nahm ihre Hand.

An diesem Tag schafften sie es noch, mit einem völlig überfüllten Zug nach München zu fahren. Die Nacht verbrachten sie in einem provisorischen Flüchtlingslager. In Decken gehüllt lagen sie nebeneinander auf dem Boden einer Turnhalle.

Elfie konnte nicht schlafen. Sie stupste Karl an und flüsterte: »Bist du wach?«

»Ja.«

»Ich kann nicht schlafen.«

Karl seufzte. »Versuch es einfach.«

»Glaubst du, wir finden Katrin und Papa?«, fragte sie.

»Ich weiß es nicht«, sagte er müde, »aber wir dürfen die Hoffnung nicht aufgeben.«

»Stimmt, das hat ja auch Gott gesagt, das mit der Hoffnung«, sagte sie.

Ihr Bruder lächelte. Elfie schloss die Augen und betete leise: »Bitte, lieber Gott, hilf uns Katrin zu finden. Und bitte beschütze sie, und bitte, lass uns auch Papa finden und beschütze ihn. Amen.«

»Amen«, sagte Karl. Elfie kuschelte sich an ihn und schlief endlich ein.

Am nächsten Morgen ging die Reise weiter nach Dachau. Karl schauderte, als er die hohen Stacheldrahtzäune sah, die er schon von ihrer Flucht nach Mannheim kannte. Diesmal gingen sie nicht nur am Lager vorbei, sondern durch ein großes hölzernes Tor direkt hinein. Über dem Tor thronte ein aus Stein gemeißelter Adler, der einen Kranz mit einem Hakenkreuz in den Klauen hielt.

Am Tor standen amerikanische Soldaten Wache. Käthe Buddenberg fragte einen von ihnen: »Meine Tochter ist im Lager. Können Sie mir sagen, wo ich sie finden kann?«

Der Soldat sah sie verständnislos an. Er schien kein Deutsch zu sprechen. Karl kramte in seinem Gedächtnis nach dem wenigen Englisch, das er gelernt hatte, und sagte: »Sister«, während er gestikulierte, um klar zu machen, dass sich seine Schwester im Lager befand.

»Your sister is here?«, fragte der Soldat. Alle nickten und Karl wiederholte: »Ja, sister ist hier.«

»Come with me.« Der Soldat bedeutete ihnen mit einer Handbewegung, ihm zu folgen. Sie gingen über einen großen Platz, um den viele Baracken aufgereiht waren. In einem der Gebäude sprach er mit einem anderen Soldaten, nickte ihnen zu und ging zurück zu seinem Posten. Der andere Amerikaner kam auf sie zu und fragte in gebrochenem Deutsch: »Sie suchen Tochter?«

Käthe nickte. »Sie wurde erst vor zwei Wochen hergebracht.«

»Wie alt?«, wollte der Amerikaner wissen.

Jetzt mischte sich Elfie ein. »14«, sagte sie keck, »und sie sieht uns nicht ähnlich.«

Der Amerikaner musste schmunzeln und antwortete: »Ick werde sehen, ob ick kann helfen euch. Wie ist die Name?«

»Katrin Buddenberg.«

»Okay, warten hier.« Er deutete auf eine Bank, bevor er durch eine Tür in einen anderen Raum verschwand. Kurz darauf kehrte er zurück und hielt Papiere in der Hand.

»Das ist der Listen mit die Leute, die gekommen sind im April«, sagte er. »I am sorry, aber ick finde keine Katrin Buddenberg.«

»Das kann nicht sein« rief Käthe. »In der Polizeistation in Starnberg haben sie gesagt, dass sie nach Dachau gebracht worden ist.«

Der amerikanische Soldat sah noch einmal auf seine Listen und wiederholte: »Tut mich leid. Keine Katrin Buddenberg.«

Die vier Buddenbergs waren wie gelähmt von der furchtbaren Nachricht. Der Soldat konnte ihnen auch nicht sagen, wo sie sonst nach Katrin suchen konnten. Hier in Dachau schien das Ende ihrer Suche gekommen zu sein.

Mutlos stapften sie in Richtung des Lagertors. Ein kalter Schauer lief Karl über den Rücken, als er die Menschen sah, die vor den Baracken saßen. Wie mussten sie gelitten haben! Sie waren völlig abgemagert und starrten mit eingefallenen Gesichtern traurig vor sich hin. Ihre Köpfe waren kahl geschoren und sie trugen gestreifte Anzüge. Einige von ihnen standen in einer Schlange an, um Essen zu bekommen.

Auf einmal riss sich Elfie von Karls Hand los und stürmte auf die Menschen in der Schlange zu. Er rief sie zurück, aber sie rannte einfach weiter. Eine der Personen drehte sich um, als sie sein Rufen hörte. Die Gestalt, sie erschien ihm so vertraut. Aber war das möglich?

Als Elfie sie erreichte, breitete sie ihre Arme weit aus und fing sie auf. Es war Katrin.

Die drei übrigen Buddenbergs rannten los. Sie schrien und tanzten, umarmten sich und weinten, fassungslos vor Glück.

Kapitel VIII

Wertvolle Schätze

Starnberger See, Anfang Mai 1945

So einfach es gewesen war, das Gift loszuwerden, so mühsam erwies es sich, seine Schätze zu heben.

»So ein Mist!«, fluchte von Brüning, als Thun und er im Morgengrauen an der Villa in Berg ankamen.

»Das können Sie laut sagen, Chef«, kommentierte Thun. Die beiden standen auf der Straße in einem kleinen Lastwagen und hatten durch den Zaun einen guten Blick auf die Villa. Vor der Eingangstür standen mehrere Militärjeeps kreuz und quer auf der Einfahrt und dem gepflegten Rasen.

Als die Amerikaner angekommen waren, hatten die beiden Männer sich erst mal ein paar Tage versteckt gehalten. Sie wollten warten, bis sich die Lage beruhigt hatte. Von Brüning hatte nicht damit gerechnet, dass die Amerikaner die Villa für sich in Beschlag nehmen würden.

»Ob die die Sachen gefunden haben?«, fragte Thun.

»Keine Ahnung«, erwiderte von Brüning, »die Villa ist groß und die Sachen sind gut versteckt.«

Die alte Villa mitten in dem kleinen Ort Berg, die der Familie von Brüning vor dem Krieg als Sommerresidenz gedient hatte, war bisher das ideale Versteck für seine Beute gewesen. Sie hatte zahllose Zimmer, einen Dachboden und einen verwinkelten Keller, der sich bis unter die großzügige Terrasse erstreckte. Nicht einmal von Brüning selbst hatte das Gefühl, jeden Winkel des historischen Gebäudes zu kennen, obwohl er hier seit seiner Kindheit jeden Sommer verbracht hatte. Es gab viele Orte, an denen man Kunstgegenstände oder Gold verstecken konnte.

»Auf jeden Fall können wir im Moment nicht rein, um nachzusehen«, sagte er mit einem Seufzer. »Vielleicht haben wir Glück und sie ziehen abends ab. Verstecken wir uns und warten wir ab.« Er ärgerte sich über sich selbst, dass er seine Vorkehrungen nicht schon früher getroffen hatte. Warum hatte er bloß gewartet, bis die Amerikaner hier waren? Gleichzeitig kannte er die Antwort. Er hatte nicht geglaubt, dass das Ende so schnell kommen würde, und er hatte noch mehr Schätze sammeln wollen.

Thun fuhr den Lastwagen in ein nahes Wäldchen und sie verbrachten den Tag mit Schlafen und Schweigen. Sie waren zwar durch gemeinsame Verbrechen verbunden, aber das hieß nicht, dass sie sich gut leiden konnten.

Sobald es finster war, fuhren sie wieder zur Villa. Tatsächlich, die Jeeps waren verschwunden. Schnell fuhr Thun den Wagen hinter das Gebäude, wo er von der Straße aus nicht zu sehen war, und von Brüning schloss die Tür auf. Sie schalteten das Licht nicht an, sondern schlichen sich mit einer Taschenlampe in den Keller. Von Brüning öffnete den Schrank, in dem er seine letzten Errungenschaften versteckt hatte. Thun leuchtete mit der Lampe hinein. Vor ihnen lagen zwei Bilder und eine Kiste mit Gold. »Alles in Ordnung«, sagte von Brüning und atmete auf, »die Sachen sind noch da. Dann haben sie den Rest erst recht nicht gefunden!« Er krempelte die Ärmel hoch. »Dann wollen wir mal. Wir haben nicht viel Zeit.« Er nahm den einen Bilderrahmen heraus und lehnte ihn an die Wand, Thun schnappte sich die Kiste mit dem Gold.

Gleich darauf schoben sie den Schrank mit viel Mühe ein Stück zur Seite. Hinter der Schrankrückwand kam eine rahmenlose Tür in der Kellermauer zum Vorschein. Sie führte in einen kleinen fensterlosen Vorratsraum, der dem Küchenpersonal früher zur Aufbewahrung verderblicher Lebensmittel gedient hatte. Von Brüning hatte schon vor einiger Zeit zusammen mit Thun den Schrank davorgeschoben, sodass der Raum seitdem verborgen war. Hinter dieser Tür lagerten nun seine weiteren Schätze: wertvolle Gemälde, Statuen und zwei Kisten mit Gold.

Die kleine Kiste mit Gold aus dem Schrank hielt von Brüning zurück, dieses sollte eine neue Zukunft für

Thun und ihn selbst ermöglichen. Die beiden Bilder verstauten sie bei den anderen Schätzen in dem kleinen Raum. Das alles würden sie auf ihrer Reise nicht mitnehmen können, es wäre zu auffällig.

Anschließend begann Thun, die Türöffnung zuzumauern. Das Werkzeug dazu hatte er im Lastwagen mitgebracht, alte Ziegelsteine gab es im Keller noch einen ganzen Haufen. Thun hatte früher einmal Maurer gelernt, sodass von Brüning ihm diesen Teil des Plans gerne überließ. Mit geübten Handbewegungen mischte Thun Mörtel, zerteilte Steine und stapelte eine Reihe nach der anderen auf.

»Wie lange dauert es, bis das trocken ist?«, wollte von Brüning wissen.

»Eigentlich lässt man so eine Mauer in Ruhe abtrocknen«, erklärte Thun und klatschte Mörtel mit der Kelle auf die Ziegel. »So viel Zeit haben wir aber nicht. Verputzen wollen wir es ja auch noch. Und den Schrank davorschieben. Wenn man den irgendwann wegrücken sollte, wird der Fachmann erkennen, dass hier nicht richtig gearbeitet wurde. Vielleicht schimmelt der Schrank auch. Aber das kann uns, denke ich, egal sein. Wird schon gut genug sein.«

»Muss es«, meinte von Brüning. Er hätte sich mehr Zeit gewünscht, aber die Amerikaner waren schneller gekommen als erwartet. Nach einer Weile fragte er: »Haben Sie Ihre Fluchtpläne inzwischen in Gang gesetzt?«

»Ja«, antwortete Thun und griff nach einem weiteren Ziegelstein. »Morgen gegen Mittag erwartet mich mein Kontakt an der österreichischen Grenze. Er bringt mich bis nach Venedig, wo er einen Frachter für mich gefunden hat, auf dem ich anheuern werde. Und dann geht es nach Asien. Durch den Suez-Kanal, denken Sie nur!« Thun lachte zufrieden. »Die neuen Papiere für mich haben Sie ja dabei, oder?«

»Ja sicher. Sie kriegen sie zusammen mit den beiden Goldbarren, sobald wir hier fertig sind.«

»Sehr gut«, sagte Thun zufrieden und wandte sich wieder seiner Arbeit zu. »Welchen Namen haben Sie denn für mich gewählt?«

»Nicht ich, der Fälscher. Der Name auf dem Pass ist Herbert Kahn, glaube ich.«

»Herbert Kahn, was?«, Thun schmunzelte, »nicht schlecht. Hört sich gut an. Daran kann ich mich gewöhnen. Dann sollte ja alles wunderbar klappen.«

»Freuen wir uns nicht zu früh«, meinte von Brüning warnend, »noch sind wir nicht unterwegs.«

»Ja, ja, Chef«, antwortete Thun und lachte, »machen Sie sich mal keine Sorgen, das klappt schon.«

»Wenn Sie meinen.« Für die nächsten Stunden war nur noch das Klatschen des Mörtels zu hören.

»You there! Hold it!« Adolf von Brüning, der zusammen mit Thun an der Ladefläche des Lasters stand, zuckte zusammen und fuhr herum. Zwei amerikanische Soldaten kamen mit schussbereiten Gewehren langsam auf sie zu.

»What are you doing here?«, fragte einer der Soldaten scharf. Von Brüning verstand kein Wort, konnte sich aber schon denken, was der Mann von ihm wollte.

»So ein Mist!«, fluchte Thun. »Was machen die denn um diese Uhrzeit hier?«

»Egal!«, rief von Brüning, »lassen Sie uns abhauen!«

Das ließ sich Thun nicht zweimal sagen. Er duckte sich hinter dem Wagen weg, rannte davon und verschwand hinter der nächsten Hausecke. Einen Augenblick später hörte von Brüning Rufe aus dieser Richtung, dann Schreie und die Geräusche eines Gerangels. Plötzlich hallte ein Schuss durch den frühen Morgen, dem eine unheimliche Stille folgte. Einen Moment stand von Brüning wie gelähmt, doch dann lief er zur Fahrerkabine. Er ließ eilig den Motor an, drückte die Kupplung durch und haute den Rückwärtsgang rein. In diesem Moment hörte er einen Knall und ein stechender Schmerz durchzuckte seine linke Wade. Von Brüning schrie auf. Außer sich vor Schmerz ließ er die Kupplung los und der Wagen machte einen Satz rückwärts. Die Soldaten sprangen zur Seite.

Von Brüning nutzte den Moment und hieb das Gaspedal durch. Der Lastwagen raste rückwärts durch den Vorgarten, fällte den kleinen Springbrunnen im sorgfältig angelegten Rondell vor der Eingangstür und durchbrach das halb geschlossene Eingangstor zur Straße. Die Torflügel sprangen krachend aus ihren Angeln. Von Brüning drückte das Kupplungspedal mit dem linken Fuß erneut durch, was den Schmerz wieder aufflammen ließ. Er hatte das Gefühl, sein Bein würde in zwei Teile zerbrechen, aber er ließ sich nicht beirren. Erster Gang, dann Gas – der Lastwagen hüpfte vorwärts und Adolf von Brüning verschwand in einer schwarzen Auspuffwolke hinter der nächsten Kurve.

Die Amerikaner blieben fluchend zurück.

Kapitel IX

Familie Buddenberg

München, Anfang Mai 1945

Der erste Zug weckte Käthe Buddenberg und die vier Kinder. Er kam quietschend zum Stehen und die Türen klappten auf. Karl fuhr hoch, völlig benommen von den Träumen, die ihn in dieser Nacht verfolgt hatten. Er rieb sich die Augen und sah sich um. Als Erstes blickte er in die Augen seiner Mutter und erinnerte sich an die Ereignisse vom Vortag. Sie lächelte ihn an und wieder durchfloss ihn das Gefühl von Geborgenheit und Glück. Es spielte keine Rolle, dass sie in der kalten Bahnhofshalle hatten schlafen müssen. Sie waren zusammen. In diesem Moment erinnerte er sich, dass sie heute etwas vorhatten, von dem seine Mutter noch keine Details hatte verraten wollen. Spannung und Vorfreude machten sich in ihm breit.

Käthe Buddenberg verteilte den restlichen Proviant.

Sie plauderten fröhlich, während sie aßen und die Leute beobachteten, die an ihnen vorbeihasteten.

Anschließend nahmen sie ihr Gepäck und machten sich auf den Weg zum Roten Kreuz. Während sie durch die Straßen liefen, fragten sie immer wieder Passanten nach dem Weg. Schließlich kamen sie an einem großen Stadthaus mit einer beeindruckenden Eingangstür an. An der Fassade verkündete eine Bronzetafel: »Deutsches Rotes Kreuz – Zentrale Verwaltung«. Sie gingen zurück und stellten sich in die Schlange, die bis fast an die nächste Straßenecke reichte.

Das Deutsche Rote Kreuz war die zentrale Wohlfahrtsorganisation, die sich um Geflüchtete, Waisen und in Not geratene Menschen kümmerte. Auch das Kinderheim in der Seeburg war teilweise vom Roten Kreuz geführt worden. Außerdem bot die Organisation einen Suchdienst an: Wer seinen Mann, seine Frau, seine Kinder oder andere Verwandte suchte, konnte dort eine Anfrage stellen. Viele Tausend ehrenamtliche Mitarbeiter nahmen die Suchanfragen auf. Die Anfragen wurden mit Listen der Wehrmacht und der Lager in ganz Europa verglichen. Wenn eine Person gefunden wurde, wurde der Kontakt zu den Vermissten hergestellt. Viele Leute lebten ja nicht mehr dort, wo sie vor dem Krieg gewohnt hatten. Dadurch kamen Briefe nicht mehr an und oft hatte man keine Ahnung, wo man die geliebten Menschen suchen sollte.

Während Karl die Menschen in der Schlange vor ihm betrachtete, dachte er: *Wenn Mutter dorthin will, kann das nur bedeuten, dass sie nach Vater sucht.* Käthe hatte bisher kein Wort darüber zu den Kindern gesagt, hatte geschwiegen, als Karl sie während der Wanderung auf den vermissten Vater angesprochen hatte. Jetzt aber reichte es ihm. Wilhelm und Elfie waren abgelenkt. Sie hatten sich mit zwei anderen Kindern, die mit ihrer Mutter in der Schlange warteten, zusammengetan und mit einem Stein ein »Himmel-und-Hölle«-Spiel auf das Pflaster gekratzt. Es war schön, sie fröhlich spielen und lachen zu sehen.

Und es war die Gelegenheit für Karl, seine Mutter zur Rede zu stellen. Er zupfte am Ärmel ihres Mantels. »Mutter, wir müssen reden. Warum willst du zum Roten Kreuz? Willst du nach Vater suchen?«

Käthe Buddenberg sah sich kurz um, dann blickte sie Karl und Katrin an. »Ja, wir sind hier, um nach Vati zu suchen. Als Mannheim und Heidelberg erobert wurde, hat mich eine der Wärterinnen zur Seite genommen. Sie sagte mir, ich solle nicht glauben, was ich gehört hatte. Sie wisse von einem Wärter im Männergefängnis, dass mein Mann nicht hingerichtet worden ist.«

»Aber … wir …«, stotterte Karl, »wir dachten … ich habe im Büro des Heimleiters unsere Akte gesehen. Dort stand drin, dass sie ihn umgebracht haben. Sogar mit Datum!«

Käthe nickte. »Ich weiß. Das wurde mir auch so

mitgeteilt. Aber was mir die Wärterin erzählt hat, hat mir tatsächlich wieder Hoffnung gegeben.«

Katrin und Karl standen mit offenen Mündern da.

Käthe erzählte weiter: »Es stimmt, Vater ist verhaftet worden und wurde vor Gericht gestellt, weil er den Arbeitern in der Fabrik geholfen hat. Er wurde verurteilt und war in Mannheim im Gefängnis. Sein Hinrichtungstermin wurde festgesetzt und kam in die Akte, die dieser von Brüning über euch hatte. Doch die Wärterin sagte mir, dass sie Heinrich am Tag der geplanten Hinrichtung zusammen mit einigen anderen politischen Gefangenen vor die Wahl gestellt haben, ob sie sterben oder Soldaten werden wollen. Sie haben sie in Ausbildungslager gebracht, ihnen das Kämpfen beigebracht und dann wurden sie an die Front geschickt. Einer der Wärter mochte euren Vater sehr gern, weil er immer so freundlich war, egal wie schlimm die Lage war. Und ausgerechnet dieser Mann ist mit der Gefängniswärterin im Frauentrakt verheiratet.«

Karl blieb bei ihrer Schilderung die Luft weg und ihm war abwechselnd heiß und kalt. Seit er im Büro des Heimleiters Adolf von Brüning in den Akten nach dem Verbleib der Eltern gesucht hatte, hatten er und Katrin mit dem Wissen gelebt, dass ihr Vater hingerichtet worden war. Sie hatten um ihn getrauert und das schwere Geheimnis alleine bewahrt, da sie Elfie und Wilhelm nicht damit belasten wollten. Und jetzt sollte alles anders sein? Karl atmete tief durch. Eine schwere Last schien von ihm zu weichen und er lächelte. Er sah Katrin an. Auch über ihr Gesicht huschte ein Lächeln.

Leise fragte sie: »Wir werden Vater also tatsächlich wiedersehen?«

»Das weiß ich nicht«, antwortete ihre Mutter zögerlich. »Immerhin war er an der Front. Aber wir sollten die Hoffnung nicht verlieren.«

Karl lächelte seine Mutter aufmunternd an. Selbst ein kleiner Hoffnungsschimmer war besser als die Hoffnungslosigkeit der letzten Wochen. »Vater ist schlau«, sagte er, »er wird sich nicht in Gefahr bringen für eine Sache, an die er nicht glaubt. Ich denke, er hat die erste Möglichkeit zur Flucht wahrgenommen und ist zu den Gegnern übergelaufen.«

Käthe deutete mit dem Kopf auf Elfie und Wilhelm, die mit den anderen Kindern fröhlich auf der Straße herumhüpften. »Die beiden wissen nichts?«, fragte sie leise.

Karl schüttelte den Kopf. »Ich habe es nicht übers Herz gebracht.«

»Das ist gut«, sagte Käthe, »lassen wir es dabei.« Sie legte Katrin und Karl die Arme auf die Schultern und fragte: »Wollen wir für Vati beten?«

Karl und Katrin nickten und fassten sich an den Händen. Sie neigten die Köpfe und Karl schloss die Augen.

»Lieber Herr Jesus«, betete Käthe, »du weißt wo Heinrich ist. Du weißt, wie es ihm geht und ob er noch lebt. Wir bitten dich, dass ihm nichts Schlimmes zustößt. Wir bitten dich, dass du deine Engel um ihn stellst. Wir bitten dich, dass wir ihn wiederfinden. Wir haben Angst, aber du hilfst uns. Bitte gib uns deinen Frieden und deine Hoffnung. Wir wollen auf dich vertrauen. Amen.«

Als Karl wieder aufblickte, bemerkte er, dass die Frau, die vor ihnen in der Schlange stand, sie neugierig beobachtete. Auch seine Mutter hatte wohl ihren Blick gesehen, denn sie sprach sie freundlich an und sagte: »Sie suchen bestimmt auch nach einem Ihrer Liebsten. Dürfen wir für Sie beten?«

Die Frau wirkte sehr überrascht und zögerte kurz. Dann aber nickte sie und sagte: »Danke. Ja, gerne. Ich suche meinen Mann. Er war an der Ostfront, doch vor ein paar Wochen ist er geflohen und ich habe keine Ahnung, ob er in Kriegsgefangenschaft geraten ist oder ob er umgekommen ist.«

»Wie heißt er denn?«, wollte Käthe wissen.

»Harald«, antwortete die Frau, »Harald Küfer.«

»Dann beten wir für ihn.«

Wieder griff sich die Familie Buddenberg an den Händen und betete, diesmal für den Soldaten Harald Küfer.

Es dauerte noch den ganzen Tag, bis die Familie Buddenberg endlich das Gebäude des Roten Kreuzes betreten konnte. Käthe ließ die Kinder im Flur vor den Schaltern des Suchdienstes zurück, wo sie ein paar leere Plätze auf einer Bank fanden, und reihte sich allein wieder in die Schlange ein. Karl war dankbar, dass er nicht länger stehen musste. Wilhelm lehnte sich an Katrins Schulter und schlief ein. Erst gegen Abend kam die Mutter wieder. Als er sie entdeckte, richtete sich Karl auf und beobachtete ihr Gesicht. Es war nichts darin zu lesen. Katrin rüttelte Wilhelm sanft wach.

Käthe Buddenberg ging im Flur auf die Geschwister zu und kniete sich vor sie hin. Alle vier starrten sie stumm an. Da lächelte sie traurig und sagte: »Leider war ich nicht erfolgreich. Sie konnten Heinrichs Namen nirgendwo finden, er steht auf keiner ihrer Listen, weder auf einer, auf der Lebende verzeichnet sind, noch auf denen, auf denen die Toten stehen.«

»Aber wie sollen wir ihn dann finden?«, fragte Elfie.

Käthe antwortete: »Gott weiß es. Und wenn er lebt, wird Vati uns suchen. Wir müssen warten – und weiter hoffen. Ihr wisst ja, wie wichtig es ist, die Hoffnung nie zu verlieren.«

Karl sah seine Mutter an und fühlte trotz seiner Enttäuschung, wie sich die Hoffnung tatsächlich in ihm festsetzte. Er beschloss in diesem Moment, sie nie wieder loszulassen. Auch wenn der Vater nicht mehr aus dem Krieg zurückkommen würde, auch wenn sie nie wieder eine ganze Familie sein würden: Er würde weiter hoffen.

Er nickte seiner Mutter zu und nahm Elfie und Wilhelm bei den Händen. »Ja, das wissen wir inzwischen, nicht?« Er sah seine Geschwister an. Zögernd nickten sie ihm zu. Katrin aber lächelte und sagte: »Das können wir uns versprechen: Dass wir ab jetzt nie wieder die Hoffnung verlieren, und wenn es noch so schwer ist. Denn unsere Hoffnung lebt, auch über den Tod hinaus.«

Kapitel 11

Auf der Spur des Gifts

Starnberger See, Sommer, Gegenwart

»Da bist du ja endlich«, maulte Antonia, als Franky die Tür zum alten Heinrich öffnete. »Wir waren um neun verabredet!« Es war Viertel nach elf.

»Sorry«, verteidigte sich Franky, etwas außer Atem. »Papa wollte, dass ich ihm beim Ausladen der Lieferung helfe. So viel zum schulfreien Tag.«

»Du Armer«, meinte Emma mitleidig. »Wir platzen fast vor Spannung!«

»Bitte nicht platzen, Emma-Schätzchen, ich brauche dich noch«, unkte Franky. Emma verdrehte die Augen. Franky ließ sich auf das Sofa neben Jaron plumpsen und holte sein Tablet aus dem Rucksack. »Wie ihr wisst, habe ich Neuigkeiten.« Er schaltete das Gerät an. Auf dem Display erschien ein gelbes Fahrzeug.

»Was ist das?« Jaron sah ihn fragend an.

»Das, was unter der Plane im Schuppen bei Grusel-Opi und Schleimi steht«, triumphierte Franky.

»Mann, jetzt nerv nicht rum. Was steht denn dort?«, fragte Antonia gereizt.

»Immer locker bleiben.« Franky genoss den Moment und erntete noch einen bösen Blick von Antonia. »Das ist ein U-Boot!«, sagte er schließlich.

»Ein U-Boot?«, riefen die anderen.

»Dieses Ding da soll ein U-Boot sein? Wie kommst du denn darauf?«, fragte Emma ungläubig.

Franky wischte auf dem Tablet und erklärte: »Hier, ich habe eines der Fotos von Jaron stark vergrößert und ein wenig bearbeitet. Schließlich konnte ich dieses Schild hier lesen.« Er zeigte ihnen den Ausschnitt mit der Beschriftung.

»Trito?«, Emma sah ihn staunend an. »Was heißt das?«

»Tja, Emma-Schätzchen, das habe ich nach einigem Suchen herausgefunden. TRITO ist der erste Teil von TRITON, einer Firma, die U-Boote herstellt. Und auf deren Seite habe ich dann das Foto von diesem Boot hier gefunden.« Franky zeigte ihnen die Fotos Seite an Seite.

»Stimmt, das passt genau dazu«, stellte Jaron fest.

»Was will denn Schleimi mit einem U-Boot?«, fragte Emma.

»Na, im See tauchen!«, sagte Franky.

»Und warum das?«, fragte Emma.

»Vielleicht ist da unten was, was er raufholen will«, überlegte Antonia.

»Genau«, bestätigte Franky, »denn dieses Metalldings, das dieser Richard mit seinem Komplizen in den Schuppen geschafft hat, ist ein Greifarm, der am U-Boot installiert werden kann.«

»Krass, du bist der Knaller«, sagte Antonia und starrte immer noch auf das Display.

»Schon cool, aber *was* will er aus dem See rausholen?« Jaron zuckte ratlos mit den Schultern.

»Könnte das was mit dem Gift zu tun haben?«, fragte Emma.

»Vielleicht«, meinte Franky.

»Ja, könnte sein, aber wissen tun wir es nicht«, sagte Antonia genervt und setzte sich neben Jaron auf das Sofa.

»Immer mit der Ruhe«, beruhigte Franky sie. »Fassen wir jetzt mal alles zusammen, was wir wissen. Also, dieser Boschmann wurde beim Tauchen von einem Unbekannten sabotiert und wäre fast gestorben. Die Schläuche seiner Sauerstoffflasche waren angeschlitzt. Kurz nach dem Vorfall ist ganz in der Nähe vom Unfallort ein roter Porsche an uns vorbeigerast. Wir vermuten, dass der Wagen diesem Schleimer Richard van Bergen gehört.«

»Richard und der Alte van Bergen verstecken irgendwelche alten Bilder, Skulpturen und Gold im Schuppen des Schlosshotels. Dort steht auch ein roter Porsche – oder stand. Jetzt sind dort ein U-Boot und ein Greifarm«, fuhr Antonia fort.

»Kurz nach Boschmanns Unfall ist genau dort, wo er getaucht ist, Gift im See aufgetaucht«, sagte Emma.

»Und dann ist da noch diese Operation Falkenstein«, warf Jaron ein, »zu der Boschmann recherchiert hat. Die Unterlagen dazu hat Richard geklaut – das war ja wohl er in dem roten Porsche. Aber wir haben einen Teil der Mappe. Darauf steht in Sütterlin-Schrift ›Operation Falkenstein‹. Und ein Eisernes Kreuz ist auch darauf abgebildet, wie es im Zweiten Weltkrieg verwendet wurde.«

»Aber was haben denn Gold, alte Bilder, Skulpturen, Gift im See, ein Grusel-Opi und irgendeine komische

Operation miteinander zu tun?«, fragte Antonia und schüttelte den Kopf. »Das ergibt doch keinen Sinn!«

»Vielleicht hängt es auch gar nicht zusammen«, mutmaßte Jaron. »Vielleicht ist alles nur Zufall?«

»Glaube ich nicht«, sagte Antonia, »dieser komische Anton van Bergen ist Chef eines riesigen Chemiekonzerns. Dann brennt auch noch die Hoch-Villa, also das Asylantenheim, das ihm gehört. Wir finden dort ein Loch in einer Kellerwand. Und jetzt steht ein U-Boot im Schuppen. Das ist doch völlig abgefreakt!«

Einen Moment grübelten alle nach. Dann fragte Emma in Richtung Franky: »Was war das noch mal für ein Bild dort im Schuppen?«

Franky tippte und wischte auf seinem Tablet. Im Browserverlauf fand er schnell, was er ein paar Tage zuvor gesucht hatte. Er las noch einmal vor:

»›Porträt eines jungen Mannes‹ von Raffael, gemalt etwa 1513, wurde im Zweiten Weltkrieg aus der Kunstsammlung der Familie Czartoryski aus Krakau in Polen entwendet. Das Gemälde sollte 1939 in Adolf Hitlers eigene Sammlung übergehen. Obwohl immer wieder Gerüchte über den Aufenthaltsort kursieren, bleibt es verschwunden. Das Gemälde, das zu den wichtigsten verschwundenen Kunstwerken seit dem Zweiten Weltkrieg zählt, soll übrigens ein Selbstporträt des Künstlers darstellen.«

»Irgendwie haben wir echt viele Dinge, die in die Nazizeit weisen«, sagte Jaron. »Ein Gemälde, das seit dem Krieg verschwunden ist, die Mappe mit dem Eisernen Kreuz drauf und einem Namen, der total nach Nazis klingt – Falkenstein, deutscher geht's ja nicht.«

»Mir fällt gerade was ein«, überlegte Antonia. »Als ich bei Boschmann im Zimmer war und er aufgewacht ist, hat er ja so Zeug gestammelt. So was mit Nazis und Gift … und auch was mit Fässern.«

»Vielleicht hat ein Nazi vor über siebzig Jahren Giftfässer in den See geschmissen und deshalb gibt es jetzt diese Umweltkatastrophe«, überlegte Franky.

»Ja, könnte definitiv sein. Das ergibt Sinn.« Franky nickte.

»Hä? Das ergibt überhaupt keinen Sinn! Ich meine, warum sollte Richard van Bergen diesen Aufwand mit dem U-Boot treiben, nur um ein paar alte Fässer aus dem See zu fischen? Als Umweltschützer schätze ich ihn nicht ein, vielmehr als jemanden, dem so was völlig egal ist«, widersprach Antonia. »Immerhin wissen wir doch dank Klaus Boschmann, dass die van Bergen Chemicals schon mal irgendwo die Umwelt verpestet hat. Wahrscheinlicher ist, dass Onkel Richard die Fässer erst vor Kurzem da reingeworfen hat.«

»Stimmt auch wieder«, musste Franky zugeben.

»Es sei denn, er will etwas vertuschen«, überlegte Antonia. »Boschmann hat auch von dieser Operation Falkenstein geredet. Aber was …«

Das Klingeln von ihrem Handy unterbrach sie. Antonia sah darauf und meinte: »Unbekannte Nummer. Aus München.« Sie nahm den Anruf an. »Hallo? … Ah, hallo, Frau Boschmann.« Antonia setzte sich aufrecht hin. »Ja, klar, kein Problem … Super, wir freuen uns. Bis dann.«

Sie legte auf, sah die anderen an und verkündete: »Frau Boschmann kommt uns heute Nachmittag besuchen.«

»Echt?!«, fragte Franky erstaunt. »Genial! Wie kommt's?«

»Ich habe den Arzt von Boschmann gebeten, ihr meine Nummer zu geben und sie zu bitten, dass sie mich anruft. Und jetzt kommt sie sogar her.«

»Das ist cool. Sie kann uns bestimmt was erzählen. Ich glaube, sie weiß mehr, als sie uns im Krankenhaus sagen wollte«, sagte Jaron. Die anderen nickten.

Während der spannenden Diskussion hatte Antonia Emmas Umzug nach Berlin völlig ausgeblendet. Aber die Wirklichkeit schlug erbarmungslos zu. Gegen 12 Uhr sah sie durch das Fenster des alten Heinrichs, dass ein sehr vertrautes Auto auf den Parkplatz der Seeburg fuhr: Es gehörte Emmas Stiefvater Peter. Ihr wurde schlecht. Emma hatte das Auto auch gesehen, senkte den Kopf und schloss die Augen.

»Alles klar?«, fragte Antonia sie besorgt. Wenn sie selbst sich schon so schlecht fühlte, wie musste es da erst Emma gehen!

Franky und Jaron sahen die beiden Mädchen aufmerksam an.

»Nein«, murmelte Emma.

Peter und Katrin waren ausgestiegen und unterhielten sich mit Antonias Mutter.

»Was ist denn los?«, fragte Franky.

Emma seufzte tief, sah ihre Freunde an und erzählte bedrückt: »Ich muss euch was sagen. Wir ziehen wahrscheinlich schon in den Sommerferien nach Berlin.«

»Was? Ich dachte, das ist noch gar nicht sicher und außerdem frühestens in einem Jahr!«, rief Franky erschrocken.

»Das dachte ich auch, aber der Versetzungsantrag von Peter ging wohl schneller durch als erwartet.«

In diesem Moment klopfte es. Antonia sah ihre Freundin kurz an, dann stand sie auf und öffnete die Tür. Gitti Reihmann stand draußen. »Darf ich kurz stören?«, fragte sie. Antonia nickte.

Ihre Mutter steckte den Kopf in den Wagen und sagte: »Emma, deine Mama und Peter sind da. Sie möchten mit dir reden.«

»Ich komme.« Emma folgte Gitti aus dem alten Heinrich. Draußen standen Katrin und Peter.

»Hallo mein Schatz«, sagte Katrin Schwarz sanft, ging auf ihre Tochter zu und wollte sie in den Arm nehmen. Emma aber trat einen Schritt zurück und wich ihrer Umarmung aus. »Mama, ich will nicht mit euch nach Berlin gehen!«, sagte sie. Sie schlug die Hände vors Gesicht und schluchzte.

Ihre Mutter warf ihrem Mann einen fragenden Blick zu.

Gitti, die die ganze Szene beobachtet hatte, schlug vor: »Wollt ihr euch zu uns ins Wohnzimmer setzen und reden?«

Antonia merkte, dass Franky und Jaron neben sie getreten waren und wie sie durch die Tür des alten Zirkuswagens beobachteten, was draußen vor sich ging. Antonia musste schlucken. *So eine saudumme Situation!*, dachte sie.

Emma hob den Kopf und sagte: »Antonia soll mitkommen.«

»In Ordnung«, meinte ihre Mutter.

So gingen Gitti, Katrin und Peter Schwarz, Emma und Antonia ins Wohnzimmer der Familie Reihmann. Gitti stellte Gläser und Wasser auf den Wohnzimmertisch und verabschiedete sich mit den Worten: »Dann lass ich euch mal alleine.«

Antonia wäre es lieber gewesen, ihre Mutter wäre noch geblieben. Ihr wurde bewusst, wie sehr ihr ihre Mutter in solchen Situationen immer half. Und wie gut sie es hatte. Sie konnte sich gar nicht ausmalen, wie schlimm es für Emma sein musste. Antonias Eltern stritten sich zwar auch manchmal, aber sie wusste, dass sie sich niemals trennen würden. Wenn Antonia oder ihre Geschwister traurig waren oder sie etwas beschäftigte, dann waren ihre Eltern immer für sie da und nahmen sich Zeit für sie. Antonia fühlte sich geborgen und konnte darauf vertrauen, dass jemand bei ihr war. *Hoffnung*, dachte sie, *meine Eltern geben mir Hoffnung. Wenn man sich auf jemanden hundertprozentig verlassen kann, gibt das Hoffnung.*

Emma griff nach Antonias Hand. Sie wirkte in diesem Moment so hoffnungslos und verloren, dass es Antonia fast das Herz zerriss. Sie drückte die Hand ihrer Freundin ganz fest und streichelte ihren Arm.

»Mein Schatz«, begann Katrin, »dein Vater hat mich heute Morgen angerufen. Er hat mir von eurem Streit gestern Abend erzählt. Er sagte, er sei völlig überrascht worden davon, wie schlimm für dich die Aussicht ist, dass wir in ein paar Wochen nach Berlin gehen. Stimmt das?«

Emma nickte stumm und schluchzte.

»Wir dachten, es wäre für dich ein richtiges Abenteuer, nach Berlin zu gehen. Da gibt es so viele tolle Sachen zu erleben«, fuhr ihre Mutter fort und sah dabei ihren Mann an.

»Ich habe dort eine tolle neue Stelle bekommen, es ist mir sehr wichtig, diese Chance zu nutzen«, ergriff Peter das Wort.

Antonia wunderte sich, warum Emma nichts sagte. Sie wirkte wie ein eingeschüchtertes Schaf vor einem Bären. Antonia stupste ihre Freundin an. Das schien Emma ein wenig Hoffnung und Mut zu geben. Sie wischte sich die Tränen von den Wangen und sagte: »Und mir ist es sehr wichtig, hier bei meinen Freunden zu bleiben.«

»Das kann ich verstehen. Aber Peter und ich müssen entscheiden, was für uns alle zusammen das Beste ist«, wandte Katrin ein, »es geht dabei eben nicht immer nur um das, was du möchtest.«

»Das stimmt«, sagte Emma und sah auf einmal trotzig aus, »es geht nicht um mich. Es geht immer nur um das, was ihr wollt!«

Jetzt klang ihre Stimme fest und Antonia war stolz auf sie, weil sie Mut gefasst hatte.

Emma sah jetzt richtig wütend aus. »Ihr bestimmt die ganze Zeit über mein Leben! Ihr entscheidet, wann ich bei wem zu sein habe! Ihr entscheidet, dass ich nach Berlin ziehen soll. Nie fragt ihr mich! Nie interessiert es euch, was ich eigentlich will! Ihr bestimmt – und ich soll es schlucken.«

»Das stimmt nicht!«, entgegnete ihre Mutter.

»Doch, das stimmt! Papa und du, ihr redet kaum

miteinander. Wenn du keine Zeit hast, soll ich zu Papa, wenn Papa keine Zeit hat, soll ich zu euch. Ihr sagt, wo mein Geburtstag gefeiert wird. Ich bin für Papa ein billiger Babysitter und ihr bestimmt dauernd über mein Leben!«

Antonia bemerkte zu ihrer Verwunderung, dass Peter richtig betroffen aussah. Für einen Moment war es still. Antonia hörte nur das Schluchzen von Emma. Sie strich ihr sanft über den Rücken.

»Ich liebe es hier«, fuhr Emma fort, »ich mag meine Freunde und auch Mia und Papa. Ich will nicht, dass sich wieder alles ändert.«

»Du kannst deine Freunde doch weiter sehen«, versuchte Katrin, sie zu beschwichtigen.

»Ja, toll, in den Ferien«, schluchzte Emma.

Antonia überlegte, ob sie etwas sagen sollte. Aber dann fasste sie Mut und sagte: »Wäre es denn möglich, dass Emma bei Jörg wohnt und euch in den Ferien besucht?«

»Das ist nicht so einfach«, sagte Katrin.

»Und warum nicht?«, fragte Emma.

»Emma, ich liebe dich und habe dich gerne um mich.«

»Und um wen geht es dabei? Um dich oder um mich?«

Katrin sah Peter an. Er legte die Hand auf ihre Schulter und sagte: »Katrin, ich denke, wir sollten das Ganze noch mal besprechen.«

Emmas Mutter nickte. Sie strich ihrer Tochter über den Kopf und sagte: »Ich glaube, ich habe nicht bemerkt, wie erwachsen du schon geworden bist. Wir denken noch mal über die Sache nach, versprochen.«

Kapitel 12

Ein Blick in die Vergangenheit

Nachdem Katrin und Peter weggefahren waren, bat Emma Antonia, sie kurz allein zu lassen. Antonia nickte und sagte: »Wir treffen uns dann im alten Heinrich.« Emma streckte sich auf dem Sofa der Reihmanns aus und seufzte tief. Ihr war nun so viel leichter im Herzen. *Hoffnung, das ist es,* dachte sie, *ich habe wieder Hoffnung.* Sie hätte es niemals für möglich gehalten, dass Peter Verständnis haben würde. Er hatte sogar angeregt, dass sie über ihre Entscheidung noch einmal nachdenken würden. Im Alltag kam sie gut mit ihm klar, hatte aber kein inniges Verhältnis zu ihm. Er war halt der Mann ihrer Mutter und außerdem als Kriminalbeamter eine ziemlich beeindruckende und autoritäre Person.

Sie dachte an ihren Vater. *Wie toll, dass er doch noch mit Mama geredet hat,* dachte sie, *darauf hatte ich nicht mehr gehofft.* »Danke Gott«, sagte sie leise und zwinkerte in Richtung Zimmerdecke. *Ich glaube, ich schulde Papa eine Entschuldigung.* Sie holte ihr Handy hervor. Es läutete nur einmal, bis ihr Vater dranging.

»Emma«, sagte er und seine Stimme klang froh.

»Hallo Papa«, sagte Emma und druckste ein wenig herum: »Ich … ich wollte … es tut mir leid, dass ich gestern so ausgeflippt bin. Das war blöd.«

»Du hättest nicht einfach wegrennen dürfen. Ich hab

mir echt Sorgen um dich gemacht. Das war schon blöd«, sagte er.

In Emmas Ohren klang er sehr barsch. Ihr Mut verließ sie schon wieder. Gerade eben war sie noch so froh gewesen. *Wie ein Schlag in die Magengrube,* dachte sie.

»Aber Gitti hat dich doch angerufen«, verteidigte sie sich schwach.

»Ja, schon. Aber da war ich schon unterwegs und habe dich gesucht.«

»Das wollte ich nicht. Ich war so sauer auf dich. Du hast echt so getan, als ob es dir egal ist, dass ich nach Berlin ziehe.«

»Emma, das ist mir überhaupt nicht egal! Du weißt, dass ich dich unheimlich lieb habe.«

»Ja«, gab Emma zu. »Das weiß ich. Vielen, vielen Dank dafür, dass du doch mit Mama gesprochen hast.«

»Gerne. Ich hoffe, dass es etwas bewirkt«, sagte Jörg.

»Mama und Peter waren gerade hier. Wir haben über alles geredet und Peter hat gesagt, dass sie noch mal drüber nachdenken werden.«

»Peter hat so was gesagt!?« Jörgs Stimme klang erstaunt.

»Ja, hat er.«

»Das ist ja toll! Das freut mich total«, sagte ihr Vater sichtlich erleichtert. »Übrigens, es ist gut, dass du anrufst. Ich habe nämlich eine Überraschung für dich.«

»Eine Überraschung?«

»Ja, mein Labor hat den offiziellen Auftrag bekommen, nach der Quelle der Vergiftung im See zu suchen. Inzwischen vermuten wir, dass Gift irgendwo auf dem Boden des Sees austritt.«

»Krass!«, kommentierte Emma.

»Jedenfalls muss jemand da runter, um nach der Ursache zu suchen. Dafür bekomme ich von der Technischen Universität München ein U-Boot geliehen, mit dem man im See tauchen kann.«

»Ein U-Boot!«, rief Emma begeistert.

»Ich wusste, dass du das toll findest. Ich wollte dich fragen, ob du mitkommen willst.«

»Wie bitte? Ich? Ja, klar will ich das!« Emma konnte es nicht fassen. »Können Antonia, Jaron und Franky auch mitkommen?«

Für einen Moment schwieg ihr Vater und überlegte. Dann sagte er: »Also, äh, von mir aus schon. Ich denke, es wird eng, aber vom Gewicht her sollten wir alle reinpassen. Ihr müsstet aber die Erlaubnis aller Eltern einholen.«

»Papa, du bist genial! Und wann wird das sein?«

»Morgen Nachmittag.«

»Wow, das ist sooo cool!«

Nachdem sie aufgelegt hatte, konnte Emma gar nicht schnell genug zum alten Heinrich laufen, um ihren Freunden die Neuigkeiten zu erzählen.

* *

Bevor Antonia zurück zum alten Heinrich ging, stieg sie in den Keller, um etwas zu trinken zu holen. Sie stand vor den verschiedenen Getränkeflaschen. Apfel, Birne, nein, darauf hatte sie jetzt keine Lust. Ob noch etwas Löwenzahnsirup da war?

Mit der Taschenlampe ihres Handys leuchtete sie in

die Ecke. Ach, da war ja eine Flasche. Sie bückte sich und stutzte. Was war denn das? Ein vergilbtes Blatt mit altertümlicher Schrift lag zwischen den Flaschen.

»Das gibt's doch nicht!«, murmelte sie.

Mit einem geheimnisvollen Grinsen riss Antonia die Tür zum alten Heinrich auf. »Leute, ihr glaubt nicht, was ich gefunden habe!«

Die anderen sahen sie erstaunt an.

»Als wir Boschmann aus dem See gezogen haben, hatte ich euch doch erzählt, dass ich vorher mal auf der Kellertreppe mit ihm zusammengestoßen bin.« Antonia wartete keine Antwort ab, sondern fuhr fort: »Dabei war ihm eine Mappe runtergefallen.«

»Ja und?«, fragte Franky.

»Da wussten wir ja noch nichts von der Operation Falkenstein. Er hat mich angemeckert, sein Zeug eingesammelt und …«

»Das wissen wir doch schon alles!«, meckerte Jaron.

»… aber eben doch nicht alles.« Triumphierend hielt Antonia das Blatt hoch, das sie eben entdeckt hatte. »Das habe ich eben entdeckt.«

»Gibt's nicht!«, rief Emma.

»Zeig mal«, bat Franky. Er nahm das vergilbte Blatt und studierte es. »Irgendeine komische Liste«, sagte er.

Emma sah ihm über die Schulter »Moment mal«, rief sie und deutete auf einen Eintrag in einer langen Tabelle. »C^6H^6Se? Ich glaube, das ist eine chemische Summenformel. Ja, genau! Und hier, da steht

›HCN‹. Das ist definitiv eine Formel. Die für Cyanwasserstoff.«

»Cyanwas?«, fragte Jaron.

»Cyanwasserstoff, also Blausäure«, erklärte Emma. Chemie und Biologie war ihr Hobby. »Blausäure ist hochgiftig. Es wurde früher zur Schädlingsbekämpfung eingesetzt.«

»Was du alles weißt!« Franky grinste sie an.

»Tja«, Emma zuckte mit der Schulter. »Google mal nach, was die andere Formel ist. Das kenne ich nicht.«

»Das haben wir gleich«, sagte Franky und griff nach seinem Tablet. »Du hast recht. HCN ist Cyanwasserstoff. Das andere ist Selenophenol.«

»Selenophenol!«, rief Emma. »Davon hat Papa gesprochen! Damit wurde der See vergiftet.«

»Und was ist Selenophenol?«, wollte Jaron wissen.

Franky wischte über das Display. »Hier steht: Selenophenol ist bei Hautkontakt besonders unangenehm für Menschen. Es verursacht schwer heilende Blasen. Diese hinterlassen selbst nach dem Abheilen noch einen Rückstand von Selen unter der Haut.«

»Das passt, ich hatte voll die Blasen auf der Haut. Scheint jedenfalls ziemlich giftig zu sein«, meinte Antonia.

»Das heißt, das Gift im See steht auf dieser Liste?«, fragte Jaron aufgeregt. »Das ist sicherlich kein Zufall.« Die anderen stimmten ihm zu.

»Die Zahlen sehen aus wie Datumsangaben: 15.10.44, 18.11.44, 24.11.44«, las Antonia, »oder diese Buchstaben hier? Das ist immer dasselbe Wort, aber ich kann es nicht lesen.«

Die anderen betrachteten das Wort auf der Liste ebenfalls. »Das ist wieder Sütterlin, oder?«, fragte Emma.

Franky öffnete ein Bild, in dem die Buchstaben der Sütterlin-Schrift abgebildet waren. Gemeinsam überlegten die Kinder: »D-a-c-f-a-u.«

»Dacfau?«

»Ich glaube, das ist ein h, Dachau«, korrigierte Emma.

»Dachau? Das hat Boschmann auch erwähnt!«, rief Antonia.

»In Dachau war doch das Konzentrationslager. Da waren wir letztes Jahr mit der Klasse. Und – wartet mal!« Ihr kam ein Gedanke: »Genau! Das ist es! Cyanwasserstoff ist eigentlich Blausäure und die wird zur Schädlingsbekämpfung benutzt. Aber ich glaube die Nazis haben das benutzt, um Menschen zu töten.«

Die vier schwiegen betroffen. Franky fasste sich als Erster. Er googelte und wurde zügig fündig. Rasch fasste er zusammen, was er gelesen hatte: »Stimmt, das haben sie. Aber nicht in Dachau.« Er las noch etwas weiter: »In Dachau haben sie das Zeugs in den Lagerbaracken zur Bekämpfung von Schädlingen wie Ratten, Wanzen oder Schaben eingesetzt.«

»Krass. Das heißt, wer immer diese Listen geschrieben hat, hat wohl damals mit Chemikalien gehandelt«, stellte Antonia fest, »und genau die sind jetzt im See.«

»Die letzte Lieferung nach Dachau war am 28.1.45«, las Jaron vor.

»Das war ein paar Monate vor Kriegsende«, überlegte Emma.

»Stimmt«, meinte Franky, »die Kapitulation der Deutschen Wehrmacht war am 8. Mai 1945.«

»Darunter ist noch ein Eingang eingetragen mit Ankunftsdatum am 19.3.45. Ein Ausgabedatum steht hier nicht«, las Jaron weiter, »die ist dann wohl nie nach Dachau geschickt worden.«

Der Rest der Tabelle war leer.

Als das Taxi die Auffahrt zur Seeburg hinauffuhr, lief es Frida Boschmann kalt über den Rücken. Sie hatte nicht vorgehabt, noch einmal hierherzukommen. Es war schon schlimm genug gewesen, als sie die Sachen von Klaus abgeholt hatte.

Die graue Fassade mit dem alles überragenden Turm sah für sie immer noch so bedrohlich aus wie vor über siebzig Jahren. Sie fühlte Beklemmung in sich aufsteigen und hörte im Geist wieder die Beschimpfungen der strengen Kinderschwestern. Ein Schatten legte sich über alles.

Sie blickte aus dem Fenster. Erfreut sah sie, dass im Wald vor der Burg bunte Bauwagen standen. Zwischen diesen Bäumen hatte sie sich damals versteckt, wenn sie allein sein wollte. Heute liefen hier Kinder umher und lachten. Die Szene war farbenfroh und lebendig. Der Schatten verschwand. *Wie schön, dass sich die Zeiten ändern,* dachte sie und lächelte.

Schließlich hielt das Taxi vor dem großen Burgtor. Frida Boschmann sah, wie die vier Kinder zwischen den bunten Wagen hervorkamen und ihr zuwinkten. Plötzlich freute sie sich auf die Begegnung, selbst an diesem Ort. Sie bezahlte den Fahrer und stieg aus.

Gleich darauf waren die vier Freunde am Auto angekommen. »Hallo Frau Boschmann«, begrüßten die Kinder sie stürmisch.

»Hallo, schön euch zu sehen! Danke für die Einladung.« Sie schüttelte jedem die Hand.

»Wir freuen uns, dass Sie hier sind«, sagte Antonia. »Wir haben Kuchen und Kakao vorbereitet. Ich nehme aber an, Sie wollen lieber Kaffee, oder?«

»Das ist aber nett. Ja, eine Tasse Kaffee nehme ich gerne. Wo sind denn deine Eltern?«, fragte Frida Boschmann.

»Die sind leider gerade nicht da. Sie sind einkaufen gefahren, aber wir haben alles für Ihren Besuch vorbereitet.«

»Na, dann fühle ich mich geehrt«, sagte Frau Boschmann gespielt vornehm.

Als sie die Burg betraten, fiel ihr Blick auf die Fischerstatue, die sie als kleines Mädchen immer betrachtet hatte. Sie stand im Eingangsbereich in einem Becken aus Stein. Die Figur des alten, hageren Mannes war kunstvoll aus dem Marmor geschnitten worden. Er saß auf dem Bug eines Bootes und grinste die Besucher an. Der Fischer war barfuß, trug kurze Hosen und eine Weste sowie eine schiefe Kappe.

Antonia bemerkte ihren faszinierten Blick und sagte: »Die Statue zeigt einen Fischer vom Starnberger See.«

Frida Boschmann schmunzelte. »Ja, ich weiß. Ich fand diesen Fischer als Kind schon immer beeindruckend.«

»Ich finde es immer noch total cool, dass Sie die Seeburg kennen«, sagte Franky.

»Das ist nicht so toll, wie du vielleicht denkst«, antwortete die alte Dame. »Das war damals ein völlig anderer Ort.«

Gemeinsam gingen sie in den ersten Stock zur Wohnung der Familie Reimann. Antonia öffnete die Tür zum Wohnzimmer. Frida Boschmann zögerte. In diesem Raum war früher das Arbeitszimmer des Heimleiters gewesen. Die Kinder hatten es nur betreten, wenn sie etwas verbrochen hatten und antreten mussten, um das Strafmaß zu erfahren. Der junge Mann mit den eiskalten Augen und der hageren Gestalt verfolgte sie noch heute in ihren Albträumen.

»Ist alles in Ordnung?«, fragte Emma.

»Ja, ja. Es ist nur die Erinnerung«, sagte Frau Boschmann.

Die Jungs hatten den Tisch gedeckt und Antonia und Emma hatten einen Kirschkuchen gebacken. Es duftete nach Kakao und Jaron sagte: »Ich hole Ihnen einen Kaffee.«

Frida Boschmann lächelte. »Das ist nett von dir.«

»Milch und Zucker?«

»Nur Milch, bitte.«

Sie setzte sich auf einen der Stühle. Emma verteilte den Kuchen und Jaron stellte eine Tasse mit dampfendem Kaffee vor ihrem Gast ab.

Frau Boschmann bedankte sich und fragte: »Antonia, der Arzt hat mir erzählt, dass mein Sohn für einen Moment wach war, als du in seinem Zimmer warst.«

»Ja, das war er«, bestätigte Antonia. »Ich bin bei ihm vorbeigegangen, um zu sehen, ob alles in Ordnung ist. Da hat er die Augen aufgemacht und mich angeschaut.«

»Gott sei Dank«, sagte Frida. Diese Schilderung war das erste Hoffnungszeichen, dass ihr Sohn wieder aufwachen würde. »Hat er irgendwas gesagt?«, fragte sie.

»Ja. Er hat etwas von Nazis und Fässern und Gift erzählt. Dann hat er die Operation Falkenstein, Dachau und auch diesen van Bergen erwähnt«, erzählte Emma.

»Er hat zu van Bergen recherchiert. Aber die anderen Sachen?«, dachte Frau Boschmann laut nach.

»Wir verstehen die Zusammenhänge noch nicht wirklich«, sagte Jaron. »Deshalb dachten wir, Sie könnten uns weiterhelfen.«

Frau Boschmann überlegte. Wie weit sollte sie gehen? Gerne wollte sie Licht in die Machenschaften bringen, die hinter den ganzen Vorgängen standen, aber sie wollte die Kinder nicht gefährden. Keine leichte Entscheidung. Andererseits wussten diese Kinder schon eine ganze Menge.

»Sie könnten Ihrem Sohn helfen, dass die Wahrheit ans Licht kommt«, sagte Franky. »Wer ihm einmal etwas angetan hat, könnte es immer wieder versuchen.«

»Und ich glaube, die ahnen auch schon, dass wir was wissen«, fügte Emma hinzu. »Je schneller wir sie entlarven, desto schneller kommen sie hinter Schloss und Riegel.«

Frida Boschmann musste unwillkürlich schmunzeln. Die Kinder schienen ihre Bedenken genau erraten zu haben. Dann wurde sie ernst. Diese Leute waren wirklich gefährlich. Deshalb beschloss sie, den vier vom See alles zu erzählen, was sie wusste.

»Ihr Lieben, ich will euch gerne helfen«, sagte sie langsam, »dieser Ort hier erinnert mich an so viele schlimme Dinge. Die sollten nicht weiter ein Geheimnis bleiben.« Sie nahm einen Schluck Kaffee. »Aber ihr müsst mir versprechen, dass wir die Polizei einschalten, wenn wir genug Hinweise haben.«

Die Kinder sahen sie mit großen Augen an, nickten und warteten gespannt darauf, dass sie weitersprach.

»Als ich als kleines Mädchen im Kinderheim Seeburg war, hieß der Heimleiter Adolf von Brüning. Ein furchtbarer Mann«, fuhr sie fort. »Er hat meinen Geschwistern und mir viel Leid zugefügt. Sein Vater besaß eine große Chemiefabrik in Mannheim. Aus dieser Fabrik hat Adolf von Brüning Chemikalien geklaut, sie hier in der Seeburg eingelagert und dann unter der Hand weiterverkauft. Er muss damit eine Stange Geld in die eigene Tasche gewirtschaftet haben.«

»Wissen Sie noch, um welche Chemikalien es sich dabei gehandelt hat?«, fragte Emma.

»Auf jeden Fall Zyklon B«, sagte Frida Boschmann und dachte nach, »und da war noch ein anderer Stoff – er fing, glaub ich mit ›Sele‹ an. Aber wie der ganze Name lautete, das weiß ich nicht mehr.«

»War es Selenophenol?«, wollte Emma wissen.

»Ja, das war es!« Frida Boschmann staunte. »Woher weißt du das?«

Die vier Freunde sahen sich an.

»Dann hat Adolf von Brüning diese Liste geschrieben«, stellte Antonia fest.

»Welche Liste?«, fragte Frida Boschmann verwundert.

»Diese hier.« Franky holte den Teil der alten Mappe und das lose Blatt aus seiner Tasche und gab sie ihr.

»Operation Falkenstein«, las Frau Boschmann mühelos die alte Schrift.

»Wir hatten Ihnen ja erzählt, dass der Einbrecher den Inhalt der Mappe geklaut hat«, erklärte Franky.

»Aber vor dem Unfall bin ich auf der Kellertreppe mit Ihrem Sohn zusammengestoßen«, fuhr Antonia fort. »Da ist ihm die Mappe runtergefallen und dabei muss dieses Blatt zwischen die Saftflaschen gefallen sein. Ich habe es eben entdeckt.«

Frau Boschmann schwirrte der Kopf bei so vielen Informationen.

»Sehen Sie, Adolf von Brüning hat fein säuberlich Buch geführt. Man kann sehen, wann die Lieferungen in der Seeburg eingetroffen und wann sie nach Dachau gegangen sind«, erklärte Antonia und strich mit dem Finger über die Liste. »Und hier ist eine Lieferung, die dann nicht mehr abgeholt worden ist.« Sie zeigte auf den letzten Eintrag. »Wir vermuten, dass diese Fässer in den See geworfen wurden, wissen aber nicht, warum.«

»19.3.45«, las Frida Boschmann und dachte nach. »Ich glaube, ich weiß es. Damals ging es drunter und drüber, Ende März nahmen die Amerikaner Mannheim ein und dann befreiten die Alliierten ein KZ nach dem anderen. Wahrscheinlich wollten die in Dachau das Zeug einfach nicht mehr haben. Sie hatten Wichtigeres zu tun als Geld für Chemikalien auszugeben.«

»Das klingt logisch!«, sagte Emma. »Von Brüning wollte das Gift aber loswerden und hat die Fässer einfach in den See geworfen.«

»Jetzt stellt sich nur noch die Frage, warum Ihr Sohn diese Mappe in seinen Unterlagen hatte, obwohl er doch zu der Firma AVB Chemicals recherchiert hat und nicht zu irgendwelchen Verbrechen im Zweiten Weltkrieg«, sagte Franky. »Das Gift im See war da doch noch gar nicht aufgetaucht.«

In diesem Moment kam Frida ein Gedanke. Es war dieselbe Ahnung, die schon im Krankenhaus in ihr aufgestiegen war, als sie sich mit den Kindern unterhalten hatte. Aber das war doch nicht möglich! »Sagst du mir bitte noch mal den Namen dieser Chemiefirma?«, bat sie Franky.

»AVB Chemicals.«

»Und wie heißt der Besitzer dieser Firma?«, vergewisserte sie sich.

»Anton van Bergen«, sagte Antonia.

»Ein gruseliger alter Mann.« Emma schüttelte sich.

»Wisst ihr, wie alt er ist?«

»Er feiert nächste Woche seinen hundertsten Geburtstag«, antwortete Jaron.

»Stimmt, das hattet ihr mir bereits erzählt … Das könnte passen. Habt ihr vielleicht ein Bild von diesem Anton van Bergen?«, fragte sie.

»Ja, Moment.« Franky holte sein Handy aus der Tasche und ging auf die Homepage von AVB Chemicals. Es dauerte nicht lange, bis er ein Foto von dem alten Mann gefunden hatte, der drüben im Schlosshotel wohnte. Es war schon etwas älter, darauf musste er etwa achtzig sein. Er streckte ihr das Display hin.

Frida Boschmann zog es den Boden unter den Füßen weg. Für einen Moment wurde ihr schwindelig und das Trauma ihrer Kindheit wurde wieder fassbar. Diese eisblauen Augen und der versteinerte Blick! Sie schlug vor

Schreck die Hand vor den Mund. »Das ist er«, krächzte sie.

Die Kinder sahen sie verwirrt an.

»Anton van Bergen ist Adolf von Brüning«, sagte sie mit zitternder Stimme.

»Was?« Sie sahen sich alle für einen Moment verblüfft an.

»Deswegen AVB! Das sind die Initialen von beiden Namen!«, stellte Franky fest.

»Ich wusste, dass mir dieser Brüning bekannt vorkam«, rief Jaron. »Wisst ihr noch, auf dem See?«

»Das ist ja krass!«, meinte Franky und die anderen nickten zustimmend.

»Das heißt, der Alte hat ziemlich Dreck am Stecken«, fasste Antonia zusammen.

»Das stimmt. Und dann hat das Gold und das Bild auch etwas mit seiner Vergangenheit zu tun«, sagte Jaron.

Frida Boschmann horchte auf. »Welches Gold und welches Bild?«

»Wir haben entdeckt, dass Anton van Bergen – oder Adolf von Brüning – Gold und Gemälde im Schuppen des Schlosshotels lagert. Eins der Bilder konnten wir identifizieren. Es gilt seit dem Zweiten Weltkrieg als verschwunden«, erklärte Emma.

»Nazigold«, sagte Frida Boschmann.

»Nazigold?«, fragte Jaron.

»Ja, so nennt man die Wertgegenstände, die die Nazis anderen geraubt haben. Besonders den jüdischen Bürgern. Man nahm ihnen alles weg, auch Kunstgegenstände und Gold. Die Nazis haben die Schätze in geheimen Lagern gesammelt und viele haben sich daran bereichert.«

Deutlich hörten die Kinder die Wut in der Stimme der alten Frau. Ihre Gedanken rasten. Adolf von Brüning war nach Kriegsende verschwunden und niemand hatte sagen können, wo er geblieben war. Frida hatte immer die Hoffnung gehabt, dass er seine gerechte Strafe erhalten hatte. Jetzt an diesem Ort erfahren zu müssen, dass er nicht nur davongekommen war, sondern auch noch mit sehr wertvollen Schätzen hatte fliehen können, war kaum auszuhalten.

»Diesem Mann muss endlich das Handwerk gelegt werden!«, sagte sie laut und schlug mit der flachen Hand auf den Tisch, sodass der Kaffee aus ihrer Tasse spritzte. Als sie bemerkte, dass die Kinder zusammenzuckten, sagte sie entschuldigend: »Tut mir leid, aber das macht mich wütend.«

»Schon gut, das können wir verstehen«, antwortete Emma.

»Die Frage ist, wie legen wir dem Alten das Handwerk? Wir brauchen echte Beweise dafür, dass Anton van Bergen mit dem Attentat auf Frau Boschmanns Sohn und den Giftfässern zu tun hat«, meinte Franky.

»Ja, er oder sein Enkel Richard. Auch, dass die beiden das Feuer im Asylantenheim gelegt haben«, fügte Emma an.

»Also, ein erster Schritt könnte die U-Boot-Fahrt morgen sein«, überlegte Jaron. »Wenn da unten im See Fässer liegen, die wir mit Adolf von Brüning alias Anton van Bergen in Verbindung bringen können, dann wird das sicherlich unangenehm für ihn.«

Frida Boschmann war verwirrt. »Was denn für eine U-Boot-Fahrt?«, wollte sie wissen.

Die Kinder erklärten ihr die Beteiligung von Emmas Vater an den Untersuchungen und erzählten von der Einladung, mitzufahren.

»Das wird ja immer verrückter«, sagte Frida Boschmann verwundert.

»Was meint ihr: Sollten wir nicht auch langsam die Polizei einweihen?«, fragte Emma in die Runde.

»Das machen wir erst, wenn wir wissen, was da unten im See ist. Sonst denken die nur, dass wir spinnen«, sagte Jaron.

Die anderen nickten zustimmend und Franky sagte: »Noch haben wir keinerlei Beweise.«

»Frau Boschmann, wir werden diesem Verbrecher auf die Spur kommen. Wir werden dafür sorgen, dass die Recherchen Ihres Sohnes nicht umsonst waren«, versprach Antonia.

Frida Boschmann war gerührt. »Ich danke euch«, sagte sie. »Besonders dir, Antonia, auch für deinen Kampfgeist. Du erinnerst mich an mich selbst, als ich in deinem Alter war.«

Sie plauderten noch eine Weile, dann bat Frau Boschmann Antonia, ihr ein Taxi zu rufen. Sie wollte noch ihren Sohn im Krankenhaus besuchen.

Während sie davonfuhr, warf Frida einen letzten Blick auf die Burg. Jetzt wo sie die neuen Bewohner kennengelernt hatte, wirkte das alte Gebäude gar nicht mehr so bedrohlich.

Kapitel 13

Gute Neuigkeiten, schlechte Neuigkeiten

Die vier Freunde winkten dem Taxi hinterher.

»Frau Boschmann ist echt nett«, sagte Franky.

»Ja. Ich bin froh, dass wir ihr helfen können«, meinte Jaron.

Als das Auto verschwunden war, machten die vier Freunde sich auf den Weg zum alten Heinrich. Emma und Franky gingen ein Stück voraus und kabbelten sich wie so häufig. Antonia und Jaron folgten ihnen. Das war die Gelegenheit! Jaron nahm sich ein Herz und fragte: »Äh Antonia, kann ich mal kurz mit dir reden?«

»Ja, klar«, sagte Antonia. Ihre kurze Antwort ließ seinen Mut sinken. In dem Moment klingelte Antonias Handy und nahm ihm die Entscheidung ab, ob er wirklich nach der Kette fragen sollte.

Antonia sah auf das Display und rief freudig: »Es ist Opa Hans!«

Emma und Franky drehten sich um und alle scharten sich um Antonia. Sie nahm ab. »Hallo Opa Hans«, sagte sie aufgeregt. »Wie geht es dir? Moment, ich stelle mal auf laut, damit die anderen dich auch hören können.«

»Mir geht es schon wieder besser«, sagte die wohlbekannte Stimme, wenn auch noch ein wenig kratzig.

Opa Hans hustete. Alle sahen sich freudig an. Sie waren sehr erleichtert, dass es dem alten Fischer besser ging.

»Wie geht es denn euch?«, wollte Opa Hans wissen und sie erzählten alle durcheinander. Opa Hans kam gar nicht mehr zu Wort, nur ab und zu konnte er lachend eine Zwischenfrage stellen.

»Das ist ja unglaublich«, sagte der Fischer schließlich. »Ja, bitte, findet heraus, was da unten im See liegt.« Er hustete wieder. »Es ist ganz furchtbar, was da gerade passiert. Der ganze See ist in Gefahr.«

»Wir kümmern uns drum«, sagte Antonia. »Versprochen.«

»Aber bitte seid vorsichtig und tut nichts Unüberlegtes«, mahnte der Fischer.

»Nein, nein, du kennst uns doch«, antwortete Antonia und grinste ihre Freunde an.

»Ja, genau deswegen sage ich es.« Opa Hans lachte und musste wieder husten. »So, ich muss auflegen. Ich bin noch ein wenig schwach. Die Ärzte haben gesagt, dass ich mich noch schonen soll.«

»Oh, oh, wie ich dich kenne, fällt dir das nicht leicht«, neckte ihn Antonia.

»Da könntest du recht haben.«

»Wir kommen dich morgen auf jeden Fall besuchen«, rief Emma in den Hörer.

»Da freue ich mich schon drauf. Ich werde für euch beten«, sagte der alte Fischer.

»Boah, ich bin voll froh, dass es Opa Hans wieder besser geht«, sagte Franky erleichtert, als Antonia aufgelegt hatte. Alle nickten zustimmend.

»Zum Glück ist er ein ziemlich zäher Knochen«, kommentierte Emma, was alle zum Lachen brachte und Franky dazu ermutigte, sie aufzuziehen, während sie den Weg zum alten Heinrich fortsetzten.

Gerade machte Jaron den Mund auf, um mit Antonia endlich über die Kette zu sprechen, da wurde er wieder unterbrochen. Diesmal von einem ihnen sehr bekannten Auto, das in der Auffahrt auftauchte: ein roter Porsche.

»Hä? Das ist doch Schleimi, oder?«, fragte Antonia.

Der Porsche hielt vor dem Eingang der Seeburg an. Am Steuer saß Richard van Bergen und auf dem Beifahrersitz seine Cousine Sarah, die Mutter von Sam.

»Was machen die denn hier?«, fragte Jaron verblüfft.

Sams Mutter stieg aus, winkte den vier Freunden zu und kam auf sie zugerannt. Richard folgte ihr mit ein paar Meter Abstand.

»Hallo, ihr seid doch die Freunde von Sam, oder?«, fragte sie.

»Hallo. Ja, warum?«, fragte Antonia.

»Ah, die kleinen Schnüffler«, kommentierte Richard, als er Jaron und Franky sah, »hier gehört ihr also hin.«

»Richard, hör auf!«, fuhr Sarah ihn an. Sie wandte sich an die Freunde und sagte: »Sam ist verschwunden.«

»Verschwunden?«, fragte Antonia erschrocken.

»Ja, wir haben ihn schon überall gesucht. Wisst ihr vielleicht, wo er ist?«

Die vier sahen sich an und schüttelten den Kopf.

»Wann habt ihr ihn denn zum letzten Mal gesehen?«

»Also, ich war gestern mit ihm klettern«, erzählte Antonia.

»Wann war das?«

»Wir haben uns so gegen acht Uhr getrennt.«

»Dann war er gestern Abend also hier. Ich war unterwegs, und als ich heimkam, dachte ich, er liegt schon im Bett«, erzählte Sarah verzweifelt. »Aber sein Bett war gemacht und das Personal im Hotel hat gesagt, dass es heute Morgen schon so war. Sie haben es gestern zum letzten Mal gerichtet.«

»Jetzt reg dich nicht auf«, meinte Richard abfällig, »der taucht bestimmt wieder auf. Das ist nur ein dummer Streich.«

»Das würde Sam niemals machen!«, verteidigte Sarah ihren Sohn.

»Stimmt!«, bestätigte Antonia.

»Na, du scheinst ihn ja gut zu kennen!« Richard grinste dämlich.

»Ja, tue ich«, antwortete Antonia patzig.

»Halt die Klappe, Richard!«, raunzte ihn Sarah an. »Und lass die Kinder in Ruhe!«

»Wie du meinst, Cousinchen. Ich kann auch wieder fahren, dann kannst du zu Fuß gehen. Ich muss dich nicht überall herumkutschieren!«, antwortete er giftig. Doch er fuhr nicht weg, sondern ging ein paar Schritte zur Seite, steckte sich eine Zigarette an und hörte ihnen weiter zu.

Sarah holte ein Stück Papier hervor und reichte es Antonia. »Bitte tut mir den Gefallen und ruft mich an, wenn ihr ihn seht. Hier steht meine Nummer drauf.«

»Machen wir«, sagte Antonia.

»Haben Sie die Polizei schon verständigt?«, fragte Jaron.

»Ja, die haben auch schon eine Vermisstenmeldung rausgegeben. Normalerweise machen sie das nicht so schnell, aber weil wir nur im Urlaub hier sind …«

»Das ist gut«, sagte Antonia, »wenn wir ihn sehen, geben wir Ihnen sofort Bescheid.«

»Vielen Dank.« Sarah drehte sich um und ging zum Auto ihres Cousins. Sie stieg ein, ohne ihn anzusehen. Richard grinste die Kinder noch einmal hämisch an und flippte seine Zigarette auf den Boden.

»Hey was soll das!?«, rief Antonia. »Sie können die doch nicht einfach hinschmeißen! Dadurch wird das Grundwasser vergiftet!«

»Doch, das kann ich!«, rief er über seine Schulter, stieg ins Auto und fuhr so schnell los, dass der Schotter unter den Reifen wegspritzte.

»Wie kann Sam nur so nett sein, bei so einem saublöden Onkel!«, schimpfte Franky. Jaron und Emma nickten. Antonia hob die Zigarette mit spitzen Fingern auf und warf sie in einen Abfalleimer.

Jaron entschied, sie heute nicht mehr nach der Kette zu fragen. Sam war jetzt wichtiger. Natürlich konnten die vier Freunde nicht einfach nach Hause gehen, ohne nach ihm zu suchen.

Sie gingen von der Kletterwand auf verschiedenen Wegen zum Hotel und sahen auch durch das Schuppenfenster. Es war nichts zu sehen. Sie klopften und lauschten eine ganze Weile, aber kein Geräusch drang heraus. Wenn Sam da drin gewesen wäre, hätte er sich bestimmt bemerkbar gemacht.

Nach zwei Stunden Suche gaben sie auf, ohne eine Spur gefunden zu haben.

In der Dachwohnung, in der Jaron wohnte, war es jetzt im Sommer selbst in der Nacht unangenehm warm. Seine Mutter war bei einem Hauskreis, der bei Freunden aus ihrer Gemeinde stattfand, und er hatte allein zu Abend gegessen. *Im Burghof ist es bestimmt kühler,* dachte er, schnappte sich den Küchenmüll, den er sowieso hinunterbringen musste, und ging die Treppe hinunter.

Nachdem er den Müll weggeworfen hatte, setzte er sich auf die Bank am Brunnen, der sanft vor sich hinplätscherte und die Luft wunderbar kühlte. Jaron holte sein Handy heraus und checkte die Nachrichten. Plötzlich zuckte er zusammen, weil sich eine Hand auf seine Schulter legte. Es war Antonia.

»Hi. Kannst du auch nicht schlafen?«, fragte sie.

»Nein, da oben ist eine Sauna«, antwortete er.

»Kann ich mir vorstellen.« Sie grinste und setzte sich neben ihn. Sein Puls beschleunigte sich und seine Kehle wurde trocken. Antonia nahm ein kleines Steinchen vom Boden auf und warf es in den Brunnen. So saßen sie eine Weile schweigend nebeneinander.

»Danke für die Kette«, sagte Antonia und unterbrach damit die Stille.

Jaron blieb die Luft weg. Sie wusste Bescheid?! »Kette?«, krächzte er. Es war das Einzige, was er herausbrachte.

»Ja, Kette. Jetzt tu doch nicht so.« Antonia schüttelte den Kopf.

»Ach so, *die* Kette«, sagte Jaron betont cool, aber sein

Puls war auf 200. Er suchte nach Worten. »Ja, äh, meine Mutter. Die hatte die noch. Also, so mit einem Kletterer drauf und so«, flunkerte er. »Ich dachte, sie gefällt dir … und so. Hab sie ins Krankenhaus gebracht und die Schachtel auf deinen Nachttisch gestellt. Du hast geschlafen, ich wollte dich nicht wecken.« *Mann, was rede ich da?* Ihm wurde plötzlich sehr warm.

»Ah cool, nett von dir. Die ist echt schön«, erklärte Antonia, ohne ihn anzusehen, und warf den nächsten Stein in den Brunnen.

»Hm«, brummte Jaron. Er wusste nicht, was er noch sagen sollte. Und er war sehr erleichtert.

»Das mit Sam ist schon voll krass, oder?«, meinte Antonia.

»Hm.« Jarons Gedanken waren noch immer bei der Kette.

»Was denkst du über Sam?« Diese Frage überraschte Jaron.

»Äh, ich finde, er ist cool«, sagte er und sah sie an. Im Stillen hoffte er, dass Antonia ein wenig erzählen würde, was zwischen Sam und ihr lief.

»Glaubst du, er würde einfach so wegrennen?« Antonia sah ihn an.

Jaron überlegte: »Pff, keine Ahnung. Ich meine, seine Familie ist ja nicht gerade der Knaller. Aber irgendwie kann ich mir das trotzdem nicht vorstellen. Er würde seine Mutter bestimmt nicht mit den Spinnern allein lassen.«

»Eben! Meinst du, Grusel-Opi steckt hinter seinem Verschwinden?«

»Na ja, theoretisch traue ich dem alles zu. Aber der

wird ja wohl nicht seinem eigenen Urenkel etwas antun, oder?«, fragte Jaron.

Antonia nickte. »Wahrscheinlich nicht.«

»Außerdem sitzt er im Rollstuhl.«

»Ja, aber Richard tanzt nach seiner Pfeife. Wenn er wollte ...«

»Hallo Antonia, kommst du bitte rein? Es ist schon spät. Zeit fürs Bettchen«, sagte plötzlich eine Stimme hinter ihnen. Jaron drehte sich um. Gitti Reihmann stand in der Tür und grinste.

»Ach Mama, ich kann nicht schlafen, es ist so warm«, jammerte Antonia.

»Ja, ich weiß. Und du hast noch Durst und es war ein aufregender Tag und, und, und.«

Antonia schnaubte und verdrehte die Augen. Jaron musste grinsen.

»Mann, ich hab noch keinen Bock!«, maulte Antonia.

»Dann machst du es halt ohne Bock. Und, Jaron, ich glaube, deine Mama hätte auch nichts dagegen, wenn du dich bettfertig machst.«

Jaron nickte.

»Los Antonia! Jetzt! Zähne putzen und Schlafi anziehen!«

»Mann Mama, du bist so peinlich«, murrte Antonia genervt.

»Und ich werde noch viel peinlicher, wenn du nicht kommst!« Gitti blieb hartnäckig.

Seufzend stand Antonia auf, beugte sich aber noch einmal zu Jaron und flüsterte: »In letzter Zeit nervt sie richtig.«

»Kenn ich.« Jaron grinste »Meine auch.«

»Ich kann euch hören«, rief Gitti.

»Na dann, bis morgen.«

»Ja, bis morgen.« Antonia hielt ihm ihre Hand für ein »High five« hin und Jaron schlug ein.

Kapitel 14

Unter Wasser

Erst als Franky vor der Einstiegsluke des U-Boots stand, wurde ihm klar, dass es nun wirklich losging. Das Boot schaukelte im Wasser vor dem Schiff der Seewacht, das sie etwa fünfzig Meter vom Badestrand der Seeburg weggebracht hatte. Erst hier würden sie in das U-Boot steigen, da das Wasser am Ufer zu flach für das Boot war.

»Mann, ich bin voll aufgeregt«, sagte Emma, die hinter ihm stand und von einem Bein auf das andere trat.

»Das Teil ist schon krass«, sagte Jaron, immer noch völlig überwältigt.

Franky blickte nach unten. Das U-Boot bestand aus einer großen durchsichtigen Kuppel, die sich oben öffnen ließ. An einer Seite befand sich der Antrieb, vorne war ein Greifarm angebracht. Die Luke vor ihm war ein rundes Loch, das in den Wellen des Sees ein wenig schaukelte. Er schluckte trocken.

In diesem Moment tauchte der Kopf des Kapitäns in der Luke auf. Der junge Wissenschaftler von der Uni München trug Shorts, T-Shirt und eine Halskette aus Leder um den Hals. Seine wuscheligen Haare standen in alle Richtungen und er war braun gebrannt. *Mehr Surfer als Forscher,* dachte Franky. Er stellte sich ihnen als »Korbi« vor.

»Ihr kenns eich glei einehockan«, sagte Korbi und grinste Franky an. »So vui Leit hob i no nia umananderkutschiert. I muass no a bissl Platz schaffn.«

»Was hat der gesagt?«, fragte Jaron hinter Franky. Franky drehte sich um und musste lachen, so verdutzt sah sein Freund aus. Jaron war erst vor einem Jahr von Köln nach Starnberg gekommen und es fiel ihm manchmal noch schwer, breiten Dialekt zu verstehen.

»Er muss noch Platz machen, aber wir können uns gleich reinhocken ... also, ins Boot«, erklärte Franky.

»Meine Güte, das ist ja echt eine Fremdsprache«, kommentierte Jaron trocken. Jetzt mussten auch die Mädchen lachen.

Emmas Vater Jörg Weiß trat zu ihnen. Er trug Badeshorts, ein T-Shirt und Flip-Flops, ganz ähnlich wie Korbi. Franky hätte ihn fast nicht erkannt, als sie ihn an diesem Morgen getroffen hatten. Er hatte den schlanken, sportlichen Mann bisher nur im Laborkittel oder mit Anzughose und Hemd gesehen. *Aber in einem U-Boot trägt man wohl Shorts und T-Shirt,* dachte Franky.

»Seid ihr bereit?«, fragte Jörg die vier Freunde.

Ein vierfaches Ja schallte ihm entgegen.

»Okay, aber wenn ihr gleich einsteigt, passt bitte auf«, warnte er. »Keiner sollte das Wasser berühren. Es ist noch immer kontaminiert.«

Die Freunde nickten. Jörg Weiß drehte sich um und ging zu den Journalisten zurück, die mit auf den See hinausgefahren waren. Das Boot war ganz schön voll mit Polizisten, Reportern, Technikern und Forschern. Auch am Ufer drängen sich die Leute. Viele Schaulustige waren an diesem Nachmittag an die Absperrung gekommen, um das Schauspiel zu beobachten. Die Eltern und Geschwister der vier Freunde standen auf dem Löwensteg der Seeburg. Alle sahen zu Franky und seinen Freunden herüber und er fühlte sich wie ein VIP. Nur die Sorge um Sam trübte ein wenig die Stimmung. Er war immer noch nicht wieder aufgetaucht.

Franky drehte sich zu seinen Freunden. Jaron tippelte nervös auf der Stelle und fixierte das schaukelnde U-Boot vor sich, Antonia und Emma hielten sich an den Händen. Franky verschränkte die Arme und versuchte, cool zu bleiben. Innerlich aber zitterte er vor Aufregung.

Eine gefühlte Ewigkeit später erschien Korbi wieder in der Luke. »So, jetzad kenns einsteign«, sagte er grinsend und streckte Franky seine Hand hin. Er zeigte ihm, wo er die Füße hinsetzen musste, und half ihm in die Kuppel hinab. Hier unten war es sehr eng und es gab nur vier Sitze. »Hock di da hi.« Korbi zeigte ihm einen davon. »Dei Freind kummt dann auf deinen Schoß.« Franky setzte sich.

Korbi drehte sich wieder zur Luke und half den anderen hinein. Am Ende stieg Jörg Weiß ein. Er saß mit Korbi, der das U-Boot steuern würde, auf einem der beiden vorderen Sitze. Der junge Mann drehte sich um, sah die vier Freunde an und meinte grinsend: »Ja sog amoi. Des schaugt ja richtig gemütlich aus. Alles klar bei eich dahinten?«

Franky fand das gar nicht witzig. Jaron war ganz schön schwer. »Meine Güte, hast du einen harten Hintern«, stöhnte er. Antonia auf dem Sitz neben ihm sah auch nicht so glücklich aus mit Emma auf ihrem Schoß.

»Tja, ist halt ein Knackpopo«, meinte Jaron und grinste ihn an. Alle mussten lachen.

Der Kopf eines Crewmitglieds erschien in der Luke. Mit einem letzten Blick und einem Gruß schloss er die Luke. Damit saßen sie wie in einer Käseglocke. Das Wasser des Sees, die Hügel am Ufer und die Seeburg waren alle etwas verzerrt durch die Glaskugel, die sie umgab. Die Sonne brannte herein und es wurde sofort sehr stickig in dem kleinen Boot.

Korbi aber blieb gelassen. »Glei wird's besser«, sagte er und drückte auf einen Knopf. Kühle Luft strömte auf ihre Gesichter. Franky war sehr dankbar, denn enge Räume waren nicht so sein Ding. Der Pilot setzte ein Headset auf und sagte: »Leinen los.« Das Boot schaukelte nun stärker. Frankys Herz begann zu pochen. Auch die anderen wurden still. Emmas und Antonias Gesichter sahen angespannt aus und Emma hielt krampfhaft Antonias Hand.

»Hey Emma-Schätzchen, du kannst auch meine Hand halten«, scherzte Franky.

Emma verdrehte nur die Augen. Jörg Weiß drehte sich zu ihnen um und in dem Moment wurde Franky klar, dass Emmas Vater sie ja hören konnte. Jaron grinste ihn an und er wurde rot.

Jörg aber schien nicht verstanden zu haben, was er gesagt hatte. Er lächelte nur und drehte sich dann wieder um.

»So, dann woi ma moi«, sagte Korbi und drückte ein paar weitere Knöpfe. Summend erwachte der Motor des Boots zum Leben und es bewegte sich langsam auf den See hinaus. »Jawoi! Jetzad geht's obe!«

Jaron wusste zwar nicht was »obe« beutete, aber er vermutete, dass sie jetzt tauchen würden. Und richtig: Ganz langsam sank das Boot unter die Wasseroberfläche. Es begann leicht zu vibrieren, die Sonne verschwand. Rings um sie her war nun das grünliche Wasser des Sees, durch das die Sonnenstrahlen fielen. Alle Geräusche und das Schaukeln verschwanden. Man hörte nur das Summen des U-Boots und ein sonores Piepsgeräusch.

»Cool«, sagte Antonia staunend.

Das Licht verschwand immer mehr, das Wasser wurde dunkelgrüner. Korbi schaltete die Scheinwerfer des U-Boots an, die einige Meter weit leuchten konnten. Zu sehen war nur Wasser, in dem kleine Teilchen schwammen. Franky spürte, wie seine Ohren zufielen.

»Fünf Meter«, sagte Korbi, »Wenns an Druck auf de Waschln hobts, dann miasst schlucken.«

»Wascheln?«, fragte Jaron.

»Ohren. Du musst schlucken, damit der Druck weg geht«, half ihm Emma.

Die Kinder schluckten ein paar Mal, es knackte in den Ohren und sie konnten wieder besser hören.

»Das hat damit zu tun, dass ein anderer Druck unter Wasser herrscht als an Land«, gab Franky zum Besten, der das Phänomen auch vom Fliegen kannte.

»Ach, echt?«, fragte Antonia sarkastisch.

Minute um Minute sanken sie tiefer. Jörg Weiß beobachtete konzentriert seine Instrumente, mit denen er die Konzentration des Giftes im Wasser maß. Er gab Korbi die Richtung vor, in die sie fahren mussten. Plötzlich tauchte vor ihnen eine Felsformation auf und ein großer Hecht schwamm direkt an ihrer Scheibe vorbei. Emma zuckte zusammen.

»Koa Angst, de kenna nix doa«, sagte Korbi lachend. »Des is die Allmannshauser Steilwand. Da dauchen imma viele.« Er schien sich Mühe zu geben, nicht zu breit bayerisch zu reden, was aber nicht lange anhielt. »Aba do hods a scho vui dabreselt«, meinte er.

»Es sind hier schon viele bei einem Tauchunglück gestorben«, übersetzte Antonia ungefragt.

Jörg und Korbi begannen, das Gelände der Steilwand in einem Zickzack-Kurs abzusuchen. Immer wieder wendete Korbi das Boot, wenn Jörg eine Veränderung der Messwerte bemerkte. Die Kinder saßen in der Zwischenzeit stumm und staunend hinter ihnen und beobachteten die Welt unter Wasser. Der Seegrund selbst sah aus wie braune Erde. Ab und zu sahen sie einen Fisch oder eine Pflanze, die sich auf einen Vorsprung klammerte. Franky war völlig fasziniert. Sie waren nicht weit von der Seeburg entfernt und doch waren sie in einer völlig anderen Welt.

»Da ist was«, sagte Antonia plötzlich. Sie zeigte auf einen Gegenstand, der schemenhaft im Licht der Scheinwerfer aufgetaucht war. Korbi steuerte das U-Boot näher. Das Ding da draußen war völlig verrostet und lag auf einer kleinen Klippe an der Steilwand.

»Das ist ein Kühlschrank«, stellte Jörg Weiß fest.

»Krass, was hier alles im See liegt.« Emma schüttelte den Kopf.

Ab und zu sagte Korbi die Tiefe an. Inzwischen waren sie schon bei fünfzig Metern angekommen und draußen war kaum noch Licht. Das Wasser war fast schwarz.

Irgendwann sagte Jörg Weiß: »Jetzt wird die Konzentration wirklich hoch. Wir sind ganz nah.«

Korbi beugte sich in seinem Sitz nach vorne und spähte hinaus. »Schauns amal«, sagte er, »da an der Wand san riesige Kratzer, des is ungewöhnlich.«

»Ungewöhnlich?«, fragte Jörg.

»Ja, siggt aus, als ob da jemand mit am Hammer oder irgendwas dagegen ghaun hod. Moment, ich leicht amoi a bissl hi.« Korbi steuerte das Boot noch näher und drehte den Scheinwerfer zu der Stelle, die er meinte. Jetzt sah es auch Franky: In der Steilwand waren tiefe Kratzspuren zu sehen, die dort noch nicht lange sein konnten. Ihre Ränder waren scharf und gezackt. Das Wasser des Sees hatte sie noch nicht abgeschliffen.

»Können Sie mal prüfen, ob in der Spalte was drinsteckt?«, fragte Jörg.

Korbi bewegte den Greifarm des U-Boots in Richtung Wand. Sehr vorsichtig grub er mit der Zange etwas Erde weg. Schlamm wirbelte auf und nahm ihnen die Sicht. Erst nach einer Weile wurde das Wasser wieder so klar, dass sie etwas erkennen konnten: Aus dem Schlamm ragte der Rand eines runden, rostigen Metallgefäßes hervor.

»Ein kleines Fass!«, rief Jaron.

Der Pilot manövrierte den Greifarm gekonnt und fasste das Fass an einer Stelle. Langsam zog er es aus dem Boden und holte es näher an das Glas heran. Das Fass hatte in etwa die Größe von einem Bierfass, wie sie manchmal bei Feiern in der Jugendherberge verwendet wurden, und war völlig verrostet. An einer Stelle prangte ein Loch, eine trübe blaue Flüssigkeit waberte heraus und vermischte sich mit dem schlammigen Seewasser. Die Instrumente von Jörg gaben auf einen Schlag ein hohes, schrilles Piepsen von sich.

»Ich glaube, wir haben unsere Giftquelle gefunden«, sagte der Chemiker und schaltete den Alarm ab.

Gemeinsam starrten sie aus der Kugel und betrachteten das Behältnis.

»Das sieht ganz schön alt aus«, meinte Korbi.

»Das ist es auch«, bestätigte Jörg, »heute verwendet niemand mehr Fässer für solche Stoffe.«

»Da ist ein Etikett«, sagte Jaron und beugte sich nach vorne, »was steht denn da drauf?«

»Ich kann es nicht lesen«, sagte Antonia.

»Hier!«, Franky reichte Jaron sein Handy und der fotografierte das Etikett. Er gab Franky das Gerät zurück und der zoomte das Foto größer.

»Da steht: …iefabrik Adolf von Brün…!«, rief er triumphierend.

»Bingo! Wir haben unseren Beweis: Der Alte hat die Fässer in den See geschmissen«, sagte Antonia.

»Fässer?«, fragte Jörg verwundert, »ihr meint, da liegen noch mehr? Und wer ist Adolf von Brün?«

»Brüning, das Etikett ist kaputt«, korrigierte Franky.

»Und wer ist das?«

»Papa, das erklären wir dir nachher«, sagte Emma, »jetzt ist erst mal wichtig, dass wir weitersuchen. Denn da müssen noch mehr sein. Mindestens vier Stück.«

»Woher weißt du das alles?«, fragte der Chemiker verwirrt.

»Wir haben Aufzeichnungen gefunden von diesem Adolf von Brüning. Aber das ist eine längere Geschichte«, antwortete Emma. »Dieses Fass ist wohl auf dem Vorsprung hängen geblieben. Die anderen können viel tiefer gesunken sein.«

»Dann schau ma moi nach«, sagte Korbi. Er legte das Fass mit dem Greifarm in eine verschließbare Box unterhalb des Cockpits und steuerte das Boot wieder von der Steilwand weg. Sie sanken tiefer. Die Kinder mussten erneut ein paar Mal schlucken, um den Druck in ihren Ohren wegzukriegen.

Es dauerte ein paar Minuten, bis im fahlen Licht der Scheinwerfer langsam der Grund des Starnberger Sees auftauchte.

»So, da samma«, meinte Korbi im besten Hochdeutsch, das er hinbekam. Er schaltete eine weitere Lampe an, die er mit der Hand hin und her drehen konnte. Dann schwebten sie langsam über den Boden dahin und suchten nach den fehlenden Fässern.

»Ich darf mir gar nicht vorstellen, dass über uns achtzig Meter Wasser sind«, sagte Emma und schüttelte sich.

Franky sah nach oben. Er konnte nicht einmal mehr einen Lichtschimmer erahnen, es war völlig schwarz. Ihn schauderte.

»Da vorne, leuchten Sie da mal hin«, sagte Jörg Weiß und zeigte nach vorn.

Das U-Boot fuhr näher zu der angegebenen Stelle. Tatsächlich: Vor ihnen lagen zwei weitere Fässer auf dem Seeboden. Eins nach dem anderen sammelte Korbi sie mit dem Greifarm ein und legte sie in die Sammelbox. Alle konnten sehen, dass sie die gleichen Etiketten trugen wie das erste Fass.

»Diese scheinen intakt zu sein. Gott sei Dank«, sagte Jörg. »Fehlen nur noch zwei.«

»Seht mal da!«, rief Antonia. »Da sind zwei Dellen im Boden. Da haben tatsächlich noch mehr gelegen!« Sie zeigte auf eine Stelle nicht weit entfernt von der, wo sie die beiden Fässer aufgelesen hatten. Korbi schwenkte den Scheinwerfer dorthin.

»Ich glaube, das bildest du dir nur ein.« Jörg Weiß schüttelte den Kopf. »Es ist unmöglich, dass hier unten jemand Fässer wegnimmt.«

Franky sah seine Freunde an und alle dachten das Gleiche. Er antwortete: »Doch, das ist möglich.«

Jörg sah ihn verständnislos an. »Wie meinst du das?«, fragte er.

»Ja, wos is denn des?«, unterbrach ihn Korbi. »Des gibt's ja ned! Da kummt a Licht.«

»Was?« Jörg drehte sich wieder nach vorn. Das Wasser vor ihnen war nicht mehr schwarz. Dumpf leuchtete ein Scheinwerfer sie an. Er wurde schnell heller und kam direkt auf sie zu.

»Was ist das?«, fragte Emma mit Panik in der Stimme. Diesmal griff sie nach Frankys Hand und hielt sie krampfhaft fest.

»Das ... das ist ein anderes U-Boot!«, stammelte Jörg Weiß.

»Ja was wui denn des?« Korbi starrte gebannt durch die Scheibe. Der Scheinwerfer hielt an. Vor ihnen schwebte ein gelbes U-Boot.

»Richard!«, rief Jaron. »Könnt ihr es erkennen? Da sitzt Richard in diesem U-Boot!«

»Wer?«, fragte Jörg, ohne seinen Blick von dem anderen U-Boot abzuwenden.

Für einen Moment schwebten beide Boote voreinander und schienen sich abzuschätzen. Keiner der Passagiere von Korbi sagte ein Wort. Dann drehte sich plötzlich das andere U-Boot zu ihnen. Es streckte seinen Greifarm weit aus, sodass er wie ein Rammbock ins Wasser ragte.

»Was macht der denn jetzt?«, rief Antonia ängstlich. Frankys Herz pochte ihm bis zum Hals.

Plötzlich wirbelte der Schlamm hinter dem anderen U-Boot auf und es kam in voller Fahrt auf sie zugerast. Der Greifarm rammte sie in die Seite, ein lautes Krachen dröhnte durch die Kabine und alle wurden aus ihren Sitzen gerissen. Die Kinder schrien.

»Ja, Sacklzement!«, fluchte Korbi, »spinnt denn dieser Depp!«

Das andere U-Boot manövrierte rückwärts. Korbi rappelte sich auf und hieb fluchend den Steuerknüppel nach vorne. Langsam drehte sich ihr Boot, doch zu spät. Wieder rammte sie der andere Fahrer und es krachte und knirschte ohrenbetäubend.

Ein lautes Zischen und ein plötzlicher Luftzug erfüllten die Kabine. Bläschen blubberten an der Seite ihres U-Boots hoch. Eine rote Warnlampe begann zu blinken und alle schrien. Nur Korbi behielt die Fassung. Er schimpfte zwar wie ein Rohrspatz, legte aber den Rückwärtsgang ein und gab Vollgas. Der Elektromotor ihres U-Boots summte nun so hoch und so laut wie bisher noch nicht. Das andere U-Boot entfernte sich schnell. Doch dann kam es wieder näher, als hätte es nur Anlauf genommen.

»Der greift wieder an«, schrie Emma.

»Na warte«, knurrte Korbi. Er schaltete um und gab Gas. Mit einem Satz fuhren sie nun direkt auf den Angreifer zu. Wieder kreischten die Kinder laut auf. Kurz vor der Kollision mit dem Angreifer riss Korbi das U-Boot nach links und schrammte knapp an dem anderen vorbei. Dann zog er ihr Boot steil nach oben.

Franky blickte zurück. Das gelbe U-Boot schien mit voller Wucht in den Seeboden geknallt zu sein. Überall wirbelte Schlamm auf und er konnte fast nichts mehr erkennen. In diesem Moment schaltete ihr Kapitän die Außenlampen des U-Boots aus und draußen wurde es stockfinster. Nur das schwache Kabinenlicht leuchtete noch. Keiner sprach ein Wort. Nach und nach rappelten sie sich schwer atmend auf und setzten sich auf ihre Sitze. Frankys Herz schlug ihm bis zum Hals.

»Is dieser Volldepp weg?«, fragte Korbi.

Franky blickte nach unten und sah nur Schwärze.

»Es ist zumindest kein Licht zu sehen«, sagte er.

Für einen Moment schien es, als würden sie bewegungslos im Wasser liegen, während das Boot aufstieg. Korbi sprach in sein Headset: »Mayday, Mayday. Mir san angegriffen worden von einem gelben U-Boot. I glaub es ist eine Silvercrest gewesn. Mir verliern Sauerstoff und mir steigen auf. Bitte Notfallsicherung vorbereiten und Fahndung einleitn. I wiederhol: Mir samma ogriffn wordn von am andern U-Boot. I glab von oana Silvercrest. Bitte Notfallsicherung vorbereiten und Fahndung einleitn.« Er beendete den Funkspruch und sagte in die Kabine: »Ja Sacklzement, was war denn des für ein Volldepp. Ja so ein Rindviech!«

»Das war Richard van Bergen«, antwortete Antonia mit zitternder Stimme. »Der Enkel von dem Kerl, der die Fässer 1945 in den See geworfen hat.«

Die beiden Männer sahen sie ungläubig an. »Neunzehn … fünfundvierzig?«, stammelte Jörg. »Da habt ihr definitiv eine Menge zu erzählen.«

Der Gedanke an ihre Ermittlungsergebnisse lenkte die Kinder ein wenig von dem eben Erlebten ab. Ihre Atmung wurde ruhiger und alle lösten sich aus der Starre. Der Motor summte, ganz langsam wurde das Wasser um sie herum heller. Plötzlich piepste ein Warnton und ein anderes rotes Licht begann zu blinken.

»Scheiße!«, fluchte Korbi.

»Was ist?«, rief Jörg Weiß fast hysterisch.

»Mia homm fast koan Sauerstoff mehr«, sagte der Bayer.

»Keinen Sauerstoff«, wiederholte Antonia entsetzt.

»Und was machen wir jetzt?«, fragte Jörg.

»Mir miassn so schneu wie's geht aufdauchen.« Korbi klang besorgt. »Mir homm no vierzig Meeda. Des is a bissl vui.«

»Vierzig Meter ist zu viel?«, wiederholte wieder Antonia entsetzt.

»Ruhig bleim«, meinte Korbi, »des krieg ma schon hin.« Doch in seiner Stimme hörte Franky Besorgnis.

Auf einmal wurde es totenstill im Boot, das Summen des Motors hörte auf, es wurde stockfinster und Franky spürte, dass sie nicht weiter aufstiegen. »Was ist jetzt los?«, fragte er mit trockener Kehle.

»Mist, mia homm koan Strom mehr«, schimpfte

Korbi, »des gibt's doch net, der Volldepp muass a Kabel erwischt homm.«

Franky schaltete die Taschenlampe seines Handys an. Das Licht war blendend grell und alle schlugen die Hände vor die Augen. Franky erkannte Emma und Antonia, die sich kreidebleich und verängstigt aneinander festklammerten. Schlagartig wurde die Luft im Boot sehr stickig.

»Leucht mal da her«, bat Korbi. Franky hielt die Lampe so, dass sie auf die Hände des Mannes leuchtete. »Des missad geh«, sagte Korbi und öffnete eine kleine Klappe rechts neben dem Pilotensitz. Darunter befand sich ein Knopf mit der Aufschrift »Notstrom«. Er drückte darauf und das Licht in der Kabine ging wieder an. Auch der Elektromotor des U-Boots summte wieder. Alle atmeten erleichtert auf. Korbi zog wieder am Joystick und das Boot setzte sich in Bewegung. Franky beobachtete mit Besorgnis, dass die Sauerstoffwarnung immer schneller blinkte. Er hatte das Gefühl, ihm schnüre es die Kehle zu. Zu seiner Erleichterung kam die Oberfläche des Wassers immer näher.

»Mia san glei oben!«, rief Korbi.

Die letzten Meter erschienen ihnen wie eine Ewigkeit. Dann endlich durchbrach das U-Boot die Wasseroberfläche und schaukelte auf dem Wasser. Sonne flutete in die Kabine. Das Glasdach öffnete sich mit einem lauten Zischen und frische Luft strömte hinein. Alle atmeten tief ein. Nie hatte es so gutgetan, zu atmen.

Kapitel 15

Verfolgungsjagd

Es dauerte nicht lange, bis sich ihnen das Boot der Wasserwacht näherte. Nachdem das U-Boot vertäut war, durften sie aussteigen.

Erleichtert standen die vier Freunde auf dem Deck und blinzelten in die Sonne, während sie das Boot zurück zum Ufer brachte. Jörg Weiß und Korbi sicherten in der Zwischenzeit die eingesammelten Fässer. Aus dem beschädigten lief immer noch Gift aus.

Am Ufer wartete eine Traube von Menschen hinter den Absperrungen und ein Polizeiwagen, aus dem Peter Schwarz, der Stiefvater von Emma, ausstieg. Die vier Freunde und Jörg Weiß verabschiedeten sich von Korbi und stiegen ans Ufer. Peter Schwarz nahm sie am Löwensteg in Empfang und sie berichteten ihm von dem Angriff unter Wasser. Alles Weitere musste bis später warten.

Der Kriminalbeamte hörte aufmerksam zu und sagte: »Dieses andere U-Boot ist hier nicht aufgetaucht. Habt ihr eine Ahnung, wo der Typ an Land gehen könnte?«

Alle nickten und Antonia sagte: »Ja, drüben beim Schuppen am Schlosshotel.«

Peter Schwarz nickte. »Gut. Ihr vier, ihr steigt bei mir ein. Wir brauchen euch für die Identifizierung. Seid ihr dazu fit genug?«

Eifrig nickten die vier Freunde. Um nichts in der Welt wollten sie die Chance verpassen, Richard van Bergen eigenhändig zu stellen. Antonia prüfte zur Sicherheit noch einmal ihren Zucker und sagte erleichtert: »Alles in Ordnung.«

Schnell stiegen sie zu Peter Schwarz in das Polizeiauto und fuhren die kurze Strecke zum Schuppen am Schloss, gefolgt von mehreren anderen Polizeiwagen.

»Seht mal da!«, rief Emma, als sie näherkamen, »da im See, da schwimmt das U-Boot!« Jetzt sah es Franky auch: Nicht weit vom Ufer dümpelte das gelbe Boot mit offener Luke im Wasser. Sie hielten vor der Mauer des Schlosshotels an und stiegen aus.

»Die Tür vom Schuppen ist offen«, rief Jaron, »ich wette, der ist da drinnen.«

Schnell rannten alle zur Tür, aber der Schuppen war leer. Keine Gemälde, kein Gold, kein Porsche, nur zwei rostige, nasse Fässer. Von Richard van Bergen keine Spur.

»Er hat das Gold und die Gemälde mitgenommen!«, stellte Antonia fest.

»Was hat er mitgenommen?« Peter Schwarz sah sie fragend an.

»Na Nazigold, das hatte er hier gebunkert«, meinte sie.

»Aha, o-kay?«, Peter zog die Augenbrauen hoch.

»Peter, wir erklären alles später«, bettelte Emma, »erst einmal müssen wir schauen, dass wir Richard van Bergen schnappen. Der ist sonst über alle Berge.«

Peter nickte. »Also gut, zurück zu den Fahrzeugen«, sagte er.

Sie traten aus dem Schuppen »Da! Da oben im Wald!«, rief Jaron plötzlich. Alle blickten in die Richtung, die er zeigte. Franky sah gerade noch, wie der rote Porsche oberhalb der Wiese des Schlosshotels im Wald verschwand.

»Er entwischt uns!«, rief Antonia. Peter Schwarz dirigierte seine Kollegen, die in die Autos sprangen und in alle Richtungen davonrauschten. Die vier Freunde waren schon davongerannt, den Waldweg direkt hinter Richard van Bergen her. Peter rief ihnen noch hinterher, sie sollten stehen bleiben, aber sie hörten ihn nicht.

»Der wird nicht weit kommen«, rief Jaron, während sie den Hügel hinaufliefen, »auf dem Weg liegt ein Baum quer über der Fahrbahn. Da bin ich erst gestern langgejoggt.« Hinter einer Kurve hörten sie auf einmal das Heulen eines Motors. Jaron schien recht zu behalten.

»Er kommt zurück!«, rief Jaron und hielt an. »Schnell, wir müssen ihm den Weg versperren!«

»Und wie?«, fragte Emma.

»Seht mal da, der Baum!« Antonia zeigte auf einen Baum direkt am Wegrand. »Vielleicht kriegen wir den ganz umgeschmissen.« Der letzte Sturm hatte die Kiefer mitsamt ihren Wurzeln aus dem Boden gerissen und nun hing sie schräg über der Straße. Nur die dünnen Äste eines Ahornbaumes verhinderten, dass er über den Weg kippte.

Franky nickte keuchend. Er hatte Seitenstechen, aber es war keine Zeit, Luft zu holen. »Das könnte klappen. Schnell!«

Die vier Freunde hängten sich gemeinsam an den Baum und zerrten, so fest sie konnten. Nach und nach rutschte der Stamm aus den Zweigen. »Gleich haben wir es«, rief Emma aufgeregt.

»Los, zieht stärker!«, rief Jaron. »Da vorn kommt er!«

Franky sah, wie sich der rote Porsche in hohem Tempo durch die Bäume näherte. Verzweifelt hängte er sich mit seinem ganzen Gewicht an die Kiefer. Plötzlich gab sie nach. Die vier Freunde purzelten auf den Boden und der Baum rumste in einer großen Staubwolke auf den Weg.

Da raste auch schon der rote Sportwagen um die Kurve. Der Fahrer versuchte noch, dem Hindernis auszuweichen, aber es war zu spät. Er kam ins Schleudern und krachte mit einem lauten Wumms in die Krone. Es zischte und eine große Dampfwolke stieg aus der verbogenen Motorhaube.

»Jaaaa!«, jubelten die vier Freunde.

Richard van Bergen, der am Steuer saß, schien unverletzt. Er zerrte an der Fahrertür, die sich aber nicht rührte. Sie hatte sich verkeilt. Er öffnete das Fenster und schrie den Freunden zu: »Ihr verdammtes Pack! Na warte, wenn ich euch kriege!« Bei diesen Worten schlug er wütend auf das Lenkrad ein.

Die vier vom See nahmen sich Zeit, um vom Waldboden aufzustehen und zu ihm hinüberzuschlendern.

»Hallo Herr van Bergen. Können wir Ihnen helfen?«, fragte Franky lachend.

»Ich will hier raus!«, schrie er wütend.

»Ja, gleich. Wenn die Polizei kommt«, sagte Jaron triumphierend.

»Ihr lasst mich hier jetzt raus, sonst werdet ihr Sam nie wiedersehen«, drohte van Bergen.

»Sam!?«, fragte Emma verblüfft.

Die Freunde sahen sich betroffen an. Konnte es sein …?

»Haben Sie ihn etwa gekidnappt?«, schrie Antonia.

Richard van Bergen lächelte böse. »Helft mir hier raus, sonst sage ich nichts.«

Sie zögerten. Was sollten sie tun?

»Macht schon. Bevor die Polizei kommt«, sagte van Bergen. »Wenn die da ist, werde ich erst einmal jede Aussage verweigern. Dann kann euer Freund verrotten.«

»Aber Sam ist Ihr Neffe!«, schrie Antonia.

»Ihr lasst mich raus und ich sage euch, wo er ist«, befahl er kalt und sah sie an.

»Wir lassen Sie raus. Aber zuerst sagen Sie uns, wo er ist«, forderte Franky.

Richard grinste nur und sagte: »Vergiss es.«

In einiger Entfernung hörten sie Sirenen, die sich schnell näherten.

»Also?«, er sah sie an.

Franky hatte eine Idee. »Los, wir helfen ihm«, kommandierte er und zog an der Fahrertür. Die anderen sahen ihn verständnislos an. Er zwinkerte ihnen zu und Antonia nickte. Gemeinsam konnten sie die Tür unter vielem Quietschen und Knarren nach und nach aufbiegen. Richard van Bergen stieg aus.

»Na also«, sagte er schnaufend, »geht doch.«

Die vier Freunde stellten sich rund um ihn auf. »Wo ist Sam?«, fragte Antonia wütend. Der Mann war den vieren zwar körperlich überlegen, aber gegen sie zusammen hatte er keine Chance.

»Im Keller des Schlosshotels«, sagte er schnaubend. »Und jetzt lasst mich gehen!«

Franky nickte, sie traten zurück und ließen Richard van Bergen losrennen. Kurz darauf verschwand er im Unterholz.

»Mann«, sagte Antonia sauer, »so ein Mist. Jetzt kommt der doch mit allem durch. In diesem dichten Wald finden sie ihn niemals.«

»Oh doch, die finden ihn«, erwiderte Franky grinsend.

»Hä? Wie denn?«, fragte Antonia.

»Na, ich hab ihm, als er ausgestiegen ist, mein Handy in die Jackentasche gesteckt. Wir können ihn jederzeit mit der Freunde-App orten.«

»Du bist der Knaller!«, rief Emma.

In dem Moment kam auch schon der erste Polizeiwagen angerauscht. Schnell erklärten die vier Freunde, was geschehen war, und Emma gab ihrem Stiefvater ihr Handy, damit er van Bergen orten konnte. Dann sahen sich die vier an.

»Sollen wir auf Peter warten, um Sam zu befreien?«, fragte Jaron.

»Nee! Der ist doch mit van Bergen beschäftigt. Und im Schlosshotel droht uns ja keine Gefahr. Wir geben ihm einfach kurz Bescheid«, antwortete Antonia.

»Na dann los, wir befreien Sam!«, rief Franky.

Bis zum Schlosshotel Unterallmannshausen waren es nur ein paar Hundert Meter und so stürmten die vier Freunde wenige Minuten später die Lobby des Hotels. Mit einem »Hey, was soll das!«, versuchte der Rezeptionist, die vorbeirennenden Kinder aufzuhalten, doch sie liefen einfach weiter.

»Sorry, wir haben einen Spezialauftrag!«, rief Franky im Vorbeirennen.

Sie rannten das Treppenhaus nach unten, wurden jedoch gleich am Fuß der Treppe von einer Metalltür gestoppt, auf der stand: »Nur für Personal«.

Jaron sah sich um und sein Herz sank. »Hier geht es nicht weiter!«, rief er. »Was machen wir jetzt?«

In diesem Moment erschien der Rezeptionist auf der Treppe. »Was macht ihr hier?«, fragte er mit grimmiger Miene. »Dieser Bereich ist nicht für Gäste. Ihr könnt hier nicht einfach reinstürmen.«

»Wir suchen unseren Freund«, sagte Jaron.

Der Mann sah ihn verwirrt an. »Welchen Freund?«

»Sam, der Junge der vermisst wird«, versuchte Antonia zu erklären. »Er ist entführt worden und hier im Keller eingesperrt worden.«

»Hier?«, rief er ungläubig, »So was Verrücktes. Wie kommt ihr denn da drauf?« Er schüttelte den Kopf und zeigte dann die Treppe nach oben. »Ihr macht jetzt, dass ihr hier rauskommt, oder ich hole die Polizei!«

»Das können Sie gleich machen, aber bitte, Sie müssen uns glauben! Wissen Sie, wie man hier reinkommt?«, bettelte Emma.

»Das ist doch lächerlich. Ihr kommt jetzt mit und Schluss!« Der Mann wollte offensichtlich nicht mit sich reden lassen.

Jaron trat einen Schritt auf ihn zu, stellte sich vor ihm auf und sagte drohend: »Wir wollen nur kurz nachsehen. Sie machen uns jetzt sofort diese Tür auf oder Sie kriegen richtig Ärger – mit mir und dann auch mit der Polizei!« Er war wütend, dass dieser Mann seiner einfachen Bitte nicht nachkommen wollte und sie derart ausbremste.

Ein wenig verdattert sah der Mann Jaron an. »Äh, okay … Wenn ihr mir versprecht, dass ihr dann abhaut.«

Die vier Freunde nickten.

»Gut. Aber nur einen kurzen Blick!« Er nahm den großen Schlüsselbund, der an seinem Gürtel befestigt war, und schloss die Tür auf.

»Danke«, sagte Jaron betont freundlich und ging an ihm vorbei in den Keller. Antonia, Franky und Emma folgten ihm. Immer noch verwirrt schaltete der Mann das Licht an, blieb mit verschränkten Armen an der Tür stehen und beobachtete sie.

Vor den Freunden lag ein Gang mit Türen an beiden Seiten. Jeder der vier rannte zu einer davon und öffnete sie. Jaron fand hinter seiner Tür einen Lagerraum mit Regalen an den Wänden, auf denen Klopapierrollen gestapelt waren. Nach und nach schauten sie in alle Räume, nirgendwo aber fanden sie Sam. Schließlich blieb nur noch eine Tür am Ende des Ganges übrig. Jaron drückte auf die Klinke, aber sie rührte sich nicht. »Sie ist verschlossen«, sagte er.

Antonia und Emma begannen, an die Tür zu klopfen. Sie riefen: »Sam! Sam! Bist du da drin?«

Jaron horchte auf. Da kratzte doch jemand? »Pst, seid mal leise«, sagte er, »hört ihr das?«

Franky legte das Ohr an die Tür. »Da drin ist jemand!«, rief er.

Ganz schwach und dumpf klang eine Stimme hinter der Tür hervor: »Antonia, Jaron, seid ihr das?«

»Ja, ja«, riefen alle durcheinander.

Jaron rüttelte an der Klinke. »Sam, wir haben keinen Schlüssel!«

»Na, vielleicht kann ich noch mal helfen.« Der Rezeptionist stand hinter ihnen, den Schlüsselbund in der Hand. Er sah viel freundlicher aus als vorher, jetzt wo er ahnte, dass die vier Freunde recht hatten. Er schloss die Tür auf und öffnete sie. Im Türrahmen stand Sam, gesund und wohlbehalten.

»Sam!«, rief Antonia und fiel ihm um den Hals. »Gott sei Dank!«

»Oh Mann, bin ich froh. Ich dachte, ich komm hier nie wieder raus«, sagte Sam sichtlich erleichtert und strahlte die vier Freunde an. »Danke euch! Ihr seid echt klasse!«

Sarah Miller konnte ihr Glück kaum fassen, als ihr Sohn wieder vor ihr stand. Sie drückte ihn so heftig, dass Antonia dachte, sie würde ihn zerquetschen.

Dann setzten sie sich ins Foyer und Sam musste erst einmal in aller Ausführlichkeit erzählen, wer ihn eingesperrt hatte. Seine Mutter schüttelte immer wieder ungläubig den Kopf und wurde sichtlich wütender. »Das hätte ich Richard nicht zugetraut«, sagte sie.

»Antonia, ich muss euch noch was sagen«, meinte Sam, »mein Onkel und mein Urgroßvater: Sie stecken hinter der Vergiftung im See!«

»Das wissen wir schon«, antwortete Antonia.

Sam öffnete erstaunt den Mund, um etwas zu sagen, da wurden sie durch einen Tumult vor der Tür unterbrochen. Draußen näherte sich eine Gruppe Polizisten, die Richard van Bergen in ihrer Mitte führten. Peter Schwarz ging voran.

Sam, seine Mutter und die vier Freunde gingen nach draußen. Richard wehrte sich, fluchte und trat nach den Polizisten. Doch er hatte keine Chance. Seine Hände waren gefesselt und zwei Polizisten hielten ihn völlig unbeeindruckt fest. Es sah so lächerlich aus, wie sich der erwachsene Mann wand, dass die vier Freunde lachen mussten. Einige Hotelgäste blieben stehen und beobachteten neugierig die Szene.

»Ihr kleinen Biester!«, schrie Richard van Bergen die Kinder an, als er sie bemerkte. »Ihr werdet noch sehen, was ihr davon habt! Ich werde meine Leute auf euch hetzen!«

»Sie halten jetzt Ihren Mund!« Peter Schwarz packte ihn unsanft am Oberarm und zerrte ihn zu einem Polizeiwagen, der vor dem Schloss stand.

In diesem Moment trat Sarah Miller vor ihren Cousin. Sie sah so zornig aus und wirkte so entschlossen, dass Peter Schwarz mit Richard stehen blieb. Sams Mutter ging so nah an ihn heran, dass sich ihre Nasen fast berührten, und zischte in einer Tonlage, die bei allen ringsherum eine Gänsehaut verursachte: »Diesmal bist du zu weit gegangen! Dass du Sam da mit reingezogen hast, werde ich dir nie verzeihen!«

Das brachte selbst Richard van Bergen zum Schweigen.

Peter Schwarz nickte Sarah zu, öffnete die Tür des Streifenwagens und bugsierte Richard auf den Rücksitz. »Sie werden uns einiges erklären müssen!«, meinte der

Kripobeamte ruhig und schlug die Tür zu. Er wandte sich an die vier Freunde, holte die Handys von Emma und Franky aus seiner Jackentasche und reichte sie ihnen. »Also Leute, das habt ihr mal wieder echt gut gemacht«, sagte er. »Aber so langsam wird es wirklich gefährlich. Versprecht ihr mir, dass ihr uns das nächste Mal früher verständigt?« Er sah sie ernst an.

Alle nickten.

»In Ordnung«, sagte er. »Ich brauche von euch allen Zeugenaussagen. Frau Miller, wir fangen mit Ihnen und Sam an. Ihr anderen kommt morgen aufs Revier.«

Peter führte Sam und seine Mutter zu einem großen Polizei-Bulli. Die vier Freunde winkten ihnen hinterher und klatschten sich ab. Fall gelöst!

Kapitel 16

Gold und Gemälde

»Meine Güte, war das ein Tag gestern!«, seufzte Antonia, als sie sich am nächsten Morgen neben Jaron am Badestrand ausstreckte. Ihr tat noch alles weh. Die vier hatten sich gleich nach dem Frühstück wieder getroffen, auch wenn sie erst gegen Mittag von Peter Schwarz zur Zeugenaussage abgeholt werden sollten.

»Keiner, den ich so schnell noch mal erleben will«, antwortete Jaron. Der Schrecken der U-Boot-Fahrt, die Verfolgungsjagd und die Befreiung von Sam steckten ihnen allen noch in den Knochen. Emma saß auf einer Bank und starrte still auf den See. Selbst Franky, der sonst immer redete, saß schweigend am Ufer und spielte mit ein paar Kieseln. So saßen sie eine ganze Weile, jeder in seine eigenen Gedanken versunken. Die Sonne schien warm und freundlich und es tat gut, die ganze Aufregung für einen Moment zu vergessen.

Antonia war schon fast eingenickt, da unterbrach Emma die Stille: »Wo ist eigentlich Grusel-Opi?«

Antonia schaute sie an und auch Jaron und Franky merkten auf.

»An den habe ich gar nicht mehr gedacht«, sagte Antonia nachdenklich.

»Stimmt«, meinte Franky, »wo ist der? Ist der auch verhaftet worden?«

»Keine Ahnung«, meinte Emma. »Ich war heute Nacht bei Papa und Manuela und habe nicht mehr mit Peter gesprochen.«

»Dieser Richard macht doch nichts ohne ihn, immer nur auf Befehl von Anton van Bergen alias Adolf von Brüning«, stellte Franky fest.

»Wenn er nicht von der Polizei mitgenommen wurde, ist er wahrscheinlich noch im Hotel, oder?«, fragte Jaron.

»Gestern habe ich ihn jedenfalls nicht gesehen«, überlegte Franky.

Antonia setzte sich auf. »Das Gold und die Gemälde! Die waren doch nicht mehr im Schuppen.«

»Ich dachte, die hat Richard mitgenommen«, meinte Jaron.

»Wie denn? In dem Porsche waren sie ja nicht.«

»Was ist, wenn der Alte alles hat?«, fragte Emma.

Sie sahen sich für einen Moment erschrocken an.

»Mist!«, schimpfte Franky. »Was machen wir denn jetzt?«

»Kommt, wir schauen erst mal, ob er noch im Hotel ist«, schlug Antonia vor und stand auf. »Dann müssen wir einfach Peter Schwarz Bescheid sagen und alles hat sich erledigt.«

Sie gingen zu ihren Fahrrädern und radelten zum Schlosshotel hinüber. Im Foyer trafen sie den Rezeptionisten, der ihnen im Keller geholfen hatte, hinter dem Empfangstresen. Er war ganz und gar nicht erfreut, sie wiederzusehen. Als sie ihn fragten, ob Anton van Bergen in seinem Zimmer sei, antwortete er nur schmallippig: »Darüber darf ich euch keine Auskunft geben.«

Antonia verdrehte die Augen und sagte: »Oh Mann, ist das kompliziert. Dann schauen wir halt selbst nach. Zum Glück weiß ich noch, in welchem Zimmer er wohnt.« Sie drehte sich auf dem Absatz um und ging zur Treppe. Die anderen folgten ihr.

Der Rezeptionist rief ihnen hinterher: »Hey, was soll das!«, doch wieder ignorierten sie ihn einfach und stiegen in den zweiten Stock hinauf. Vor dem Zimmer von Anton van Bergen holte der Mann sie ein. »Ihr schafft mich!«, sagte er schnaufend.

Die Tür des Zimmers stand offen. Sie lugten hinein, doch es war leer. »Wo ist Anton van Bergen?«, fragte Jaron.

»Das kann ich euch nicht sagen«, antwortete der Mann. »Er ist abgereist. Heute Morgen.«

»Alleine?«, bohrte Emma.

»Was weiß ich«, der Rezeptionist wurde immer ungeduldiger. »Ihr verschwindet jetzt sofort!«, sagte er und zeigte in Richtung Treppe. Die vier gaben nach und gingen den Gang entlang zurück. Erleichtert seufzend folgte ihnen der Mann. »Und ich will euch nicht mehr hier sehen, verstanden?«, meinte er versöhnt.

»War er denn alleine?« Antonia ließ nicht locker.

Der Rezeptionist stöhnte auf und fragte: »Hat euch schon mal jemand gesagt, dass ihr einem den letzten Nerv raubt?«

Die vier Freunde nickten grinsend.

Er sah sie an und schüttelte resigniert den Kopf. »Na gut. Wenn ich euch das jetzt sage, dann verschwindet ihr, und ich werde euch für den Rest meines Lebens nicht mehr sehen. Versprochen?«

»Versprochen«, sagte Franky schnell und die anderen schmunzelten.

»Also, Herr van Bergen hat gegen 8 Uhr ganz plötzlich ausgecheckt. Zwei Männer haben ihn begleitet.«

»Wie sahen die aus?«, fragte Emma.

»Oh meine Güte, kriegt ihr denn nie genug? Keine Ahnung. Sie hatten schwarze Anzüge an und der eine hatte eine Glatze. Der eine von ihnen war öfter hier im Hotel, während van Bergen hier war. So, und jetzt Abflug!«

Als sie im Foyer ankamen, öffnete sich gerade die Aufzugstür und Sam trat heraus. »Hey, cool euch zu sehen!«, rief er. »Ich wollte gerade noch einmal zum See. Schade, dass man gerade nicht baden kann. Kommt ihr mit? Dann kann ich euch alles von dem Gespräch mit der Polizei erzählen.«

Antonia ging auf seine Einladung nicht ein, sondern fragte: »Weißt du, wo dein Uropa ist?«

»Uropa? Wahrscheinlich in seinem Zimmer?«

»Nein, er ist abgereist«, sagte Jaron.

»Hä?« Sam sah ihn erstaunt an.

»Ja, er hat sich vom Acker gemacht.«

»Was? Echt? Ich hab ihn gestern Abend noch mal kurz gesehen. So ein Mist«, schimpfte Sam. »Ich habe deinem Vater auch von ihm erzählt.«

»Stiefvater«, korrigierte Emma.

»Sorry«, entschuldigte er sich. »Ich hab ihm erzählt, dass Uropa Richard angestiftet hat. Dein Vater, äh Stiefvater, hat gesagt, dass er ihn sich noch einmal vornehmen wird.«

»Dem ist es wohl zu heiß geworden«, meinte Jaron.

»Wo könnte er hin sein?«, fragte Antonia Sam.

Der zuckte nur mit den Schultern. »Keine Ahnung. Ich kenn ihn ja nicht wirklich.«

»Weißt du nicht, von woher er angereist ist?«, fragte Franky.

»Nein, ich weiß nur, dass er in Südamerika lebt. Aber die haben nie erwähnt, in welchem Land.« Er hielt kurz inne und sagte dann zögernd: »Moment mal, als ich Urgroßvater und Richard belauscht habe, da hat der Alte etwas gesagt, es klang wie ›Ich bin froh, wenn ich in La Boco … Beco … poco … oder so bin.‹«

»Der will sich bestimmt absetzen«, vermutete Franky und zückte sein Handy. »La Boco. Schauen wir mal.« Franky tippte und die anderen scharten sich um ihn.

»Google fragt: Meintest du ›La Boca‹. Probieren wir mal das.« Er tippte auf den Bildschirm. »Ha! Seht mal hier!« Er las vor: »La Boca ist ein Stadtteil im Osten der argentinischen Hauptstadt Buenos Aires und das bekannteste der 48 Viertel der Stadt.«

»Das ist es!«, rief Antonia begeistert. »Das passt. Nach dem Krieg sind viele Nazis nach Argentinien geflohen.«

Franky unterbrach sie. Er hatte weiter auf seinem Handy herumgetippt und den Blick immer noch fest auf das Display gerichtet. »Hey Leute, heute geht um 15 Uhr ein Flug von München nach Buenos Aires.«

»Und wie viel Uhr haben wir jetzt?«, fragte Sam.

»11:32 Uhr«, antwortete Franky.

»Wir müssen sofort Peter Bescheid geben! Die müssen ihn am Flughafen abfangen«, rief Jaron. »Wenn er erst mal in Argentinien ist, kriegen wir ihn nie.«

Emma nahm ihr Handy und wählte die Nummer ihres Stiefvaters. Sie lauschte, dann ließ sie das Handy sinken. »Mist«, schimpfte sie. »Mailbox. Und was machen wir jetzt?«

»Wir müssen den Flughafen informieren«, sagte Antonia.

»Und was soll das bringen? Meinst du, die nehmen es ernst, wenn ein Kind dort anruft und sagt, dass sie einen Verbrecher aufhalten sollen? Die lachen dich doch aus«, sagte Jaron.

»Du hast recht«, bestätigte Franky, »wenn er schon am Flughafen ist und wir Peter nicht erreichen können, müssen wir ihn selbst aufhalten.«

»Und wie willst du das machen? Bis wir in Starnberg sind und mit der S-Bahn am Flughafen, dauert das locker zwei Stunden«, sagte Antonia. »Da ist er längst im Transitbereich.«

»Wie wär's mit einem Taxi?«, schlug Sam vor.

»Das ist sauteuer«, sagte Jaron. »So viel Geld haben wir nicht.«

»Hey Leute«, meinte Sam mit einem verschmitzten Grinsen. »Manchmal ist es auch ganz cool, reich zu sein.«

»Du bist reich?«, fragte Jaron verblüfft.

»Ich nicht, aber mein Uropa. Ich kann das auf seine Rechnung setzen lassen.«

»Aber wir wollten eine Aussage bei Peter machen. Er holt uns doch gleich ab«, wandte Emma ein.

»So lange können wir nicht warten. Außerdem informieren wir Peter ja«, sagte Franky, »Emma-Schätzchen, das wird schon.«

Emma verdrehte die Augen und schnaubte. Fünfzehn Minuten später saßen alle in einem extragroßen Taxi.

Während sie vom Schlosshotel wegfuhren, versuchte Emma immer wieder erfolglos, ihren Stiefvater anzurufen. Schließlich sendete sie ihm eine SMS.

Als sie gerade am Olympiazentrum in München an einer Ampel standen, sah Jaron auf die Uhr und meinte: »Die Zeit rennt uns davon.« Er fragte die junge Taxifahrerin: »Wie lange brauchen wir denn noch?«

Sie antwortete: »Bei dem Verkehr noch mindestens 45 Minuten.«

»Mist, das reicht nicht«, sagte Franky. »Es ist schon 12:30 Uhr. Wenn der ganz normal zwei Stunden vorher eincheckt, haben wir keine Chance.«

»Kennen Sie vielleicht eine Abkürzung?«, fragte Sam, der auf dem Beifahrersitz saß und die Fahrerin mit seinem breitesten Lächeln angrinste. »Wissen Sie, wir müssen den Mann fangen, der für die Vergiftung des Starnberger Sees verantwortlich ist. Glauben Sie mir, es geht um Leben und Tod.«

Sie sah verblüfft zu ihm hinüber. »Das Gift im See?«, fragte sie.

Sam nickte.

»Na, wenn das so ist, dann kenne ich eine Abkürzung!« Sie scherte aus, lavierte das Auto rechts an der Schlange vorbei und bog in eine winzige Straße ab. Diese endete in einem Feldweg, doch sie fuhr einfach weiter und gab sogar noch Gas, sodass der Staub hinter ihnen in einer großen Wolke hochwirbelte. Es rumpelte und ruckelte, aber sie ließ sich nicht beirren, sondern behielt das hohe Tempo bei. Die fünf Freunde hielten sich fest, so gut sie konnten. Nach etwa 25 Minuten sahen sie den Tower des Flughafens.

»Das wird knapp«, rief Emma. »Es ist fünf vor eins!«

Endlich bog das Taxi wieder auf eine normale Straße ein und die Fahrerin gab noch mehr Gas. Sie näherten sich dem Flughafengelände.

»Terminal A«, kommandierte Franky, »Aerolineas Argentinas.«

Die Fahrerin nickte und bog in die Fahrbahn vor dem Gebäude ein. Mit quietschenden Reifen hielt sie an der Taxibucht. Die Freunde sprangen aus dem Auto. Sam beugte sich vor, gab der Fahrerin einen Kuss auf die Wange und meinte: »Sie sind ein Schatz! Die Rechnung geht auf Anton van Bergen und kann direkt mit dem Hotel abgerechnet werden«, rief er und rannte den anderen hinterher.

Schnell fanden sie die Schalter von Aerolineas Argentinas, an denen der Flug um 15:00 Uhr nach Buenos Aires angeschrieben war. Eine lange Schlange von Leuten stand davor. »Der Check-in hat begonnen!«, sagte Jaron atemlos und sah sich um, »aber der Alte ist nicht hier!«

»So ein Mist!«, schimpfte Franky. »Das gibt's doch nicht. War der so früh am Flughafen?«

»Vielleicht ist er schon bei der Sicherheitskontrolle«, vermutete Antonia. So schnell sie konnten, liefen sie in den hinteren Teil des Terminals bis zur Sicherheitsschleuse, hinter der der Transitbereich begann. Dort kam man nur mit einer Bordkarte hinein. Hektisch sahen sich die vier vom See und Sam in der Menschenmenge vor der Schleuse um. Aber nirgends war ein alter Mann im Rollstuhl zu sehen.

»Vielleicht kommt er gleich«, meinte Franky, glaubte es aber selbst nicht.

»Oder er ist schon drinnen«, widersprach Emma enttäuscht.

»Dann haben wir keine Chance mehr.« Antonia ließ sich auf einen Sitz fallen. Die anderen setzten sich neben sie.

»Und was machen wir jetzt?«, fragte Jaron resigniert.

In diesem Moment klingelte Emmas Handy.

»Es ist Peter«, sagte sie. Schnell erklärte sie ihrem Stiefvater, wo sie waren und was sie herausgefunden hatten.

»Er kommt so schnell wie möglich«, sagte sie, während sie auflegte. »Er war ganz schön angenervt, dass wir doch wieder alleine losgezogen sind. Wir sollen jetzt bleiben, wo wir sind.«

»Sollen wir das wirklich tun?«, fragte Jaron, »ich meine, es ist schon 13:30 Uhr. Der Flug geht in eineinhalb Stunden und Peter braucht mindestens 40 Minuten, bis er hier ist.«

»Im Moment können wir, glaube ich, nichts mehr machen«, sagte Franky und stützte sein Kinn in die Hände.

Jaron sah sich um. Plötzlich sah er einen Mann aus einer Tür kommen, der ihm bekannt vorkam. Er stupste Franky an, deutete in die Richtung und sagte: »Schau mal, da vorne, der Typ.«

»Das ist doch der vom Schuppen, oder?«, meinte Franky und sah gebannt zu, wie der Mann zur Sicherheitsschleuse ging.

»Wo denn?«, fragte Emma.

»Da! Schwarzer Anzug. Er verschwindet gleich hinter den Leuten.«

»Hä?« Antonia sah sie verdutzt an und fragte: »Welcher Typ vom Schuppen?«

»Das ist der Mann, der mit Richard den Greifarm für das U-Boot ausgeladen hat«, erklärte ihr Franky. »Das haben wir doch beobachtet, während du noch im Krankenhaus warst.«

»Ich kenne den Typen! Das ist Johnny, der arbeitet für meinen Urgroßvater«, sagte Sam aufgeregt.

»Na, dann haben wir eine Spur!«, meinte Jaron froh.

»Schauen wir mal, was der vorhat«, sagte Franky.

Die fünf Freunde folgten dem großen, kräftigen Mann in einigem Abstand. Er schob einen großen Trolley, auf dem mehrere Handgepäckkoffer aufgestapelt waren, vor sich her.

»Ich wette, in den Koffern ist das Gold«, sagte Antonia, als sie dem Mann folgten. »Ich frage mich, was er mit den Gemälden und den Skulpturen gemacht hat.«

»Vielleicht hat er sie schon als Sperrgepäck aufgegeben«, vermutete Jaron.

»Oder er lässt sie mit einem Containerschiff nach Argentinien schicken. Da gibt es weniger Kontrollen«, meinte Emma.

Der Mann schob sich durch die Menschen, die an der Schleuse anstanden, und sprach eine der Frauen vom Sicherheitspersonal an. Sie schüttelten sich die Hände und schienen sich zu kennen. Die Verfolger versteckten sich hinter der Menschenmenge und beobachteten neugierig, was geschah.

»Was machen die da?«, fragte Emma.

»Moment, ich filme das«, sagte Franky, holte sein Handy aus der Tasche und hielt die Kamera in die

Richtung des Mannes. »Dieser Johnny gibt der Frau einen Umschlag«, berichtete er.

Die Schlange bewegte sich wieder ein Stück und nun sahen auch die anderen, wie die Frau vom Sicherheitsdienst sich umsah, den Umschlag nahm, hineinsah, ihn in ihrer Jackentasche verschwinden ließ und Johnny zunickte. Der Mann holte sein Handy aus der Tasche und telefonierte.

»Das ist sehr merkwürdig«, sagte Jaron. »Was hat der Typ der Frau gegeben?«

»Warte«, sagte Franky und ließ das Video, das er gerade aufgenommen hatte, abspielen. Er zoomte den Umschlag näher ran. »Das sind Geldscheine«, meinte er.

In diesem Moment rief Emma: »Schaut mal, da vorne! Da ist der Alte!«

Und tatsächlich, die Tür, aus der Johnny gekommen war, hatte sich wieder geöffnet und ein zweiter Mann schob Anton van Bergen im Rollstuhl in die Terminalhalle. Er rollte ihn zu Johnny und nickte ihm zu. Johnny übernahm den Rollstuhl und die Sicherheitsbeamtin den Trolley.

»Na los, kommt, wir stellen den Verbrecher!«, rief Antonia und wollte schon losrennen.

Jaron hielt sie zurück. »Antonia, warte! Was hast du vor? Hingehen und sagen: ›Überraschung, wir haben euch. Die Polizei kommt gleich‹?«, fragte er.

»Hast du etwa eine bessere Idee?«, maulte Antonia.

»Seid doch mal still! Johnny schiebt Uropa irgendwo anders hin«, sagte Sam, »die gehen nicht hier durch die Schleuse.«

Tatsächlich schob Johnny Anton van Bergen zusammen mit der Frau in einen Seitengang.

»Los, wir müssen ihnen folgen«, sagte Sam, »vielleicht werden Rollstuhlfahrer woanders kontrolliert. Die können ja nicht durch den Metalldetektor.«

Der schmale Gang führte in einen anderen. Nirgendwo waren andere Menschen unterwegs und es war fast unmöglich, unbemerkt zu bleiben. So hielten sich die Freunde sehr zurück und gingen nur weiter, wenn der Rollstuhl um die nächste Ecke gebogen war. Zum Glück sah sich keiner der drei Erwachsenen um. Irgendwann hielten sie vor einer Tür an. Die Frau zückte einen großen Schlüsselbund und schloss sie auf. Die Freunde lugten vorsichtig um die Ecke.

In diesem Moment sah sich die Frau um und entdeckte sie. Die Kinder zuckten zurück.

»Was macht ihr hier?«, rief sie.

»Kommt, wir halten sie auf«, sagte Jaron. »Sie haben uns eh entdeckt.« Er trat um die Ecke und rief: »Die Frage ist eher: Was machen *Sie* hier?«

Der Alte sah ihn giftig an. Die Sicherheitsbeamtin wirkte ertappt, aber Johnny ging auf Jaron zu. »Get lost!«, rief er. »Ihr habt hier nichts zu suchen!«

»Sie auch nicht!«, antwortete Jaron. »Anton van Bergen gehört auf eine Polizeistation. Die haben viele Fragen an ihn!«

»Pack ihn!«, kreischte Anton van Bergen.

Johnny griff nach Jaron, doch der versetzte ihm einen gekonnten Schlag auf den Brustkorb, sodass er ins Taumeln kam. Schnell fing er sich wieder. »Now you're in trouble!«, schrie er. Er packte Jaron so schnell, dass der nicht mehr reagieren konnte, und rang ihn zu Boden.

Doch schon waren die anderen zur Stelle. »Lass ihn los!«, schrie Antonia und stürzte sich auf den Mann. Emma, Sam und Franky folgten ihr. Gegen die vier hatte Johnny keine Chance. Er ging zu Boden. Emma und Antonia setzten sich schnell auf seinen Rücken und gemeinsam mit Jaron gelang es ihnen, den Mann festzuhalten.

»Tun Sie was!«, fuhr Anton van Bergen die Frau an. »Ich bezahle Sie schließlich gut!«

Die Sicherheitsbeamtin ging auf die Kinder zu, doch es war ihr anzusehen, dass sie zwar bestechlich war, aber nicht besonders mutig. Sam und Franky stellten sich ihr in den Weg. »Lasst ihn sofort los!«, befahl sie, aber ihre Stimme zitterte.

»Nein«, antwortete Franky schlicht.

Die Frau sah sie an, blickte noch einmal zurück zu dem alten Mann im Rollstuhl und versuchte, sich aus dem Staub zu machen. Franky reagierte blitzschnell und grätschte ihr zwischen die Füße, sodass sie den Halt verlor und stürzte. Franky bog ihr die Arme nach hinten und hielt sie fest.

Jaron wollte ihm zu Hilfe kommen, doch sobald er seinen Griff lockerte, spürte er, dass Johnny versuchte, sich loszuwinden. Schnell bog er ihm die Finger nach hinten, sodass Johnny aufschrie und fluchte: »You little bastard!«

Sam stand nun ganz allein vor seinem Urgroßvater. Der sah ihm trotzig entgegen.

»Du wirst damit nicht durchkommen!«, sagte Sam.

Der Alte grinste und antwortete höhnisch: »Da sieh her. Der kleine Sam. Ich hätte es mir denken sollen. So ein Schandfleck wie du gehört nicht in meine Familie.«

Sam schwieg und ging weiter auf ihn zu.

»Wir wissen, dass Sie Adolf von Brüning sind«, rief jetzt Antonia keuchend, während sie gemeinsam mit Jaron Johnny festhielt, »und dass Sie das Gift im See versenkt haben und dass Sie Nazigold gestohlen haben.«

Für einen Moment schien Adolf von Brüning überrascht zu sein, dass er aufgeflogen war und dass ihm ausgerechnet Kinder auf die Schliche gekommen waren. Doch er fing sich schnell wieder. »So, so, das ist ja interessant, was ihr alles wisst«, zischte er. »Aber gestohlen habe ich nichts. Das Gold gehört mir.«

»Das gehört Ihnen nicht«, sagte Jaron laut. »Sie haben es Juden einfach weggenommen.«

»Weggenommen? Oh nein«, er sah ihn böse an. »Die Juden haben uns Deutsche ausgenommen und sind schuld am ganzen Unglück dieses Volkes. Und jetzt gehört es wieder uns. Uns Deutschen! Und ihr werdet es mir bestimmt nicht wegnehmen.« Von Brünings Blick wurde hart. »Und jetzt ist Schluss. Genug Spielchen gespielt. Da wartet ein Flugzeug auf mich.« Er beugte sich vor und versuchte, die Tür wieder zu öffnen, die die Frau für ihn aufgeschlossen hatte.

Sam trat zu ihm und zog den Rollstuhl von der Tür weg. Der Alte hielt sich an der Klinke fest und stand langsam auf. Dann gab er Sam eine schallende Ohrfeige.

Jaron sah, dass Sam Hilfe brauchte. Er schien wie gelähmt und unfähig, sich gegen den alten Mann zu wehren. Irgendwie verständlich, immerhin war er sein Uropa und fast hundert. »Franky, lass die Frau laufen!«, rief er. »Die kriegen wir wieder. Hilf Sam!«

Franky nickte und ließ die Sicherheitsbeamtin los, die sofort die Flucht ergriff. Er rannte zu Sam und schubste den alten Mann in den Rollstuhl. Der wehrte sich schimpfend, doch Franky rief einfach: »Arschbombe«, und setzte sich auf seinen Schoß, sodass er nicht mehr aufstehen konnte.

Jaron spürte, dass er den Kampf gegen Johnny langsam verlor, und auch Emma und Antonia schienen immer mehr Mühe zu haben, ihn festzuhalten. Zu ihrer riesengroßen Erleichterung kam genau in diesem Moment Emmas Stiefvater um die Ecke gelaufen, gefolgt von einigen seiner Kollegen.

»These kids attacked me!«, schrie Johnny. »Help!«

»Sie brauchen gar nicht so zu tun!«, fauchte Antonia ihn an.

Auch der Alte zeterte und schimpfte, aber Franky bleib einfach sitzen, wo er war.

Zwei Polizisten lösten Emma, Antonia und Jaron ab, legten Johnny Handschellen an und halfen ihm auf die Beine. Emma erklärte ihrem Stiefvater schnell, was passiert war. Er schickte sofort ein paar Polizisten los, um die Frau vom Sicherheitsdienst festzunehmen, nachdem ihm Franky das Video gezeigt hatte. Johnny wurde abgeführt, ein weiterer Polizist übernahm den Rollstuhl mit dem Alten und ein dritter den Trolley mit dem Gepäck.

Erschöpft und noch ganz benommen von den Ereignissen folgten die vier vom See und Sam dem Trupp in die Halle des Terminals, wo sie erst einmal auf ein paar Sitze niedersanken und durchschnauften. Peter musste noch einiges mit der Flughafenpolizei regeln und bat sie eindringlich, nun wirklich auf ihn zu warten. Diesmal kam kein Widerstand.

»Keine Sorge, Peter«, sagte Emma erschöpft. »So viele Abenteuer in so kurzer Zeit, das ist selbst für uns zu viel.« Damit ließ sie unter dem Gelächter der anderen ihren Kopf auf Antonias Schulter sinken und schloss die Augen.

Kapitel 17

Frieden und Hoffnung

»Und dann hat sich Franky voll auf den Schoß von diesem Alten gesetzt«, erzählte Emma. »Den hättest du mal schimpfen hören sollen, der konnte sich keinen Millimeter mehr rühren!«

Opa Hans stimmte auf seinem Krankenbett in das Gelächter der vier vom See mit ein. »Na, das nenne ich mal eine Attacke«, sagte er und wischte sich die Lachtränen aus den Augen. *Er ist fast wieder der Alte,* dachte Emma, als sie ihn so ansah. Der Fischer saß in einem rot karierten Flanellpyjama aufrecht im Bett und seine Augen, die so blau waren wie der Starnberger See im Sonnenschein, blitzten schon wieder so lustig wie eh und je.

Nur eine leichte Blässe und ein spitzer Zug um seine Nase ließen erahnen, dass er erst vor Kurzem mit dem Tod gekämpft hatte.

Die vier Freunde hatten sich auf Stühlen und am Fußende seines Bettes verteilt und waren gerade mit einer ersten Zusammenfassung der zurückliegenden Ereignisse fertig. Auf Opa Hans' Nachttisch drängelten sich vier Blumensträuße, die die vier in ihren Gärten und auf den Wiesen rund um Allmannshausen für ihn gepflückt hatten.

»Ich kann es immer noch nicht fassen«, sagte er jetzt,

»dass diese Giftfässer seit über siebzig Jahren unten im See lagen und wir nichts davon geahnt haben.«

»Da hat Gott wirklich auf uns aufgepasst«, meinte Antonia. »Das hätte auch viel schlimmer ausgehen können.«

Emma nickte. »Nur weil Klaus Boschmann rausgefunden hat, dass Anton van Bergen und Adolf von Brüning dieselbe Person ist, und er in den See runtergetaucht ist, haben wir die Fässer entdeckt, bevor alle undicht werden. Sonst wäre es noch viel schlimmer geworden. Das Zeug ist wirklich hochgiftig.«

»Und Richard van Bergen ist Boschmann bis auf den Seegrund gefolgt, sagt ihr?«, fragte Opa Hans.

»Ja, er hat versucht, ihn um die Ecke zu bringen«, erzählte Franky.

»Richard wollte Boschmanns Sauerstoffschlauch durchschneiden«, sagte Jaron, »aber Boschmann hat sich gewehrt, sodass es nicht ganz geklappt hat. Bei dem Kampf ist wohl eins der Giftfässer beschädigt worden.«

»Und dadurch konnte ein kleiner Teil des Gifts austreten«, fuhr Emma fort.

»Unglaublich«, sagte Opa Hans und schüttelte den Kopf. »Woher hatte er die Chemikalien eigentlich?«

»Sein Vater …«, begann Antonia.

»… der auch Adolf von Brüning hieß …«, fiel Franky ihr ins Wort.

»… genau. Der hatte eine Chemiefabrik in Mannheim. Dort hat Adolf Junior die Chemikalien geklaut, um sie an das KZ Dachau zu verkaufen.«

»Er hat damit eine hübsche Summe verdient«, erklärte Jaron.

»Aber stell dir vor, das war ihm nicht genug! Er hat seine Kontakte zu hohen Nazis ausgenutzt und sich bei den Schätzen bedient, die von jüdischen Bürgern geklaut wurden. Gold, Gemälde, du hättest es nicht geglaubt, was wir alles bei ihm gefunden haben!«, schloss Emma.

Opa Hans sagte nachdenklich: »Ich bin diesem von Brüning als Kind ein paarmal begegnet. Ein unangenehmer Mensch. Nie hätte ich gedacht, dass er fliehen konnte und in Saus und Braus lebt. Nicht zu fassen.« Wieder schüttelte er den Kopf. »Und wie ist er davongekommen, weiß man das inzwischen auch?«

»Ja, er hat inzwischen so ziemlich alles gestanden. Als die Amerikaner am See ankamen, hat er einen Großteil seiner Schätze in die Hoch-Villa gebracht und dort eingemauert«, erklärte Antonia. »Die Villa hat damals der Familie von Brüning gehört. Mit dem restlichen Gold ist er nach Argentinien geflohen, wo er dann unter dem Namen Anton van Bergen eine neue Existenz aufgebaut hat.«

»Er wollte aber die restlichen Schätze auch noch für sich, die, die hier am See in der Hoch-Villa versteckt waren. Deshalb hat er durch seinen Enkel Richard van Bergen, der nach Deutschland zurückgekehrt war, die Hoch-Villa wieder gekauft. Nach dem Krieg waren die von Brünings enteignet worden. Doch da in der Villa mittlerweile ein Asylantenheim war, konnte er nicht einfach reinspazieren und die Schätze holen«, erzählte Jaron.

»Und deshalb hat sein Enkel Richard das Heim angezündet. Danach war es leer und er konnte in Ruhe dort arbeiten«, sagte Antonia und fügte erbost hinzu: »Das ist so unglaublich! Dem waren die ganzen Leute dort völlig egal.«

»Eines verstehe ich noch nicht«, sagte Opa Hans. »Warum hat Richard van Bergen diesen Aufwand mit dem U-Boot betrieben, um die Fässer wieder aus dem See zu holen? Sie hätten sie doch auch einfach dort liegen lassen können.«

»Ja schon. Aber als das Gift im See auftauchte und alle alarmiert hat, hat er wohl kalte Füße gekriegt. Auf den Fässern stand ja der Name der Von-Brüning-Werke in Mannheim«, sagte Emma.

»Aber keiner wusste doch, dass Anton van Bergen Adolf von Brüning ist«, wandte Opa Hans ein.

»Keiner außer Boschmann«, korrigierte Jaron. »Der hatte zwar noch keine Beweise, aber er war auf einer heißen Spur. Als es Richard nicht gelang, ihn um die Ecke zu bringen, hat sein Opa wohl beschlossen, zur Sicherheit alle Beweise zu beseitigen. Dann hätte Boschmann nichts mehr gegen ihn in der Hand gehabt.«

Opa Hans nickte. »Das ist wirklich eine unglaubliche Geschichte.«

Die vier nickten eifrig.

»Besonders erstaunlich finde ich, dass ein Mann, der fast hundert Jahre alt ist, seine Hoffnung noch auf Dinge wie Gold und seinen guten Ruf setzt«, fuhr der alte Fischer nachdenklich fort. »Was will er denn mit hundert Jahren noch damit anfangen? Er tut mir sehr leid, dieser van Bergen.«

»Du hast recht, das ist voll bescheuert«, stimmte Antonia zu. »Aber warum macht er das? Ist er dumm?«

Opa Hans musste lachen. »Nein, dumm ist er sicher nicht. Im Gegenteil, man muss schon sehr schlau sein, um so lange unentdeckt zu bleiben. Hoffnung ist eine starke Kraft, weißt du? Sie hilft uns, an Dingen dranzubleiben und nicht aufzugeben.«

»Selbst die Hoffnung auf so was Dummes wie Gold?«, fragte Franky.

»Ja, und das ist wirklich nichts Besonderes. Viele Menschen setzen ihre Hoffnung auf Geld oder Macht, manche auch auf so etwas Schönes wie die Familie, andere auf Erfolg, Ruhm oder Gesundheit. Das Problem ist: Letztlich sind das alles zerbrechliche Hoffnungen. Sie können verschwinden, sterben oder uns genommen werden.«

Die Kinder saßen da und lauschten gebannt. An Opa Hans' Worten war immer was dran.

»Echte Hoffnung ist etwas ganz anderes. Etwas Wunderbares«, fuhr Opa Hans fort. »Sie bleibt bestehen, unabhängig davon, was uns zustößt. Weil sie von jemandem gegeben wird, der bestehen bleibt. Das ist Jesus. Jesus möchte jedem Menschen diese Hoffnung geben. Wisst ihr, auch ich habe in meinem Leben schon oft jede Hoffnung verloren. Dann habe ich zum Beispiel angefangen, viel Alkohol zu trinken. Der lässt einen die Hoffnungslosigkeit vergessen. Helfen tut er aber nicht, im Gegenteil. Er zerstört alles, was einem lieb ist.«

»Von Brünings Hoffnung hat auch alles zerstört«, überlegte Jaron. »Seine Familie hasst ihn, er sitzt im Gefängnis und sein Vermögen ist er auch los. Das wird gebraucht, um die Schäden im See zu beseitigen. Und die Schätze, die er den Juden gestohlen hat, werden so weit es möglich ist an die Erben der rechtmäßigen Besitzer zurückgegeben.«

»Das ist das, was ich meine«, erklärte Opa Hans. »Hoffnung ist wichtig. Aber es ist gut, seine Hoffnung auf Gott zu setzen. Die bleibt bestehen, ganz unabhängig davon, wie es uns geht.«

»Aber wenn es keine Hoffnung mehr gibt?«, fragte Emma leise.

»Es gibt immer Hoffnung«, sagte Opa Hans sanft.

»Das stimmt nicht!«, protestierte Emma. »Meine Eltern werden ganz sicher nicht mehr zusammenkommen!«

Opa Hans nickte und sagte: »Da hast du recht. Da gibt es wahrscheinlich keine Hoffnung mehr. Aber das ist nicht die Hoffnung, die ich meine.«

Emma sah ihn verwirrt an.

»Pass auf: Vor ein paar Tagen bin ich fast gestorben. Die Ärzte haben mir keine Chance mehr gegeben. Aber weißt du was? Ich habe zwar gespürt, dass ich dem Tod sehr nah war, aber in meinem Herzen hatte ich Frieden. Ich hatte Hoffnung! Nicht die Hoffnung, dass ich wieder gesund werde, sondern die Gewissheit, dass Jesus da ist und dass er das Allerbeste für mich will. Ich wusste, selbst wenn ich sterbe, wird er alles gut machen. Er ändert sich nie und hält seine Versprechen immer. Das ist echte, lebendige Hoffnung!«

Emma kamen die Tränen. Sie spürte, dass es nicht Opa Hans war, der gerade sprach, sondern Jesus selbst. »Das will ich auch«, flüsterte sie, »ich will so eine Hoffnung wie du, Opa Hans.«

Opa Hans lächelte, legte seine Hand auf ihre und sagte leise: »Emma, ich glaube, die hast du schon. Vielleicht hast du es nur ein wenig vergessen.«

Emma nickte und wischte sich die Tränen von der Wange. Jaron gab ihr ein Taschentuch und sie schnäuzte sich.

»Ach Emma-Schätzchen«, frotzelte Franky, »du bist eine echte Heulsuse. Aber eine nette!«

Emma musste lächeln und knuffte ihn. »Du Spinner.«

Jetzt lachten alle.

Der Park des Schlosses Unterallmannshausen war so festlich geschmückt wie selten. Große Lampions und Girlanden hingen in allen Bäumen, an den Wegen waren Fackeln aufgestellt, die bei Dunkelheit entzündet werden sollten. Sarah Miller hatte alles getan, um ein unvergessliches Fest zu gestalten, mit dem sie sich bei den vier vom See für ihren Einsatz bedanken wollte und sich auch ein wenig für den Schaden entschuldigen wollte, den ihre Familie verursacht hatte.

Für die Geschwister von Antonia und Emma hatte sie eine Hüpfburg aufstellen lassen, und unten am Steg des Schlosshotels schaukelte im Wasser ein riesiger Blob für die Großen. Unter den Arkaden hatte das Personal des Hotels ein Büfett mit Kuchen und Eis aufgebaut und ein paar Meter weiter stand ein Koch hinter einem großen Grill und bereitete alles zu, was man sich nur wünschen konnte. Das Schlosshotel war Sarahs Bitte, statt der Geburtstagsfeier, die jetzt nicht mehr stattfinden würde, dieses Fest auszurichten, gern nachgekommen. Bezahlt und bestellt war das Essen sowieso schon.

Die Sonne schien, die Ferien hatten begonnen und die Abenteuer waren bestanden. Antonia seufzte vor Glück. Gerade waren sie vom Seeufer gekommen und hatten sich gegenseitig ins Wasser geschleudert, jetzt lag sie in einem Liegestuhl, Emma neben sich, einen Frucht-Cocktail in der Hand.

»Schön, dass man wieder im See baden kann«, schnaufte Emma, lehnte sich zurück und schloss die Augen.

»Dein Vater hat sich aber auch echt selbst übertroffen«, sagte Antonia. In den letzten Tagen hatte Jörg mit einem Team von Experten das Gift, das zum Teil auf der Wasseroberfläche schwamm, mit Spezialmaschinen abgepumpt und den verseuchten Seegrund und die betroffenen Uferstellen abgebaggert. Der See hatte sich erstaunlich schnell erholt.

»Na, was macht ihr so?«, fragte Franky, der mit einer riesigen Eiswaffel in der Hand vom Büfett herüberschlenderte. Er ließ sich in einen Liegestuhl fallen und streckte sich wohlig seufzend.

»Nichts«, gab Antonia kurz zur Antwort.

»Recht so«, sagte Franky und widmete sich seinem Eis.

Antonia sah hinüber zu Jaron und Sam, die ein paar Meter entfernt saßen und sich unterhielten. Antonia spürte kurzes Bedauern, wenn sie daran dachte, dass Sam schon morgen in die USA zurückfliegen würde. Das Gefühl verschwand aber so schnell, wie es gekommen war, als Isabelle, die Tochter des Hotelbesitzers und Oberzicke ihrer Klasse, zu Sam ging und sich einfach auf seinen Schoß setzte. Vor allem, weil es Sam überhaupt nichts auszumachen schien.

Jaron hatte keine Lust, sich mit Isabelle zu unterhalten. Er stand auf und kam zu ihnen herüber.

»Na, alles fit?«, fragte er.

Die anderen nickten. Er blickte in Richtung Einfahrt. »Seht mal«, rief er. »Da kommen Frida Boschmann und ihr Sohn!«

Ein Taxi hatte die alte Dame und ihren Sohn gebracht. Als die beiden die vier vom See entdeckten, winkten sie ihnen. Die vier Freunde gingen zu ihnen. Auch Sam und seine Mutter kamen dazu.

»Hallo Frau Boschmann«, sagte Sarah, »ich freue mich, dass Sie da sind. Es tut mir sehr leid, was meine Familie Ihnen angetan hat.«

»Da können Sie doch nichts für! Ich bin gerne gekommen. Die vier vom See sollen gefeiert werden«, sagte die alte Dame und hängte sich bei ihrem Sohn ein.

Antonia musterte Klaus Boschmann. Er sah etwas anders aus, als sie ihn in Erinnerung hatte, nicht mehr so blass, sondern entspannt und glücklich. Er lächelte die Freunde an und sagte: »Ihr seid also meine Retter. Ich weiß gar nicht, wie ich euch danken kann.« Er schüttelte jedem die Hand.

»Das war doch selbstverständlich«, sagte Jaron.

»Wollen wir uns setzen?«, fragte Sarah Miller. »Es gibt eine Menge zu erzählen.« Gemeinsam gingen sie zu einem der runden Tische auf dem Rasen und ein Kellner brachte Getränke und Speisen.

»Wann sind Sie aus dem Krankenhaus entlassen worden?«, fragte Emma Klaus Boschmann.

»Erst gestern«, sagte er, »und es wird noch eine Weile dauern, bis ich wieder ganz auf den Beinen bin. Aber jetzt erzählt mal. Die haben Richard van Bergen tatsächlich erwischt?«

»Ja, der sitzt in Untersuchungshaft in der JVA Stadelheim«, erklärte Emma, »hat mir mein Stiefvater erzählt. Sein Großvater Adolf von Brüning alias Anton van Bergen steht unter Hausarrest, er ist zu alt für den Knast. Er hat ein möbliertes Apartment angemietet und wartet auf seine Verhandlung. Der Alte hat gestanden, dass er in den Kriegsjahren Chemikalien an das Konzentrationslager Dachau verkauft hat. Weil die das dort nur gegen Ungeziefer eingesetzt haben, kann man ihm da wohl nichts anhängen. Das Nazigold und die Gemälde muss er auf jeden Fall zurückgeben. Er wollte sie tatsächlich mit einem Containerschiff nach Argentinien bringen lassen, aber dieser Johnny hat ausgeplaudert, wo sie sind. Richard hat so viel Dreck am Stecken, dass er sich wohl bessere Chancen ausgerechnet hat, wenn er seinen Opa verpfeift. Er hat ausgesagt, dass der Alte ihn dazu angestiftet hat, das Attentat auf Boschmann zu verüben und das Asylantenheim anzuzünden.«

»Das wird wohl der größte Anklagepunkt gegen Anton van Bergen werden, Anstiftung zu Mord und Brandstiftung. Wie es mit der Umweltverschmutzung aussieht und der Operation Falkenstein, wird sich noch zeigen«, fuhr Emma fort.

»Die Operation Falkenstein«, sagte Klaus Boschmann und wiegte nachdenklich den Kopf hin und her.

»Damit hat alles angefangen. Mir fiel die Mappe zufällig in einem Archiv in die Hände und ich fand darin den Hinweis auf die Seeburg. Weil ich wusste, dass meine Mutter dort als Kind gelebt hat, wollte ich mehr herausfinden.«

»Klaus hat mir von seiner Recherche erzählt«, sagte Frida Boschmann, »und als ihr die Operation Falkenstein erwähnt habt, habe ich richtig Angst um euch bekommen. Klaus ist ja schon im Krankenhaus gelandet, weil er dazu recherchiert hat. Ich wollte nicht, dass euch auch was passiert.«

»Jedenfalls bin ich über ein Foto des jungen Adolf von Brüning gestolpert«, fuhr ihr Sohn fort. »Es hat eine Weile gedauert, bis ich erkannte, dass er einem Mann ähnlich sah, den ich von einer anderen Recherche her kannte: Anton van Bergen.«

»Der Umweltskandal in Chile«, warf Franky ein.

»So so, davon wisst ihr auch«, sagte Klaus Boschmann und schmunzelte. »Wollt ihr später vielleicht Investigativreporter werden?«

»Warum nicht?«, fragte Franky.

»Warum sind Sie eigentlich im See getaucht?«, wollte Antonia wissen.

»In der Liste waren fünf Fässer aufgeführt, die nie abgeholt wurden. Die mussten irgendwo geblieben sein. Der See schien die logische Wahl. Deshalb bin ich getaucht, um zu sehen, ob sich diese Vermutung bestätigt. Es war natürlich sehr unwahrscheinlich, dass ich in dem riesigen Gebiet was finden würde, aber das hat mir nichts ausgemacht. Ich tauche viel und gerne. Da war die Suche für mich wie Urlaub. Da ich früher bei den

Kampfschwimmern war, habe ich auch eine Ausbildung im Tiefseetauchen und kann tiefer gehen als Sporttaucher. Und tatsächlich hatte ich Glück und fand das, was ich vermutet hatte: die Fässer. Leider habe ich den Fehler gemacht, van Bergen vor dem Tauchgang mit meinem Verdacht zu konfrontieren. Und er hat mir dann seinen Enkel, diesen Richard van Bergen, auf den Hals gehetzt.«

Die vier vom See nickten. Das war einer ihrer ersten Hinweise gewesen, dass Richard van Bergen nicht nur ein unangenehmer Kerl, sondern gefährlich war.

»Was ist unten im See eigentlich genau passiert?«, wollte Franky wissen.

»Ich weiß es nicht«, sagte Klaus Boschmann, »ich kann mich nicht daran erinnern.«

»Schon voll gruselig.« Emma schauderte.

»Was auch immer geschehen ist, eins weiß ich sicher: Ihr wart zur rechten Zeit am rechten Ort.«

»Darüber bin ich sehr froh«, sagte Frau Boschmann und griff nach der Hand ihres Sohnes. »Gott hat seine schützende Hand über dich gehalten.«

»Hallo Opa Hans!«, rief Antonia plötzlich und winkte. Emma drehte sich um und entdeckte den alten Fischer, der gerade an der Treppe zur Seestraße auftauchte.

Antonia ging ihm entgegen und führte ihn zu ihrem Tisch. Fröhlich stellte sie ihm die Leute vor, die er noch nicht kannte: »Opa Hans, das ist Sarah Miller, Sams Mutter. Das ist der Reporter Klaus Boschmann, der die van Bergens entlarvt hat, und das ist seine Mutter Frida Boschmann. Und das hier«, sie zeigte auf Opa Hans, »ist unser Erzsatz-Opa Hans, also eigentlich Johannes Bernwieser.«

»Es freut mich, Sie kennenzulernen«, sagte der alte Fischer und setzte sich auf einen freien Stuhl, während alle ihn begrüßten.

Zu Antonias Verwunderung blieb Frida Boschmann still. Sie war auf einmal sehr blass und sah Opa Hans mit aufgerissenen Augen an. Ihr Sohn hatte es auch bemerkt. »Ist alles in Ordnung mit dir?«, fragte er besorgt.

»Hansi Bernwieser?«, flüsterte sie.

Opa Hans nickte lächelnd. »Und sie sind Frida Boschmann?«

Sie nickte völlig abwesend. Dann flüsterte sie: »Denn ich weiß wohl, was ich für Gedanken über euch habe, spricht der HERR: …«

Opa Hans wurde blass und starrte sie an. Dann fuhr er heiser fort: »›… Gedanken des Friedens und nicht des Leidens!‹ Warum zitieren Sie diesen Vers?«

Ein breites Lächeln ging über Frau Boschmanns Gesicht: »Man nennt mich zwar Frida, aber das ist eine Abkürzung. Eigentlich heiße ich Elfriede. Und als Kind mochte ich den Namen Elfie lieber.«

Jetzt war es Opa Hans, der die Augen aufriss. »Elfie? Die Elfie aus dem Kinderheim?«

Frida Boschmann nickte und lächelte stumm. Die Leute am Tisch sahen verwundert von einem zum anderen.

Opa Hans stand auf und ging um den Tisch herum zu ihr. Er holte seine Geldbörse hervor, nahm ein Blatt Papier heraus und reichte es ihr. Die alte Dame entfaltete es und starrte fassungslos darauf. Antonia sah, dass es sich um die Zeichnung handelte, die Opa Hans immer bei sich trug.

»Du … du hast sie immer noch?«, stammelte Frida Boschmann. Tränen liefen ihr über die Wangen. Sie stand auf und umarmte Opa Hans. Lange hielten sich die beiden fest.

»Elfie«, schluchzte Opa Hans, »dass ich das noch erlebe.« Eine dicke Träne kullerte ihm die Wange hinunter.

Als die beiden wieder saßen, erzählten Opa Hans und Frida Boschmann, wie sie sich kurz vor Kriegsende kennengelernt hatten.

»Hans war so traurig, da habe ich ihm die Zeichnung mit dem Vers geschenkt. Die hatten meine großen Geschwister für mich gemacht, als wir hier in der Seeburg waren. Wir waren geflohen, aber Adolf von Brüning ließ uns zurückbringen. Das hat uns fast die Hoffnung genommen.«

»Dieser Vers hat mich mein Leben lang begleitet«, sagte Opa Hans.

Emma sah, dass er immer noch mit Tränen der Rührung kämpfte.

»Bald danach war der Krieg zu Ende und unsere Mutter hat uns hier gefunden«, erzählte Frida und berichtete dann von all ihren Erlebnissen in der Seeburg und mit Adolf von Brüning. Es war eine lange Geschichte, aber niemand stand auf oder unterbrach sie mit Fragen. Alle waren völlig fasziniert, den Anfang der Ereignisse zu hören, die zum Gift im See und letzten Endes zu ihrer gemeinsamen Feier in diesem Moment geführt hatten.

»Wir vier Geschwister sind mit unserer Mutter wieder nach Mannheim zurückgekehrt und in unser altes Haus gezogen. Die Monate vergingen und wir hörten nichts von meinem Vater. Vielen Menschen ging es damals so.

Aber wir haben unser Versprechen gehalten und nicht die Hoffnung verloren. Meine Mutter hat einen Gebetskreis gegründet und viele Frauen haben dadurch auch Hoffnung in einer schwierigen Zeit gefunden. Manche erhielten die Nachricht, dass ihre Männer oder Söhne gestorben waren, aber sie hatten trotzdem den Mut, weiterzuleben, weil sie wussten, dass sie nicht alleine waren. Und wenn Männer aus der Gefangenschaft heimkehrten, jubelten wir alle gemeinsam. Und dann, eines Tages im Frühling 1947, klingelte es plötzlich an der Tür. Ein Mann in abgerissener Kleidung und mit einem langen Bart stand davor. Es war unser Vater. Zwei lange Jahre war er in russischer Gefangenschaft gewesen. Aber jetzt war er nach Hause gekommen. Ihr könnt euch nicht vorstellen, wie glücklich wir waren!«

Tief in der Nacht, als die Fackeln im Schlosspark ausgebrannt waren und die Kinder sich verabschieden wollten, rief Sarah Miller alle noch einmal zusammen. »Vielen Dank, dass ihr so zahlreich erschienen seid«, sagte sie. »Es war mir eine große Freude, euch alle kennenzulernen. Ich bin sehr dankbar, dass die Verbrechen meiner Familie ans Tageslicht gekommen sind und die Verantwortlichen bestraft werden. Ich versichere, dass ich alles tun werden, damit die van Bergens für das geradestehen, was sie hier am Starnberger See verbrochen haben.« Alle klatschten Beifall.

Sarah wandte sich an die vier Freunde: »Sam hat hier viele gute neue Freunde gefunden. Danke euch. Ihr seid alle ganz herzlich eingeladen, uns in den USA zu besuchen. Und nächstes Jahr kommen wir bestimmt zurück nach Deutschland.« Wieder gab es Beifall.

Sarah Miller ging zu Antonias Eltern und unterhielt sich noch ein wenig mit ihnen.

Sam kam auf die vier Freunde zu und sagte grinsend: »Hey Leute, es war echt total genial mit euch. Ich wünschte, ich hätte in Amerika solche Freunde wie euch.«

»Es war auch voll super, dich kennenzulernen«, meinte Franky. »Wir sehen uns bestimmt wieder.«

Sam nickte. Er legte Jaron die Hand auf die Schulter und sagte: »Jaron, war voll genial mit dir auf dem Wasser. Du musst unbedingt mal nach Kalifornien kommen. Da können wir richtig krass surfen.«

»Das wäre der Hammer«, rief Jaron begeistert. Die beiden umarmten sich.

Auch Emma nahm Sam in den Arm »Hey Sam, war echt nett mit dir«, sagte sie.

Dann war Antonia an der Reihe. Sie zögerte etwas und Emma knuffte sie in den Arm. Sam schaute verlegen.

»Komm her«, sagte Antonia, schlang ihre Arme um ihn und drückte ihn fest.

»War echt cool, mit dir zu klettern«, sagte er, als sie ihn losließ.

»Ja, fand ich auch.«

»Wenn du mich besuchen kommst, klettern wir in den Rocky Mountains.«

»Das wäre krass!«

Nachdem sie sich verabschiedet hatten, machten die vier vom See sich auf den Weg zur Seeburg, wo Emma und Franky von ihren Eltern abgeholt werden würden. An der Treppe warf Antonia noch einen Blick zurück.

Frida Boschmann und Opa Hans saßen immer noch auf einer Bank und erzählten.

Kapitel X

Ein neues Leben

Genua, 26. Mai 1945

Adolf von Brüning hielt die Luft an, während der Schmerz durch sein verletztes Bein fuhr. Schon wieder hatte ihn jemand angerempelt. Ein einfaches »Scusi!«, und weg war der Mann. Von Brüning fasste wieder in die Räder des Rollstuhls und rollte ein Stück weiter.

An dieses Mistding werde ich mich nie gewöhnen, schimpfte er in Gedanken vor sich hin und betrachtete die Menschenmenge vor sich. Alle wollten sie auf das Schiff, das vor ihm im Hafen von Genua lag – ein großer Überseedampfer, mehrere Decks hoch, dessen drei Schornsteine große Rauchwolken in den bedeckten Himmel stießen. Am Kai wuselten Matrosen, Hafenarbeiter und Passagiere, Gepäck und Ladung schwebte an einem Kran auf das Schiff. Die Rufe der Menschen mischten sich mit dem Geruch nach Rauch und Hafenwasser.

Der Gepäckträger hinter ihm stöhnte und nahm die Koffer von einer Hand in die andere. Von Brüning musste lächeln. *Wenn du wüsstest, warum die Koffer so schwer sind,* dachte er und setzte sich ein wenig bequemer hin. Er fühlte Anspannung, denn er wusste nicht, ob seine Abfahrt wirklich so unproblematisch sein würde, wie es ihm der Priester versprochen hatte. Von Brüning holte die Papiere aus seiner Brusttasche und studierte sie, bestimmt zum tausendsten Mal. Sie trugen den Stempel des Österreichischen Bureaus in Rom und waren mit »Carta di riconoscimento« betitelt. Ansonsten war es nur ein Stück Papier. Er hatte zwar viel Geld für diesen Ausweis bezahlt, war sich aber immer noch unsicher, ob er damit auch auf das Schiff kommen würde. *Ich werde es gleich erfahren.*

Seine Schusswunde am Bein pochte. Er hatte es nach der misslungenen Flucht aus der Hoch-Villa noch bis zu einem befreundeten Arzt geschafft, bevor er in Ohnmacht gefallen war. Zum Glück hatte dieser die Verletzung fachmännisch versorgen können, doch die Kugel hatte so viel Gewebe und Knochen zerstört, dass es fraglich war, ob Adolf von Brüning bald wieder würde laufen können. *Wenn überhaupt je,* dachte er bitter. Aber immerhin lebte er. Im Gegensatz zu Thun. *Besser so, jetzt sind meine Schätze wirklich sicher!,* dachte er.

Die Schlange der Passagiere bewegte sich vorwärts. Gerade als von Brüning dachte, er würde nicht mehr auf den Dampfer passen, weil dieser schon zu voll war, kam er endlich bei den Offizieren an, die die Papiere überprüften.

»Buon giorno«, grüßte der Mann in Uniform. »Su documento d'identità e il biglietto per favore.«

Von Brüning reichte ihm die neuen Dokumente und die Schiffskarte. Der Mann studierte erst den Ausweis, dann das Ticket, schließlich wieder den Ausweis. Lange musterte er die Karte und von Brüning gab schon die Hoffnung auf, dass er durchgelassen werden würde.

Schließlich aber hob der Offizier den Kopf, sah ihn lächelnd an und sagte in gebrochenem Deutsch: »Willkommen an Bord, Herr van Bergen.«

Kapitel 18

Ende gut, alles gut?

Starnberger See, Sommer, Gegenwart

Die vier Freunde schlenderten durch die laue Sommernacht die Seestraße entlang zur Seeburg. An der Stelle, wo sie Klaus Boschmann vor wenigen Wochen bewusstlos im Wasser hatten treiben sehen, setzten sich die Mädchen und Franky auf eine Bank. Jaron ging zum Wasserrand und ließ Steine über die Oberfläche flitschen.

»Das war schon ein krasses Abenteuer, oder nicht?«, fragte er vom Wasser her. Die Mädchen nickten.

»Nur eines ist noch nicht geklärt«, meinte Franky, »werden wir noch gemeinsam weitere Abenteuer erleben, Emma, oder wirst du ab jetzt die Berliner Unterwelt aufmischen?«

Emma lächelte. »Sorry, tut mir leid, ich hatte völlig vergessen, euch das zu erzählen: Meine Mutter und Peter haben mit Jörg und Manuela gesprochen. Es sieht so aus, als ob ich euch erhalten bleibe.« Sie grinste. »Meine Mutter ist einverstanden, dass ich ab jetzt bei meinem Vater wohne.«

»Oh Emma, was bin ich froh!«, rief Antonia und schloss sie in die Arme.

Jaron kam hinzu und hob die Hand für ein High five.

»Das ist genial!«, rief Franky. »Group hug!« Er umarmte seine drei Freunde stürmisch unter deren lautstarkem Protest.

Während sie sich der Seeburg näherten, sah Jaron im Licht der Parkplatzlaternen, dass Antonia die Kette trug, die er ihr geschenkt hatte.

Abenteuer, Freundschaft und die Suche nach einem uralten Schatz und andere geheimnisvolle Fälle schweißen Antonia, Emma, Franky und Jaron zusammen. Begleite die vier vom See auf Verbrecherjagd und tauche ein in die spannende Buchreihe von Sandra Binder und Alexander Lombardi!

Band 1:
Die verborgene Gruft und das Ende aller Tränen
ISBN 978-3-417-28841-4

Band 2:
Ein rätselhafter Unfall und die Suche nach Respekt
ISBN 978-3-417-28855-1

Band 3:
Der silberne Schlüssel und das Geheimnis der Wahrheit
ISBN 978-3-417-28873-5

Band 4:
Der Wächter der goldenen Schale
ISBN 978-3-417-28874-2

Band 5:
Operation Falkenstein und die Angst vor dem Unbekannten
ISBN 978-3-417-28934-3

Band 6:
Die Schatten der Vergangenheit und das schleichende Gift
ISBN 978-3-417-28968-8

Band 7:
Der Fund in der Tiefe
ISBN 978-3-417-28979-4

Band 8:
Eine verschollene Erinnerung und die Sehnsucht nach einem Zuhause
ISBN 978-3-417-28103-3

Band 9:
Der unbekannte Junge und das Vermächtnis der Ehrlichkeit
ISBN 978-3-417-28111-8

Band 10:
Das Erbe der Seeburg
ISBN 978-3-41701089-3